精选名诗名句及赏析

崔 栋 主编

北方文艺出版社

·哈尔滨·

图书在版编目（CIP）数据

精选名诗名句及赏析 / 崔栋主编. -- 哈尔滨：北方文艺出版社, 2025.6. -- ISBN 978-7-5317-6616-2

Ⅰ．I207.2

中国国家版本馆 CIP 数据核字第 20256HE014 号

精选名诗名句及赏析

JINGXUAN MINGSHIMINGJU JI SHANGXI

作　　者 / 崔　栋	
责任编辑 / 宋雪微	封面设计 / 新巨点
出版发行 / 北方文艺出版社	邮　　编 / 150008
发行电话 / （0451）86825533	经　　销 / 新华书店
地　　址 / 哈尔滨市南岗区宣庆小区 1 号楼	网　　址 / www.bfwy.com
印　　刷 / 武汉乐生印刷有限公司	开　　本 / 889mm×1194mm 1/16
字　　数 / 100 千	印　　张 / 11.5
版　　次 / 2025 年 6 月 第 1 版	印　　次 / 2025 年 6 月第 1 次印刷
书　　号 / ISBN 978-7-5317-6616-2	定　　价 / 66.00 元

编 委 会

主　编：崔　栋
副主编：李红超　陈　瑶　周　宁　向　阳
编　委：伊建琴　吴　郁　张亚利　戴惊涛　钱　倩
　　　　金中丽　周　玮　王　璇　杨　波　赵道军
　　　　陈江慧　朱红丽　胡燕妮　蒲凯文　赵　荣
　　　　杨　坤　齐天有　毛宪雪　李贵荣

项　目：新疆维吾尔自治区"天山英才"项目
　　　　2024年自治区"以校为本"小课题研究
　　　　2024年第四师可克达拉市教育科研课题研究

序 言

  在这浩渺的诗海中，每一滴水珠都闪耀着人类智慧的光芒，每一句诗词都记载着时代的印记与情感的沉淀。本书致力于汇集古今中外的经典诗作，挑选其中的名句精华，并配以深入的赏析，以期引领读者领略诗歌的韵味，感受文字的力量。

  诗歌，作为抒发与表达人类情感的文学形式，承载着丰富的历史信息与深邃的人文内涵。从古老的《诗经》到唐宋的诗词，从西方的古希腊罗马诗篇到现代的自由体诗，每一首诗都蕴含着诗人对生活的独特感悟与对世界的深刻理解。它们或慷慨激昂，或柔情似水，或沉痛哀婉，或喜悦欢快，但都无一例外地传递着人类情感的真挚与纯净。

  本书所精选的名句，正是这些经典诗作中的璀璨明珠。它们或表达了对爱情的热烈追求，或寄托了对生命的深沉思考，或描绘了自然风光的壮美画卷，或抒发了对人生哲理的独到见解。这些名句以其独特的艺术魅力，跨越时空的界限，成了人类文化宝库中的永恒经典。

  在赏析部分，我们力求做到深入浅出，既揭示诗句的表层含义，又挖掘其背后的深层意蕴。我们希望通过这些赏析，帮助读者更好地理解诗歌的创作背景、诗人的情感世界及诗句所蕴含的哲理思考。同时，我们也希望读者能够结合自己的生活体验，与这些诗句产生共鸣，从而得到心灵的启迪与情感的升华。

  最后，我们衷心希望本书能成为您探索诗歌世界的一把钥匙，引领您领略诗歌的魅力，感受文字的力量。让我们一同在诗歌的海洋中遨游，寻找那份属于心灵的宁静与喜悦。

目 录

第一章 先 秦 1

第二章 秦 汉 47

第三章 三国两晋南北朝 59

第四章 唐 68

第五章 宋 123

第六章 元 154

第七章 明 159

第八章 清 167

第一章　先　秦

1. 方以类聚，物以群分，吉凶生矣。

"方以类聚，物以群分，吉凶生矣"是一句古老而深刻的格言，这句话出自《易传·系辞传上》，它描述的是事物和人根据相似性而自然聚集的现象。由此，引申为"物以类聚，人以群分"，解释如下：

"物以类聚"意味着相同或相似的事物往往会聚集在一起，这反映了自然界中事物分类和组织的规律。例如，在自然界中，相同种类的生物往往会聚集在一起生活，因为它们在生态环境、食物来源等方面有着共同的需求。这种分类聚集有助于生物更好地适应环境，实现种群的发展和延续。

"人以群分"则是指人们会根据兴趣、价值观、生活方式等相似性而自然形成不同的群体。人类社会中，人们因为共同的兴趣爱好、信仰观念或生活目标而聚集在一起，形成各种社交圈子、团体或组织。这种群体划分有助于人们找到归属感和认同感，同时也能够促进信息的传播和文化的交流。

综合来看，"物以类聚，人以群分"这句话揭示了自然界和人类社会中普遍存在的分类和聚集现象。它告诉我们，事物和人都会因为相似性而自然聚集在一起，形成各种群体和组织。这种聚集现象不仅有助于个体和群体的发展和进步，也促进了整个社会的多样性和繁荣发展。

然而，我们也应该意识到，虽然"人以群分"是一种自然现象，但过度强调群体差异或排斥异己可能导致社会分裂和冲突。因此，在尊重个体差异和多样性的同时，我们也应该积极寻求不同群体之间的交流和融合，以推动社会的和谐发展。

2. 穷则变，变则通，通则久。

"穷则变，变则通，通则久"是一句富含深刻哲理的古代格言，这句话出自《易传·系辞传下》，体现了事物发展的普遍规律和应对困境的智慧。下面是对这句话的详细解释：

首先，"穷则变"意味着当事物发展到极致、面临困境或无法继续前进时，就需要发生变化。这里的"穷"可以理解为困境、极限或尽头，而"变"则指变革、转变或改变。这个观点反映了古人对事物发展规律的深刻认识，即事物不会永远停留在某一状态，当遇到阻碍或极限时，必然会产生变革。

其次，"变则通"强调了变革的重要性及其带来的好处。当事物发生变化时，往往能够打破原有的僵局或束缚，从而找到新的出路或可能性。这里的"通"可以理解为通达、顺畅或成功。这个观点告诉我们，面对困境时，不应固守陈规，而应积极寻求变革，以寻求新的发展机遇。

最后，"通则久"则进一步阐述了变革所带来的长远影响。当事物能够通达顺畅时，就能保持长久的稳定和发展。这里的"久"可以理解为长久、稳定或持续。这个观点提醒我们，变革"吉凶生矣"不仅是应对当前困境的手段，更是实现长远发展的关键。通过变革，我们可以打破旧有的限制，开创更加广阔的未来。

综上所述，"穷则变，变则通，通则久"这句话揭示了事物发展的普遍规律，强调了变革在应对困境和推动发展中的重要作用。它告诉我们，在面对挑战和困境时，我们应保持开放的心态，勇于变革和创新，以寻求新的发展机遇和长久稳定。同时，这句话也提醒我们，变革本身并不是目的，而是为了实现更好的发展和进步。因此，在变革的过程中，我们应保持清醒的头脑和正确的方向，确保变革能够带来真正的利益和进步。

3.仁者见之谓之仁，知者见之谓之知。

"仁者见之谓之仁，知者见之谓之知"是一句广为流传的古代名言，这句话出自《易传·系辞传上》，表达了不同人因背景、经验、知识等差异，对同一事物有不同的看法和理解。

首先，"仁者见之谓之仁"意味着具有仁爱之心的人，往往更关注事物的道德和伦理层面。他们看待问题时，会倾向于从道德角度出发，注重人文关怀和情感体验。在仁者的眼中，事物的价值更多地体现在其对他人和社会的益处上。

而"知者见之谓之知"则表示富有智慧和学识的人，在观察和理解事物时，更注重理性分析和客观判断。他们擅长从复杂的现象中提炼出本质规律，善于运用逻辑推理和科学知识来解决问题。在智者的眼中，事物的价值在于其内在的逻辑和科学性。

整体来看，这句话强调了人们在认知和理解事物时的主观性和多样性。不同的人由于背景、经历、知识等方面的差异，会对同一事物产生不同的看法和认识。这种差异并不是非此即彼的对立关系，而是相互补充、相互完善的关系。

在现代社会中，这句话依然具有重要的启示意义。它提醒我们在与他人交流和合作时，要尊重彼此的差异和观点，学会从多角度、多层面去看待问题。同时，我们也要不断提升自己的知识水平和思维能力，以更加全面、深入地认识和理解这个世界。

4.天行健，君子以自强不息。

"天行健，君子以自强不息"这句话出自《易传·象传上·乾》，是中国古代哲学思想的重要体现。这句话的意思是，天的运行刚劲强健，君子应该像天一样，力求进步、刚毅坚卓、发奋图强、永不停息。

首先，"天行健"是对宇宙自然运行规律的描述。在古代哲学中，天被赋予了刚健、运行不息的特性，象征着宇宙间无穷无尽的力量和生生不息的生命力。这种力量是永恒而强大的，不断推动着宇宙万物的运转和变化。

其次，"君子以自强不息"则是对人的道德要求和行为准则的阐述。君子，作为有理想、有道德、有文化的人，应该效法天的刚健特性，不断自我提升、自我完善。自强不息，就是要始终保持一种积极向上的精神状态，不断追求进步和发展，不断克服困难和挑战，以实现自己的人生价值和理想。

这种自强不息的精神在中国传统文化中被广泛推崇和传承。它鼓励人们在面对困难和挑战时，要勇于担当、奋发向前，不断超越自我、实现自我。同时，它也提醒人们要时刻保持谦虚谨慎的态度，不断学习和进步，以更好地适应社会的发展和变化。

在现代社会中，"天行健，君子以自强不息"这句话依然具有重要的启示意义。它告诉我们，无论是在学习、工作还是生活中，我们都应该保持一种积极向上的精神状态，不断追求进步和发展。同时，我们也应该尊重自然规律，顺应时代潮流，以开放的心态和创新的精神去面对未来的挑战和机遇。

总之，"天行健，君子以自强不息"这句话是中国古代哲学思想的精髓之一，它鼓励人们要像天一样刚健有力，不断自我提升和完善，以实现自己的人生价值和理想。这种自强不息的精神不仅是中国传统文化的重要组成部分，也是现代社会中人们追求进步和发展的重要动力。

5.人而无仪，不死何为？

"人而无仪，不死何为"出自《诗经·国风·鄘风》，这句话的直译是："作为一个人，如果没有了礼仪和仪态，那么他活着还有什么意义呢？"这句话是用来强调礼仪、仪态和道德行为对于一个人的重要性。

在中国传统文化中，"仪"通常指一个人的仪态、行为举止及是否符合社会规范和道德标准。这句话表达了如果一个人丧失了基本的道德规范和礼仪标准，那么他的人生价值就会大打折扣，甚至失去了存在的意义。

这句话是对那些无视礼仪、道德败坏的人的一种严厉批评和警告。它呼吁人们要时刻注意自己的行为举止，遵守社会规范，保持高尚的道德品质，以实现个人和社会的共同进步。

在现代社会，虽然礼仪的具体形式可能有所变化，但这句话所传达的核心思想仍然具有重要意义。它提醒我们要注重个人修养，尊重他人，遵守社会规则，以实现和谐共处的社会环境。

6.若火之燎于原，不可向迩，其犹可扑灭。

"若火之燎于原，不可向迩，其犹可扑灭"是一句富有象征意义的古语，出自《尚书·商书·盘庚上》，它原本用来形容一点点小火星可以烧掉大片原野，现在常比喻开始时显得弱小的新生事物有旺盛的生命力和广阔的发展前途，也比喻革命力量刚开始时虽然弱小，但有强大的发展力。

从字面上看，"若火之燎于原"指火焰蔓延至整片原野，形成大规模的燃烧，突出了小事物在特定条件下能够引发巨大变化的可能性。

在更深的层次上，这句话蕴含了哲学原理和历史规律。它表明，在事物的发展过程中，小的、初级的，甚至是微弱的力量，只要顺应了历史的潮流，代表了进步的方向，就能发挥出巨大的作用，推动事物的发展，甚至改变整个局面。

因此，"若火之燎于原"不仅是对事物发展规律的深刻揭示，也是对革命精神和历史经验的生动总结。它鼓励人们在面对困难和挑战时，坚定信心，勇于斗争，因为即便是微小的力量，只要坚持下去，就有可能引发重大的改变和进步。

7.为山九仞，功亏一篑。

"为山九仞，功亏一篑"是一句古语，源自《尚书·周书·旅獒》。这句话的意思是堆九仞高的山，只缺一筐土而不能完成。九仞，古代以七尺或八尺为一仞，因此九仞是非常高的山。亏，指欠缺；篑，则是盛土的筐子。

这句古语用来比喻做事情只差最后一点却没能完成，结果枉费工夫。它强调了在完成一项任务或达成一个目标的过程中，即使前面付出了巨大的努力和时间，但如果在最后关头因为一点小小的疏忽或放弃而导致失败，那么所有的努力都将付诸东流。

这句古语提醒我们，无论做什么事情，都要有始有终，不能半途而废。在追求目标的过程中，即使面临困难和挑战，也要坚持不懈，直到最后一步完成。只有这样，我们才能真正地实现我们的目标和梦想。

同时，这句古语也告诫我们，要注意细节，不要因为一时的疏忽或懈怠而前功尽弃。在日常生活和工作中，我们应该时刻保持警惕，认真对待每一个环节和每一个步骤，确保事情能够圆满完成。

总的来说，"为山九仞，功亏一篑"是一句富有哲理的古语，它提醒我们在追求目标和实现梦想的过程中要坚持不懈、注意细节，以确保最终的成功。

8.知我者，谓我心忧；不知我者，谓我何求。

"知我者，谓我心忧；不知我者，谓我何求"这句诗出自先秦时期的作品《诗经·王风·黍离》。这句诗的意思是：能够理解我的人，说我是心中忧愁；不理解我的人，问我到底有什么所求。

这句诗表达了诗人深深的孤独感和无人理解的苦闷。诗人感慨于那些真正了解自己、能和自己心灵相通的人很少，而大多数人并不理解自己，甚至误解自己。这种无人理解的孤独感，使得诗人感到忧愁和苦闷。

同时，这句诗也揭示了人际交往中的一种普遍现象：人与人之间的理解和沟通并不总是那么容易。每个人都有自己的内心世界和情感体验，如果不能设身处地地去理解和感受他人的心情，就很容易产生误解和隔阂。

因此，这句诗也提醒我们，在人际交往中，我们应该学会理解和尊重他人的感受和想法，避免对他人产生不必要的误解和偏见。只有这样，我们才能真正地走进他人的内心世界，建立更加真诚和深入的人际关系。

9.昔我往矣，杨柳依依。今我来思，雨雪霏霏。

"昔我往矣，杨柳依依。今我来思，雨雪霏霏。"这四句诗出自先秦时期的作品《诗经·小雅·采薇》，以景写情，情景交融，在时间和空间的对照中，表达了深厚的感情和岁月的沧桑。

"昔我往矣，杨柳依依"这两句描述了诗人当年出征时，看到杨柳随风轻轻摇摆、依依不舍的样子。杨柳的"依依"，既可以理解为柳枝的柔软和随风摇曳的姿态，也可以引申为亲人、朋友之间的依依惜别之情。这里的"杨柳依依"不仅仅是对自然景象的描绘，更寄托了诗人深深的离愁别绪。

"今我来思，雨雪霏霏"则描述了诗人归来时的景象。此时的他，可能历经了战争的洗礼，身心疲惫。而眼前的景象也不再是当年那杨柳依依的春天，而是雪花飞舞、霏霏飘落的冬季。这里的"雨雪霏霏"既是对自然环境的描绘，也是对诗人心情的写照。它反映出诗人归来时的凄凉、孤独和失落感，与前面的"杨柳依依"形成了鲜明的对比。

整首诗通过对杨柳和雪花这两种不同自然景象的描绘，展现了诗人出征和归来时截然不同的心境。前两句充满了离别的忧伤和不舍，后两句则透露出归来的凄凉和孤独。这种情感的变化，不仅反映了诗人个人的经历和情感，也体现了战争给人民带来的深重苦难和无尽的悲伤。

10. 如切如磋，如琢如磨。

"如切如磋，如琢如磨"是一句出自《诗经·卫风·淇奥》的汉语古语，原意是指对骨器、象牙、玉石、石头等材料的加工，比喻共同商讨、互相砥砺、精益求精。

在古代，人们用"切"和"磋"来加工骨头和象牙，用"琢"和"磨"来加工玉石和石头，使其成为精美的器物。同样地，这句话也用来形容人们在思想、学问、技艺等方面的相互交流和磨砺，通过不断切磋琢磨，不断提升自己的水平。

这句古语强调了人们在学习和成长过程中的相互合作和共同进步的重要性。它告诉我们，要想取得真正的进步和成就，就需要与他人进行深入的交流和探讨，不断反思和修正自己的想法和行为，以更好地发挥自己的潜力。

在现代社会，这句古语依然具有重要的意义。无论是在学习、工作还是生活中，我们都需要与他人进行交流和合作，共同解决问题，实现共同进步。同时，我们也需要不断反思和修正自己的想法和行为，以更好地适应不断变化的环境和挑战。

总之，"如切如磋，如琢如磨"这句古语不仅是对古代工艺的一种形象描述，更是对人们在学习和成长过程中的一种深刻启示，提醒我们要保持开放的心态，与他人进行积极的交流和合作，不断提升自己的能力和素质。

11. 靡不有初，鲜克有终。

"靡不有初，鲜克有终"的意思是人们不是没有（好的）初心，但很少有人能够有很好的结局。

这句话出自《诗经·大雅·荡》，揭示了人们在做事时常有的现象：在开始时，人们往往都能保持热情、充满动力，但随着时间的推移，热情逐渐消退，动力也逐渐减弱，最后往往难以坚持到底，难以达到预期的成果。它告诉我们，在做事的过程中，保持初心、持之以恒是非常重要的。无论面对什么困难和挑战，我们都应该坚守自己的初心，坚定信念，不断努力，才能最终获得成功。

在现代社会中，这句话依然有着重要的指导意义。它提醒我们，无论在工作还是生活中，都应该始终坚持自己的原则和目标，不受外界干扰和诱惑，持之以恒地追求自己的理想。只有这样，我们才能真正实现自己的价值，赢得他人的尊重和信任。

12. 它山之石，可以攻玉。

"它山之石，可以攻玉"是一句富有哲理的古语，通常用来比喻别国的贤才可用为本国的辅佐，亦可比喻借助外力（多指朋友）的帮助来改正自己的缺点错误。这句话出自《诗经·小雅·鹤鸣》。

在这里,"它山之石"指的是其他山上的石头,而"攻玉"则是指琢磨玉器。从字面上理解,这句话的意思是说,其他山上的石头,可以用来琢磨玉器。而从引申意义上看,这句话则告诉我们,我们不应该局限于自己的见识和经验,而应该善于借鉴和吸取他人的优点和长处,以此来完善和提升自己。

在现实生活中,这句话也有很广泛的应用。例如,在学习上,我们可以通过阅读他人的优秀文章、听取他人的讲解和建议,来提升自己的知识水平和思维能力;在工作上,我们可以学习借鉴同事或竞争对手的成功经验和方法,来改进自己的工作方式和提高效率;在人际交往中,我们可以从他人的优点中学习,同时以包容的心态接受他人的缺点,从而建立起更健康、更和谐的人际关系。

总之,"它山之石,可以攻玉"这句古语,以其深邃的哲理和广泛的应用价值,成为我们生活和工作中不可忽视的重要智慧。

13.居安思危,思则有备,有备无患。

"居安思危,思则有备,有备无患"是一句流传甚广的古语,它强调了在平安稳定的环境中,人们也应该时刻警惕可能出现的危机,提前做好准备,以预防未来可能发生的祸患。

首先,"居安思危"意味着即使处在安逸的环境中,也要保持对潜在危险的警觉。这种警觉性能够帮助我们避免盲目乐观,时刻关注可能的风险,从而提前制定应对方案。

其次,"思则有备"是指,只有当我们真正去思考可能发生的危险时,才会着手去准备。这种准备可能包括制定预防措施、储备必要的资源或学习应对技能等。只有经过深思熟虑并付诸行动,我们才能在危机来临时有所依托。

最后,"有备无患"强调了准备的重要性。通过提前准备,我们可以在面对危机时更加从容不迫,减少损失。有了充分的准备,即使真的遇到危险,也能因为有所准备而避免更大的祸患。

这句话告诫我们,在任何时候都要保持警惕和前瞻性思考,时刻准备应对可能出现的风险和挑战。这种态度不仅有助于个人的成长和进步,也对于社会的稳定和发展具有重要意义。

在现代社会中,这句古语依然具有重要的现实意义。无论是在个人生活中还是在国家治理中,我们都需要居安思危,做好应对各种挑战和风险的准备。只有这样,我们才能确保个人和国家的安全和稳定。

14.人非圣贤，孰能无过？过而能改，善莫大焉。

"人非圣贤，孰能无过？过而能改，善莫大焉"这句话出自中国古代经典《左传》，是古人对于人性与错误的一种深入理解和宽容态度。下面是对这句话的详细解释：

"人非圣贤，孰能无过？"这句话的意思是，人不是圣人贤者，怎么可能不犯错误呢？这里，"圣贤"通常指的是品德高尚、智慧超群的人，他们几乎能够达到完美无缺的境地。然而，我们普通人由于种种局限和弱点，很难避免犯错误。因此，这句话提醒我们，犯错误是人类普遍存在的现象，不必因此而过分自责或苛求他人。

"过而能改，善莫大焉。"这句话的意思是，犯了错误之后能够改正，没有比这更好的事情了。这句话强调了改正错误的重要性。人不可能不犯错误，但是关键在于我们是否能够从错误中吸取教训，及时改正并避免再次犯错。这种自我反省和修正的态度，是我们不断成长和进步的关键。

综合来看，这句话告诉我们，犯错是人类的共性，不必过分苛责；但重要的是要能够认识到自己的错误，并有勇气去改正它。这种积极面对错误、勇于改正的态度，才是真正的善举，也是我们追求个人成长和社会和谐的重要基石。

在现代社会中，这句话依然具有重要的指导意义。它鼓励我们在面对错误时保持冷静和理智，勇于承认并努力改正，以实现个人和社会的共同进步。

15.多行不义必自毙。

"多行不义必自毙"是一句古代汉语谚语，蕴含着深刻的道德警示。

首先，"多行不义"中的"多行"指的是频繁或多次做某事，"不义"则指的是不符合道义、正义标准的行为。这里特指那些违背道德、损害他人利益的行为。这些行为往往出于自私、贪婪或恶意，与社会的公序良俗背道而驰。

接下来，"必自毙"表示这样的行为最终必然会导致自我毁灭或受到应有的惩罚。这里的"毙"可以理解为失败、灭亡或遭到报应。这句话告诫人们，如果一个人长期做不义之事，那么这个人最终会因此付出代价，可能是声誉的扫地、人际关系的破裂，甚至是生命的终结。

整体而言，"多行不义必自毙"这句话传达了一个明确的道德观念：一个人的行为如果违背了正义和公平，最终会遭受不幸的后果。它是对那些意图通过不义手段获取利益的人的严厉警告，也是对社会公正和道德秩序的坚定维护。

在现代社会，这句话依然具有重要的指导意义。它提醒我们在日常生活中要坚守道德底线，不做损害他人利益的事，尊重他人的权益和尊严。同时，这句话也告诉我们，不义的行为虽然可能会暂时带来某些好处，但长远来看，它必然会导致负面后果,甚至会毁了一个人的前程和未来。因此,我们应该始终坚持正义和公平,以正直和善良的行为赢得他人的尊重和信任。

16.橘生淮南则为橘,生于淮北则为枳。

"橘生淮南则为橘,生于淮北则为枳"源自中国古代的地理观念和农作物生长的差异。这句古语的意思是说,同一种植物(在这里指的是橘子树)因为生长的环境条件不同,其结出的果实也会有所不同。在淮南地区(通常指的是淮河以南的地区,气候温暖湿润)生长的橘子树会结出甜美可口的橘子,而在淮北地区(淮河以北,气候可能较为寒冷干燥)生长的同样品种的树则会结出味道苦涩的枳。

这句话常被用来比喻环境对事物发展和人的成长具有重要影响。它强调了环境因素在塑造事物性质和特点时的重要性。就像橘子树一样,人们的成长和发展也会受到所处环境、社会、文化等多种因素的影响。因此,在教育和培养人才时,我们需要注重为他们提供良好的环境和条件,以促进其积极健康的发展。

此外,这句话也提醒我们,在评价事物或人时,应该考虑到其背后的环境和条件,避免过于简单或片面地判断。每个个体或事物都是独特且复杂的,其表现和特点往往受到多种因素的影响。

总的来说,"橘生淮南则为橘,生于淮北则为枳"这句话以一种生动的方式向我们展示了环境和条件对事物发展和人的成长的重要性。

17.士为知己者死,女为悦己者容。

"士为知己者死,女为悦己者容"是一句古语,出自《战国策·赵策一》。这句话表达了人们对于被理解和被欣赏的渴望,以及为了那些真正了解自己、欣赏自己的人,愿意付出一切的决心。

"士为知己者死"描述的是士人(在古代,指有学问、有品德的男子)愿意为了真正了解、赏识自己的人去牺牲生命。这里的"知己"不仅仅是指知道或了解,更是指深入理解、赏识和认同。士人把名誉、信仰和忠诚看得非常重要,他们愿意为了那些真正认同自己价值、理解自己抱负的人去付出一切,甚至生命。

"女为悦己者容"则是指女子愿意为了那些喜欢、欣赏自己的人去打扮自己,使自己看起来更加美丽。这里的"悦己者"是指那些能使女子心情愉悦、感到被重视和欣赏的人。女子通过打扮来展示自己的魅力,以此回应那些欣赏自己的人,同时也是为了得到更多的认同和喜爱。

整体来看,这句话揭示了人类情感中的一种深层需求:被理解、被认同和被欣赏。无论是士人还是女子,都渴望找到那些能够真正理解自己、赏识自己的人,并愿意为了他们而付出努力,甚至牺牲。这也体现了人际关系中,理解和欣赏对于建立深厚情感的重要性。

在现代社会中,这句话依然具有很强的现实意义。它提醒我们在人际交往中,应该学会去理解和欣赏他人,尊重每个人的独特性和价值。同时,也应该珍惜那些真正了解自己、欣赏自己的人,与他们建立深厚的友谊或爱情关系。

18.合抱之木,生于毫末;九层之台,起于累土;千里之行,始于足下。

"合抱之木,生于毫末;九层之台,起于累土;千里之行,始于足下"这句话出自老子所著的《道德经》第六十四章,它用生动的比喻阐述了事物从小到大、从弱到强的发展过程,强调了积累的重要性。

首先,"合抱之木,生于毫末"意味着一棵大树,虽然最终可以粗壮到两个人合抱都抱不过来,但它最初却是由细小的嫩芽生长起来的。这告诉我们,任何伟大的事物都是从微小的起点开始发展的。

其次,"九层之台,起于累土"描绘了建造一座高大的九层之台,需要一层一层地堆积泥土和砖石。这同样强调了积累的重要性,任何宏伟的建筑都是从基础开始,通过不断积累和努力才能最终完成。

最后,"千里之行,始于足下"则告诉我们,即使是要走很远的路,也必须从脚下迈出第一步开始。这强调了行动的重要性,只有真正开始行动,才能逐渐走向目标。

整体来看,这句话教导我们要注重积累,不要忽视小的进步和努力。同时,也鼓励我们保持积极的行动力,通过不懈努力,逐步实现自己的目标。无论是个人成长、事业发展还是社会进步,都需要我们从小事做起,通过一点一滴的积累,最终实现大的飞跃。

19.祸兮福所倚,福兮祸所伏。

"祸兮福所倚,福兮祸所伏"这句话出自中国古代哲学家老子的《道德经》,是一句富含哲理的名言。它揭示了生活中祸与福相互依存、相互转化的辩证关系。

"祸兮福所倚"意味着在遭遇不幸或灾祸时,往往也隐藏着"福分的依靠"。这种观念告诉我们,面对困境时,不应该过分悲观绝望,而应该看到其中蕴含的转机或机遇。事实上,许多时候,正是因为经历了挫折和磨难,人们才能更加深刻地认识到自己的潜力和价值,从而迎来新的人生阶段或获得意外的收获。

"福兮祸所伏"则强调了在享受幸福和顺遂时,也要警惕潜在的危险和不幸。这句话提醒我们,不要因为一时的得意而忘形,否则可能会因为疏忽大意而招来麻烦或损失。因此，在顺境中，我们应该保持清醒的头脑，审慎行事，以防患于未然。

综合来看，这句话告诉我们，在生活中无论遭遇何种境遇，都应该保持一种平和的心态，既要看到困难中的希望，也要在顺境中保持警惕。这种辩证思维有助于我们更好地应对生活中的挑战和变化，实现个人的成长和发展。

此外，这句话也体现了中国传统文化中"阴阳相生相克"的思想。在自然界和社会生活中，"阴阳"两种力量是相互对立又相互依存的，它们不断转化和循环，构成了世界的多样性和复杂性。同样地，祸与福也是一对相互依存、相互转化的概念，它们共同构成了人生的起伏和变化。

因此，"祸兮福所倚，福兮祸所伏"这句话不仅具有深刻的哲理内涵，也对我们的人生态度和行为方式具有重要的指导意义。

20.知人者智，自知者明。

"知人者智，自知者明"是一句出自老子所著的《道德经》第三十三章的名言。这句话简洁而深刻地阐述了认识他人与认识自己的不同境界和重要性。

"知人者智"意味着能够识别和理解他人的品性、才能和行为，是一种智慧和能力的体现。这种智慧使人能够与他人建立良好的关系，有效地合作与沟通，甚至能够洞察他人的需求和动机，从而做出明智的决策。在商业、政治、社交等各个领域，知人者往往能够取得更好的成果和回报。

然而，相比之下，"自知者明"则是一种更高层次的境界。它强调的是对自己内心世界、优缺点、潜力和局限性的深刻认识和了解。这种明智不仅来自对外的观察和学习，更来自对内的反思和领悟。一个真正自知的人，能够清晰地认识自己的价值观、目标和追求，从而避免盲目跟风和随波逐流。同时，他们也能够坦然面对自己的不足和错误，勇于改正并不断提升自己。

在现实生活中，自知之明对于个人的成长和发展至关重要。它使人能够保持清醒的头脑，不被外界的纷扰所迷惑；它使人能够坚定自己的信念，追求真正有价值的目标；它使人能够在挫折和困难面前保持坚韧不拔的精神，不断超越自我。

综上所述，"知人者智，自知者明"这句话强调了认识他人与认识自己的不同境界和重要性。在追求个人成长和成功的道路上，我们不仅要努力提升自己的智慧和能力去认识和理解他人，更要注重培养自己的自知之明，深刻认识和了解自己。只有这样，我们才能在复杂多变的世界中保持清醒的头脑和坚定的信念，实现自我价值和社会价值的最大化。

21.三人行，必有我师焉。择其善者而从之，其不善者而改之。

"三人行，必有我师焉。择其善者而从之，其不善者而改之"这两句话出自《论语·述而》。它的意思是：三个人同行，其中必定有人可以作为值得我学习的老师。我选取那些优点而学习，发现那些缺点则加以改正。

这两句话强调了学习的重要性和谦虚的态度。即使在一个小团体中，我们也可以找到可以学习和借鉴的地方。无论别人的长处或短处，都可以成为我们自我提升的机会。对于别人的优点，我们应该虚心学习，努力吸收并融入自己的行为和思考中；对于别人的缺点，我们应该引以为戒，反思自己是否也有类似的问题，并及时加以改正。

这是一种积极的、自我提升的学习方式，有助于我们不断成长和进步。同时，也体现了孔子所倡导的"三人行必有我师"的谦虚学习精神，即我们应该时刻保持谦虚的态度，不断向他人学习，以此来提升自己的修养和能力。

22.工欲善其事，必先利其器。

"工欲善其事，必先利其器"这句话出自《论语·卫灵公》。它的字面意思是，工匠想要把他的工作做好，一定要先使他的工具锋利。这里的"工"指的是工匠或从事某项工作的人，"事"指工作，"利"是锋利的意思，"器"则是工具。

这句话的内涵非常深刻，它强调了准备工作的重要性。无论做什么事情，如果想要取得成功或达到预期的效果，就必须先做好充分的准备。对于工匠来说，如果他的工具不锋利，那么他在工作时就会遇到很大的阻力，很难把工作做好。同样，对于任何一项工作或任务，如果没有做好充分的准备，就很难取得好的成果。

因此，这句话提醒我们，在进行任何工作或学习之前，都应该先检查和准备好自己所需的工具或资源，确保它们能够满足我们的需求，从而帮助我们更好地完成任务。同时，也要注重不断提升自己的能力和技能，这样才能更好地利用手中的工具，达到事半功倍的效果。

总的来说，"工欲善其事，必先利其器"这句话是告诉我们，想要做好事情，就必须先做好准备工作，确保自己拥有合适的工具和能力。

23.朽木不可雕也，粪土之墙不可圬也！

"朽木不可雕也，粪土之墙不可圬也"是一句古代谚语，出自《论语·公冶长》。它的字面意思是：腐朽的木头不能雕刻，用粪土堆起来的墙面不能粉刷。

这里的"朽木"和"粪土之墙"都是比喻，用来形容那些资质愚钝、无法教化的人或事物。而"雕"和"圬"则是动词，分别表示雕刻和粉刷的动作，这里用来比喻教育和培养的过程。

因此，整句谚语的意思是，对于那些本质已经腐朽、无法改变的人或事物，再怎么努力教育和培养也是无济于事的。这句话常用来表达对某人或某事物无法改变、无法教化的无奈和失望。

然而，这句话也带有一定的局限性，因为它忽视了人的成长和变化的可能性。人的性格和能力并不是一成不变的，通过适当引导和努力，即使起初资质平庸的人也有可能取得显著的进步和成就。因此，在理解和应用这句话时，我们需要保持开放和包容的心态，不要轻易放弃他人或自己的改变和成长的可能性。

24.毋意、毋必、毋固、毋我。

"毋意、毋必、毋固、毋我"出自《论语·子罕》。这句话是孔子对于人生和道德的一种教导和警示，其具体解释如下：

毋意：指的是不要主观臆断，不要凭借个人的偏见或主观意愿来理解和判断事物。在思考和处理问题时，应保持客观公正的态度，避免先入为主的观念影响判断。

毋必：强调不要持绝对的态度，不必认为事情一定会按照某种特定的方式发展。这反映了一种灵活变通、不拘泥于固定观念的态度，提醒人们在面对复杂多变的情况时，要有适应性和应变能力。

毋固：意味着不要固执己见，不要固守一种观点或立场。它鼓励人们保持开放的心态，接受新的观点和信息，不断调整和完善自己的认识。

毋我：是指无私见，不自以为是。它要求人们在思考和行动时，能够超越个人的私利和偏见，以更广阔的视野和更公正的态度来对待问题。

这四个方面共同构成了孔子对于人的思想行为的一种理想状态。它们相互关联，共同强调了客观、灵活、开放和无私的态度在人生和道德实践中的重要性。通过遵循这些原则，人们可以更好地认识世界、理解他人，并在道德实践中不断提升自己的修养和境界。

25.往者不可谏，来者犹可追。

"往者不可谏，来者犹可追"这句话的意思是"已经过去的已无法挽回，正在到来的还可以补救"。它出自《楚狂接舆歌》，原文为："凤兮凤兮，何德之衰？往者不可谏，来者犹可追。已而已而，今之从政者殆而。"后来司马迁在《史记》中将其录入《孔子世家》，并在"谏"下增一"兮"字，"追"下增一"也"字。

这句话传达了一种积极向前看的人生态度。它告诉我们，虽然过去的事情已经无法改变，但我们不应该沉溺于对过去的追悔之中，而是应该把握现在，努力改变未来。同时，它也提醒我们，不要因为过去的错误或遗憾而放弃对未来的追求和努力。

在现实生活中，这句话同样具有指导意义。当我们面对挫折或失败时，往往会感到沮丧和失落，甚至想要放弃。但是，"往者不可谏，来者犹可追"告诉我们，无论过去发生了什么，我们都有机会重新开始，通过努力和坚持，去创造更加美好的未来。

因此，我们应该积极面对生活中的挑战和困难，不断学习和成长，以更加成熟和睿智的态度去面对未来。同时，也要珍惜每一个现在，充实自己的生活，让生命更加有意义和精彩。

26. 温故而知新，可以为师矣。

"温故而知新，可以为师矣"是一句出自《论语·为政》的古代格言，其深刻的内涵对于学习方法和教育理念有着重要的指导意义。

"温故而知新"强调了复习旧知识的重要性及通过复习来发现新知识的能力。在学习过程中，不断地回顾和巩固已学过的内容，不仅有助于加深对知识的理解和记忆，更能够启发我们去发现新的观点、新的理解，甚至是新的应用领域。这种学习方式，不仅能够使我们更加扎实地掌握基础知识，还能够培养我们的创新思维和发现问题的能力。

"可以为师矣"则是对前面学习方法的肯定和提升。当我们能够通过温故知新，不断地丰富和深化自己的知识体系，并且能够在这一过程中发现新的知识和观点时，我们就具备了成为老师的条件。这里的"师"，并不仅仅是指教育他人的职业身份，更是指那种能够引导他人学习、启发他人思考的精神和能力。

综合来看，"温故而知新，可以为师矣"这句话告诉我们，学习是一个不断回顾、不断发现的过程。通过不断地温习旧知识，我们能够获得新的认识和理解，进而提升自己的学习水平和思维能力。同时，当我们具备了这种学习能力时，我们就能够成为他人的学习榜样和指导者，发挥更大的社会价值和影响力。

在现代社会，这句话依然具有非常重要的启示意义。无论是学校教育还是个人学习，我们都需要注重知识的系统性和连贯性，通过不断地复习和巩固来加深理解和记忆。同时，我们也需要保持开放的心态和创新的思维，不断发掘新知识和新观点，以适应不断变化的社会环境和需求。

27.自古皆有死，民无信不立。

"自古皆有死，民无信不立"这句话出自中国古代的经典著作《论语·颜渊》。它的意思是：自古以来，每个人都要面对生命的终结，即死亡是不可避免的；然而，对于一个国家的民众而言，如果没有信仰和信任，那么这个国家就无法稳固地存在下去。

"自古皆有死"是对生命有限性的一种普遍认识。这句话提醒我们，无论是古代的人还是现代人，每个人都将面对生命的终结，死亡是生命的必然归宿。这种认识让我们更加珍惜生命的每一刻，追求有意义的生活，同时也让我们思考如何在有限的生命中做出有价值的事情。

"民无信不立"则强调了信任对于一个国家的重要性。这里的"信"可以理解为民众对统治者、对社会制度、对道德规范的信任。当一个国家的民众对其领导者、制度和文化缺乏信任时，这个国家就很难保持稳定和发展。因为信任是维系社会秩序、推动社会进步的重要基石。只有当民众信任其领导者能够公正无私地治理国家，信任其制度能够保障公平和正义，信任其文化能够引领道德风尚时，这个国家的民众才能团结一心，共同面对挑战，实现繁荣发展。

综上所述，"自古皆有死，民无信不立"这句话既表达了对生命有限性的认识，又强调了信任对于一个国家的重要性。它提醒我们珍惜生命、追求有价值的生活，同时也让我们认识到信任是维系社会稳定、推动社会进步的关键因素。因此，我们应该努力构建和维护一个充满信任的社会环境，让每个人都能在其中找到归属感和安全感，共同创造一个更加美好的未来。

28.敏而好学，不耻下问，是以谓之"文"也。

"敏而好学，不耻下问，是以谓之'文'也"是一句中国古代的名言，出自《论语·公冶长》。这句话所表达的是一种积极的学习态度和谦逊的求知精神。

"敏而好学"意味着一个人既聪敏又热爱学习。这里的"敏"指的是才智敏捷，反应迅速，具备快速理解和掌握知识的能力；"好学"则是对学习的热爱和追求，愿意投入时间和精力去不断提升自己。

"不耻下问"强调了一种谦逊的求学态度。这句话的意思是，一个人不应该因为向地位或学识比自己低的人请教而感到羞耻。相反，勇于向他人请教，尤其是那些在某些领域比自己更有经验或知识的人，是一种值得称赞的行为。

综合起来看，"敏而好学，不耻下问"告诫我们，一个真正有学问、有成就的人，不仅应该具备聪明才智和好学精神，还应该保持谦逊的态度，勇于向他人学习和请教。这样的学习态度不仅有助于个人成长和进步，也能促进知识的传承和发展。

在现代社会中，这句话依然具有深刻的启示意义。随着科技的发展和社会的进步，我们将面对知识和信息的快速更新。要想在这个时代立足并取得成就，我们必须保持敏锐的学习触觉和积极的求学态度。同时，我们也应该学会保持谦逊和尊重他人，愿意向那些在某些领域比自己更有专长的人请教和学习。只有这样，我们才能不断进步，实现自己的价值和梦想。

29.君子坦荡荡，小人长戚戚。

"君子坦荡荡，小人长戚戚"是一句深入人心的名言，它出自《论语·述而》，是孔子对于君子与小人不同心态的生动描绘。

"君子坦荡荡"描述的是君子的心态。在这里，"坦荡荡"意味着心胸宽广、开阔，无所不包，无所不容。君子因其高尚的品德和修养，他们的心灵如同广阔的天地，能够容纳世间万物，不受狭隘和偏见的束缚。他们对待人和事都持有公正、宽容的态度，不会因为小事而斤斤计较，也不会因为得失而患得患失。他们的内心是坦然的，没有任何愧疚和不安，因为他们始终坚守正道，行事光明磊落。

而"小人长戚戚"则是对小人心态的刻画。"戚戚"表示忧愁、担心的样子。小人由于品德低下、心胸狭窄，总是为了一些微不足道的事情而忧虑、烦恼。他们对待人和事都充满了猜疑和嫉妒，无法以平和的心态面对生活中的得失。他们的内心充满了不安和焦虑，因为他们总是试图通过不正当的手段来获取利益，却又担心被揭穿和受到惩罚。

通过对比君子和小人的不同心态，我们可以看到品德修养对于一个人心态的影响是巨大的。君子因为品德高尚，所以能够保持内心的平静和坦然；而小人则因为品德低下，总是处于忧虑和不安之中。这也提醒我们，要想拥有一个健康、平和的心态，就需要不断提升自己的品德修养，学会以宽容、公正的态度对待人和事。

此外，这句话还告诉我们，一个人的心态决定了这个人的人生境界。君子因为心态坦荡，所以能够活得自在、洒脱；而小人则因为心态狭隘，总是活得疲惫、痛苦。因此，我们应该努力成为君子，保持一颗坦荡的心，去迎接生活中的每一个挑战和机遇。

总的来说，"君子坦荡荡，小人长戚戚"是一句富有哲理的名言，它提醒我们要注重提升自己的品德修养，保持一颗坦荡的心，以积极、乐观的态度面对生活。

30.学而不思则罔，思而不学则殆。

"学而不思则罔，思而不学则殆"是一句非常著名的中国古代教育格言，出自《论语·为政》。这句话所蕴含的深刻道理，对于学习方法和学习态度都有着重要的指导意义。

"学而不思则罔"强调的是学习与思考的关系。如果只是机械地、不求甚解地学习知识，而不进行深入思考和理解，那么所学到的内容就会显得空洞无物，难以真正被掌握和运用。这种情况下，学习者可能会陷入迷茫和困惑之中，因为他们对所学内容没有真正理解，也无法将其应用于实际生活中。

"思而不学则殆"则是说，如果只是一味地思考而不学习新的知识，那么这种思考就会变得空洞和危险。因为没有足够的知识储备和支撑，思考很容易陷入主观臆断和偏见之中，难以得出正确的结论。这种情况下，思考者可能会陷入危险之中，因为他们的想法可能偏离了正确的方向，甚至可能导致错误的决策和行为。

因此，这句话所传达的核心思想是，学习和思考应该相辅相成、相互促进。在学习新知识的同时，要进行深入思考和理解；而在思考问题时，也要不断地学习和吸收新的知识，以丰富自己的思考和判断。

在现代社会，这句话依然具有重要的现实意义。在知识爆炸的时代，我们不仅要注重知识的积累，更要注重思考能力的提升。只有将学习和思考结合起来，才能真正掌握知识的精髓，将其应用于实际生活中，并不断提升自己的综合素质和能力。

31.当仁不让于师。

"当仁不让于师"是一句出自《论语·卫灵公》的经典名句。其直译为"在仁的实现上，对老师也不必谦让"。这句话传达了一种深刻的道德观念和教育理念。

首先，从道德观念来看，"当仁不让于师"强调了仁的重要性及个体在追求和实践仁道时的主动性和坚定性。仁是儒家思想的核心，它涵盖了关爱他人、尊重生命、公正无私等诸多美德。在追求和实践仁的道路上，每个人都应该积极向前，不畏艰难，不受任何束缚，包括来自老师的束缚。这并不是说我们要不尊重老师或不听从老师的教导，而是在仁的实现上，我们应该有自己的独立思考和判断，不受权威压制。

其次，从教育理念来看，"当仁不让于师"体现了孔子对于师生关系的独特理解。在孔子看来，师生关系并不是简单的服从与被服从的关系，而是一种相互学习、共同进步的关系。学生在追求仁的道路上，应该保持独立思考和自主判断的能力，而老师则应该鼓励学生发挥自己的主观能动性，引导他们走向正确的道路。这种教育理念尊重了学生的个性和差异，有利于培养学生的创新精神和批判性思维。

最后,"当仁不让于师"还强调了仁的实践性和普遍性。仁不仅仅是一种理论或观念,更是一种需要我们在日常生活中不断实践的美德。无论是老师还是学生,都应该积极参与到仁的实践中来,通过自己的行动来推动社会的进步和发展。同时,仁的实现并不局限于特定的群体或阶层,而是面向所有的人。每个人都有追求和实践仁的权利和义务,无论其身份地位如何。

在现代社会,"当仁不让于师"依然具有重要的启示意义。它提醒我们在追求真理和美德的道路上要保持独立思考和自主判断的能力,不受权威束缚;同时,也要积极参与社会实践,通过自己的行动来推动社会的进步和发展。同时,这句话也告诫我们,无论是在学习还是工作中,都应该保持谦逊和尊重他人的态度,但在坚守自己的原则和追求真理的过程中,也要有勇气和决心去坚持和表达自己的想法和观点,不盲从于他人,包括权威人士和老师。

总的来说,"当仁不让于师"是一句充满智慧和启示的名言,它鼓励我们在追求仁道和实践美德的道路上勇往直前,保持独立思考和自主判断的能力,同时也提醒我们要尊重他人、谦逊待人。这种精神不仅对于个人的成长和发展具有重要意义,对于社会的进步和和谐发展也发挥着积极的推动作用。

32.众恶之,必察焉;众好之,必察焉。

"众恶之,必察焉;众好之,必察焉"是一句富含深意的古语,旨在告诫我们在面对众人的喜好和厌恶时,应保持独立思考和审慎判断的能力。

首先,"众恶之,必察焉"意味着当大家都厌恶某件事或某个人时,我们不应盲目跟从这种情绪,而是要进行深入考察和了解。因为众人的厌恶可能源于误解、偏见或其他原因,如果我们不加以考察就轻易下结论,可能会错过真相,甚至做出错误的判断。

同样,"众好之,必察焉"也是告诫我们,当大家都喜欢或推崇某件事或某个人时,我们同样不能盲目跟风,而是要保持清醒的头脑,进行深入考察和分析。因为众人的喜好也可能受到各种因素的影响,比如从众心理、潮流趋势等,这些因素并不一定代表事物的真实价值或本质。

整体来看,这句话强调的是独立思考和审慎判断的重要性。在面对众人的意见和看法时,我们应该保持冷静和客观,不盲从、不随波逐流,而是要通过自己的观察和思考来形成独立的判断。

在现代社会中,这句话依然具有重要的指导意义。在信息爆炸的时代,我们每天都会接触到大量的信息和观点,如果不加以筛选和判断,很容易被各种声音所左右。因此,我们应该时刻保持独立思考的能力,不轻信、不盲从,用理性和客观的态度来面对各种挑战和选择。

33. 有朋自远方来，不亦乐乎？

"有朋自远方来，不亦乐乎"这句话出自《论语·学而》，是孔子的一句名言。

首先，"有朋自远方来"直接描述了情境：有朋友从遥远的地方来访。这里的"朋"指的是朋友，"自远方来"强调了朋友来访的距离和不易。在古代，交通不便，远道而来的朋友自然更显珍贵。

接下来，"不亦乐乎"是一句反问，意思是"不是很快乐吗"。这是对前一句话的情境的直接情感反应，表达了孔子对于远方朋友来访的喜悦之情。

整体来看，这句话表达了一种真挚的友情观和热情好客的态度。它告诉我们，真正的朋友是无价的，他们的到来会给人以难得的喜悦，无论他们来自何方，我们都应该以最大的热情去欢迎他们。

在现代社会，尽管交通和信息传递变得极为便捷，但这句话依然具有很强的现实意义。它提醒我们珍惜与他人的友谊，无论距离远近，都应该保持联系，并在有机会的时候相聚，分享彼此的喜怒哀乐。同时，这句话也倡导了一种热情好客、开放包容的精神，鼓励我们积极与他人交往，拓宽视野，增长见识。

34. 君子喻于义，小人喻于利。

"君子喻于义，小人喻于利"这句话是古代中国儒家思想中的一句名言，用于区分君子和小人在道德观念和行为准则上的不同。

"君子喻于义"表示君子注重的是道义和正义。在这里，"君子"通常指的是品德高尚、行为正直的人，"喻"是明白、理解的意思，"义"则指道义、正义或公正。这句话意味着君子在处理事务和与人交往时，总是以道义和正义为原则，他们追求的是道德上的完善和公正，而不仅仅是个人的利益。

"小人喻于利"则表示小人更看重的是私利和物质利益。这里的"小人"指的是品德卑劣、只顾个人私利的人，"利"则指物质利益或私利。这句话意味着小人在行动和决策时，往往只考虑个人利益而忽视道义和正义，他们容易被物质诱惑所驱使，缺乏道德约束。

通过对比君子和小人在道义和利益上的不同态度，这句话强调了道德观念和行为准则在人的品格和行为中的重要性。它告诫人们要追求高尚的品德和正义的行为，而不是仅仅追求个人的私利和物质享受。

在现代社会，这句话依然具有重要意义。它提醒我们在面对各种诱惑和挑战时要坚持道德原则，不为私利所动摇，追求真理、正义和善良。同时，它也鼓励我们培养高尚的品德和道德情操，成为对社会有益的人。

35.岁寒，然后知松柏之后凋也。

"岁寒，然后知松柏之后凋也"是一句出自《论语·子罕》的名言，极具深刻内涵，体现了对坚韧不拔的品质的赞美。

首先，"岁寒"指的是一年中最寒冷的时节，通常象征着困难和逆境。在这样的环境下，大多数植物都会凋零，失去生机。然而，松柏却不同，它们即使在严寒中也能保持常绿，不凋谢。

"然后知松柏之后凋也"的"后"字，在这里并非指时间上的先后，而是强调松柏与其他植物在面对寒冷时的不同表现。松柏并非不凋，而是相比其他植物，它们凋谢得更晚，更能抵御严寒的侵袭。这种特性使得松柏成了坚韧和耐久的象征。

整句话的意思是，在寒冷的季节到来时，人们才能真正体会到松柏的坚韧品质。这也暗喻着在困境或逆境中，那些能够坚持信念、不屈不挠的人才能显示出真正的价值和品质。

此外，这句话还传递了一种人生哲理：只有经过严峻的考验和磨砺，我们才能真正认识到一个人的品质和价值。在顺境中，人们往往容易迷失自我，只有在逆境中才能展现出真正的坚韧和毅力。

因此，"岁寒，然后知松柏之后凋也"不仅是对松柏坚韧品质的赞美，更是对人们在困境中坚守信念、不屈不挠精神的赞美和期许。它提醒我们，在面对困难和挑战时，要像松柏一样保持坚韧不拔的品质，勇往直前。

36.君子食无求饱，居无求安，敏于事而慎于言，就有道而正焉，可谓好学也已。

"君子食无求饱，居无求安，敏于事而慎于言，就有道而正焉，可谓好学也已"这句话出自《论语·学而》，它强调了在行动和言论之间应当保持的一种恰当平衡。

首先，"敏于事"意味着在处理事务、执行工作时应该敏捷、迅速，具备高效和灵活的特质。这里强调的是实际行动的能力和效率，要求我们在做事情时要快速、准确、有条不紊。

接着，"慎于言"则要求我们在发表言论、表达观点时要慎重、谨慎。这里的"慎"并非指不说话或少说话，而是指说话要经过深思熟虑，不轻易发表未经考虑的言论，避免因为言辞不当而引发麻烦或误解。

综合来看，这句话告诉我们在处理事务和发表言论时应该注重平衡。在行动上，我们应该迅速而敏捷；在言论上，我们应该谨慎而深思。这种平衡不仅有助于我们个人形象的塑造，也能提升我们在社交和工作中的效率与信誉。

在现代社会中，这句话依然具有重要的指导意义。在快节奏的生活中，我们往往需要迅速应对各种事务，同时又要保持清醒的头脑，避免因为轻率的言辞而引发问题。因此，"敏于事而慎于言"不仅是一种为人处世的智慧，也是一种生活态度的体现。

37.逝者如斯夫，不舍昼夜。

"逝者如斯夫，不舍昼夜"是孔子的一句名言，出自《论语·子罕》。这句话的意思是：时光像流水一样消逝，日夜不停。其中，"逝者"指的是流逝的时光，"斯"代指"川"，即河水，"不舍昼夜"则表示不停息地流淌，不分昼夜。

这句话传达了孔子对于时间流逝的深刻感悟，提醒人们要珍惜时间，把握当下。因为时光一旦逝去，就不会再回来，就如同流水一般，不断地向前流淌，永不停歇。因此，我们应该珍惜时间，不断努力，追求自己的理想和目标。

此外，这句话也体现了孔子对于勤奋和努力的重视。他认为，要想在有限的时间内取得更多的成就，就必须不断地学习、思考和行动，不舍昼夜地追求进步。这种精神不仅对于个人的成长和发展具有重要意义，也对于社会的发展和进步具有积极的推动作用。

总的来说，"逝者如斯夫，不舍昼夜"是一句富有哲理的名言，提醒我们要珍惜时间，勤奋努力，不断追求进步和发展。

38.既来之，则安之。

"既来之，则安之"是一句中国俗语，原意是"已经把他们招抚来了，就要把他们安顿下来"。这句话出自《论语·季氏》，是孔子所说的一句名言。后来，这句话的意思得到了引申，不仅仅局限于招抚和安顿的具体行为，更是用来表达一种心态或态度：即当事情已经发生或人已经到了某个地方，就应该安心接受，并努力适应和融入新的环境或情况。

这句话传达了一种积极、乐观的生活态度。它告诉我们，在面对生活的变化或挑战时，我们不应该过分焦虑或抗拒，而是要学会接受并适应。只有这样，我们才能更好地应对生活中的各种变化，保持内心的平静和安宁。

同时，"既来之，则安之"也提醒我们，在与人相处或处理事情时，要有包容和接纳的心态。不要轻易地对他人或事物产生排斥或抵触的情绪，而是要以开放的心态去理解和接纳。这样，我们才能与他人建立良好的关系，更好地解决问题和应对挑战。

总之,"既来之,则安之"是一句富有哲理的名言,它告诉我们应该以积极、乐观、包容的心态去面对生活中的各种变化和挑战。

39.知之为知之,不知为不知,是知也。

"知之为知之,不知为不知,是知也"这句话出自《论语·为政》,是孔子的一句名言。其核心含义是强调对待知识应该持有的正确态度。

"知之为知之"意味着当我们真正了解、明白某件事情时,应该坦诚地承认自己已经了解。这体现了诚实和谦虚的品质,不夸大自己的知识,也不隐瞒自己已经了解的事实。

"不知为不知"则是告诫我们,当我们对某件事情不了解或不清楚时,也应该坦诚地承认自己的无知。这并非一种羞耻,而是知识探索过程中的一个正常阶段。只有认识到自己的不足,我们才能有动力去学习和进步。

"是知也"是总结性的陈述,指出能够区分知道和不知道才是真正的智慧。这不仅仅是对知识本身的认知,更是一种对待知识和学习的态度。真正的智者不仅具备丰富的知识,更重要的是具备自知之明,能够正确评估自己的知识水平和能力。

这句话告诉我们在学习和生活中应该保持一种实事求是的态度,既不夸大自己的所知,也不回避自己的无知。只有这样,我们才能真正地不断进步,不断提升自己的知识和能力。同时,这也是一种做人的智慧,帮助我们更好地与人相处,避免因为无知而犯错或误导他人。

40.己所不欲,勿施于人。

"己所不欲,勿施于人"是一句源自中国古代的经典箴言,出自《论语·颜渊》。这句话的意思是,自己不希望遭受的,也不要施加给别人。它体现了儒家思想中的"仁"与"恕"的精神。

具体来讲,"己所不欲"指的是那些我们自己不希望经历的不愉快、不公平、伤害等负面行为或状况;"勿施于人"则是告诫我们不应该将这些不愉快的经历或行为强加给别人。

这句话强调了在人际交往中应持有的基本道德准则和尊重他人的态度。它提醒我们,在追求自己的利益或满足自己的欲望时,不应忽视他人的感受和权益。我们应该尊重他人的意愿和选择,避免给他人带来不必要的痛苦或伤害。

"己所不欲,勿施于人"是一种普遍适用的道德原则,不仅适用于个人与个人之间的关系,也适用于国家与国家之间的交往,以及人类与自然界的相处。它提醒我们在处理各种关系时，都要以尊重、理解和包容为基础，共同构建一个和谐、美好的社会。

总的来说，这句话简洁而深刻，是一种人类共通的道德智慧，也是我们每个人在生活和工作中应该时刻铭记的准则。

41. 与朋友交，言而有信。

"与朋友交，言而有信"是一句古语，出自《论语·学而》。这句话的意思是，在与朋友交往的过程中，应该言出必行，说话要算数，要有信用。这是古人对朋友间诚信和信任的重视和倡导。

在人际交往中，信任是非常重要的一环。当朋友之间建立起信任关系时，彼此之间的交流和合作会更加顺畅和愉快。而信任的基础就是言而有信，即说话算数，不轻易食言。

因此，"与朋友交，言而有信"这句话提醒我们，在与朋友交往时，应该注重诚信，不要轻易承诺，但一旦承诺了就要尽力去实现，以赢得朋友的信任和尊重。同时，也要学会识别和选择值得信任的朋友，建立起健康、稳定的人际关系。

42. 吾日三省吾身。

"吾日三省吾身"是一句出自《论语·学而》的名言，是孔子的弟子曾子所说的一句话。它的意思是："我每天多次反省自己。"

具体来说，"三省"是多次反省的意思，"三"并不是实指三次，而是多次、反复的意思。古代在有动作性的动词前加上数字，表示动作频率高，不必认定为三次。"吾身"是指自身或自己。这句话强调人应该经常进行自我反思，检查自己的行为、言语和思想是否符合道德、礼仪和正确的价值观，以便及时调整和修正自己的错误和不足之处。

通过每天反省自己，可以使人更加清醒地认识自己，了解自己的优点和不足，进而更好地规划自己的行动和人生方向。这是一种自律和自我提升的表现，也是孔子所倡导的君子之道的重要方面之一。因此，这句话在中华文化中具有重要的价值和影响，被广泛应用于个人修养、教育和社会治理等领域。

43. 鸟之将死，其鸣也哀；人之将死，其言也善。

"鸟之将死，其鸣也哀；人之将死，其言也善"是一句富含哲理的谚语，出自《论语·泰伯》。

"鸟之将死，其鸣也哀"描述的是鸟儿在临终前，其鸣叫声会显得特别哀伤和凄厉。这是生物在面对生命的终结时展现出的一种自然的悲哀情感，仿佛是对生命的留恋和不舍。

"人之将死，其言也善"则是指人在临终前往往会说出一些善良、真诚、充满悔悟或感激的话。这是因为人在生命的最后阶段往往会反思自己的一生，对过去的错误和遗憾有所觉悟，对曾经的恩人和亲人怀有深深的感激。此时的言辞，更多的是内心的真实流露，没有了世俗的纷扰和虚伪。

总的来说，这句话通过对比鸟和人在临终前的表现，传达了一种对生命和死亡的深刻洞察。它提醒我们，生命是短暂的，我们应该珍惜每一个时刻，真诚地对待自己和他人，不留遗憾地度过每一天。同时，它也告诉我们，在生命的最后阶段，我们应该保持善良和真诚，用爱和感激来告别这个世界。

44.其身正，不令而行；其身不正，虽令不从。

"其身正，不令而行；其身不正，虽令不从"这句话出自《论语·子路》，它描述的是领导者或榜样在影响他人时的行为准则和效果。

"其身正，不令而行"意味着当领导者或榜样本身行为端正、正直无私时，他们无须发布命令或强迫，他人便会自然地跟随他们的行为，接受他们的价值观或方式。这是因为他们的行为本身就是一种示范标准，能够赢得他人的尊重和信任，从而促使他人自愿地模仿和遵循。

"其身不正，虽令不从"则表达了相反的情况。当领导者或榜样的行为不端、不正直时，即使他们发布了命令或要求，他人往往也不会真心地遵守或跟从。这是因为他们的行为已经失去了信誉和影响力，导致他人对他们的命令或要求持怀疑态度，甚至可能产生反感或反抗行为。

这句话强调了榜样和领导者行为的重要性，以及它们对他人产生的影响。一个正直的领导者或榜样，能够通过自身的行为赢得他人的尊重和信任，从而有效地影响他人的行为和态度；相反，一个行为不端的领导者或榜样，即使拥有权力或地位，也难以真正地影响或改变他人。

因此，这句话对于领导者或榜样来说，是一种提醒和告诫，要时刻注意自身的行为，确保自己的言行一致、正直无私，以赢得他人的尊重和信任，有效地发挥自己的影响力。

45.三十而立，四十而不惑，五十而知天命，六十而耳顺，七十而从心所欲，不逾矩。

这句话出自《论语·为政》，是孔子对于人生不同阶段的一种总结和描述。以下是对这句话的详细解释：

"三十而立"是说在三十岁的时候，一个人应该对生活、事业、价值观等方面有了明确的认识和定位，能够自立自强，承担起自己应有的责任和义务。这个阶段的人，通常已经积累了一定的社会经验，开始形成自己独特的人生观和世界观。

"四十而不惑"是说到了四十岁，一个人应该对生活有了更深入的理解和把握，不再因为外界的诱惑或困惑而动摇自己的信念和目标。此时，他们已经明确了自己的人生方向，并为之坚定不移地努力。

"五十而知天命"是说五十岁时，一个人应该开始深刻认识生命的无常和命运的安排，明白有些事情是人力无法改变的，从而更加珍惜眼前的时光和拥有的一切。同时，他们也开始明白自己在社会和历史中的位置，更加坦然地面对生活中的得失和荣辱。

"六十而耳顺"是说到了六十岁，一个人应该能够平静地听取各种不同的意见和声音，不会因为别人的话而轻易动怒或产生不满。此时，他们已经拥有了足够的智慧和经验，能够从容应对生活中的各种挑战和变化。

"七十而从心所欲，不逾矩"是说七十岁时，一个人应该已经达到了一个非常高的境界，能够在遵循社会规范和道德准则的前提下随心所欲地生活，而不会做出超出规范的事情。此时，他们的人生已经历经了无数的风风雨雨，心态也已经变得平和而豁达。

总体来说，这句话描绘了一个人从年轻到老年的人生成长过程，强调了不同阶段应该有不同的生活态度和追求。它提醒我们，在人生的旅途中，要不断地学习和成长，不断提升自己的境界和修养，以更好地面对生活的挑战和享受生命的美好。

46.士不可以不弘毅，任重而道远。

"士不可以不弘毅，任重而道远"这句话出自《论语·泰伯》，是曾子对士人品质的一种深刻阐述。

"士"在古代指的是有抱负、有修养、有社会地位的人，他们承担着传承文化、引导风尚的重要使命。曾子提出的"弘毅"二字，是对士人品质的高度概括。其中，"弘"意味着宽广的胸怀、宏大的志向，士人应该有包容天下的气度和追求卓越的志向；"毅"则代表着坚定的意志、刚强的毅力，士人在面对困难和挑战时，应该坚韧不拔、勇往直前。

"任重而道远"则进一步阐述了士人所肩负的责任和使命的艰巨性。这里的"任重"指的是士人承担的责任重大，他们不仅要修身、齐家，还要治国、平天下，为社会的和谐与进步贡献自己的力量；"道远"则意味着实现这些目标需要经历漫长而艰辛的奋斗过程，士人需要有足够的耐心和毅力去不断前行。

综合起来看,"士不可以不弘毅,任重而道远"这句话强调了士人应该具备的品质和承担的责任。它告诉我们,作为一个有志向、有抱负的人,我们应该有宽广的胸怀、宏大的志向和坚定的意志;同时,我们也应该清楚地认识到自己所肩负的责任重大而道远,需要付出长期的努力和奋斗。

在现代社会中,这句话依然具有重要的启示意义。它提醒我们,无论是在学习、工作还是生活中,我们都应该保持"弘毅"的品质,勇于承担责任和面对挑战;同时,我们也应该保持清醒的头脑和坚定的信念,不断追求进步和发展,为实现个人价值和社会进步贡献自己的力量。

47.择其善者而从之,其不善者而改之。

"择其善者而从之,其不善者而改之"这句话出自中国古代思想家孔子的《论语·述而》。这句话的意思是:我们要选择别人的优点去学习,对于他们的缺点,如果自己有的话,要注意改正;如果没有,就要加以防备。

"择其善者而从之"强调了学习的主动性和选择性。在这个信息爆炸的时代,我们每天都会接触到各种各样的信息和观点。然而,并非所有的信息都是有益的,因此我们需要有辨别力,选择那些真正有价值、有意义的内容来学习。同时,我们还应该主动去寻找那些比自己优秀的人,学习他们的优点和长处,以此来提升自己的能力和素质。

"其不善者而改之"则是对自我反省和改进的提醒。每个人都有自己的缺点和不足,我们应该勇于面对自己的问题,并积极寻求改进的方法。当我们发现别人的缺点时,也要反思自己是否也存在同样的问题,如果存在,就要努力改正;如果不存在,也要引以为戒,避免犯同样的错误。

总的来说,这句话告诉我们,学习是一个不断选择、吸收和改正的过程。我们应该保持谦虚好学的态度,积极向他人学习,同时也要不断反省自己,努力改进自己的不足。这样,我们才能不断进步,成为更好的自己。

48.君子以文会友,以友辅仁。

"君子以文会友,以友辅仁"是一句富有深意的格言,出自《论语·颜渊》。这句话所表达的是君子在人际交往中,如何通过文化和友谊来增进自身的品德修养。

"君子以文会友"意味着君子通过文化和知识来结交志同道合的朋友。这里的"文"不仅指文学、艺术等文化知识,更广泛地涵盖了道德、礼仪、智慧等方面的修养。君子通过与他人分享和交流这些文化精髓,从而吸引那些有着相同价值观和追求的人,建立起深厚的友谊。

"以友辅仁"则是说君子通过朋友的帮助来辅助自己实现仁德。在君子看来，友谊不仅是情感的交流，更是品德提升的重要途径。通过与朋友的相互启发和激励，君子能够不断地修正自己的错误，提升自己的道德水平。同时，朋友之间的互相监督和鼓励，也有助于君子在追求仁德的道路上不断前行。

综上所述，这句话强调了君子在人际交往中注重文化交流和品德修养的重要性。君子通过以文会友，结交志同道合的朋友；通过以友辅仁，借助朋友的帮助来提升自己的品德修养。这种交往方式不仅有助于君子个人的成长和发展，也有助于整个社会的道德水平的提升。

在现代社会中，这句话依然具有重要的意义。我们应该注重文化知识和道德修养的提升，通过与他人分享和交流来增进友谊，实现相互理解。同时，我们也应该珍惜身边的朋友，相互支持、鼓励和帮助，共同追求更高的道德境界和更美好的人生。

49. 道不同，不相为谋。

"道不同，不相为谋"是一句中国古代的格言，出自《论语·卫灵公》。这句话的字面意思是，如果人们的道路或理念不同，那么他们就不应该一起谋划或合作。它强调了理念、目标和道路的一致性在人际关系和合作中的重要性。

在更深的层次上，这句话涉及个体或团体之间的价值观、信仰、目标和追求。当人们在这些核心问题上存在根本分歧时，他们很难有效地合作或达成共识，因为他们的出发点和行动方向截然不同。在这种情况下，试图强行合作或协商，往往只会带来冲突和误解，而非和谐与进步。

从实际生活的角度来看，这句话提醒我们在与人交往和合作时，要寻找那些与我们志同道合的人。与他们共同追求目标，往往能够事半功倍，因为大家有着共同的理念和方向。同时，这句话也告诫我们，面对与自己理念不同的人时，要保持尊重和理解，而不是将自己的观点强加给他们。

此外，这句话也鼓励我们在面对分歧时勇于坚持自己的原则和信仰。当我们确信自己的道路是正确的时，不要因为外界的压力或诱惑而轻易放弃或改变。同时，也要学会倾听和尊重他人的观点，即使我们并不完全同意，这样有助于我们更全面地理解世界，丰富自己的思想，开阔自己的视野。

总之，"道不同，不相为谋"这句话强调了理念一致在人际关系和合作中的重要性，同时也提醒我们要尊重和理解与自己不同的人，并在面对分歧时保持坚定的原则。

50.巧言乱德，小不忍，则乱大谋。

"巧言乱德，小不忍，则乱大谋"这句话出自《论语·卫灵公》，是孔子的一句名言。它的意思是花言巧语会败坏道德，小事上不忍耐，就会扰乱了大的谋略。

"巧言乱德"强调了言辞的重要性。花言巧语虽然动听，但往往缺乏真实性和道德性，容易误导他人，甚至败坏社会的道德风尚。因此，我们在日常生活中应该注重言辞的真诚和道德性，避免使用虚伪或夸大其词的言辞。

"小不忍，则乱大谋"则强调了忍耐和顾大局的重要性。在追求目标或处理事务时，我们往往会遇到各种挑战和困难。如果因为一些小事而失去耐心或冲动行事，很可能会破坏原本的计划或策略，导致更大的损失。因此，我们需要学会忍耐和冷静思考，不要因为一时的冲动而做出错误的决策。

综合来看，这句话告诫我们在言行上要注重道德和真诚，同时在处理事务时要具备忍耐力和大局观念。只有这样，我们才能避免被巧言所惑，保持清醒的头脑，做出正确的决策，实现自己的目标。

在现代社会中，这句话依然具有重要的指导意义。无论是个人生活还是职场工作，我们都需要时刻保持警惕，避免被花言巧语所迷惑，同时也要学会忍耐和顾全大局，以实现更长远的目标和利益。

51.不患寡而患不均，不患贫而患不安。

"不患寡而患不均，不患贫而患不安"这句话出自《论语·季氏》。它的意思是，人们并不担心财富或资源的稀少，而是担心分配得不均匀；并不是担忧过贫穷的日子，而是担忧生活不安定。

"不患寡而患不均"反映了人们对于公平和正义的追求。在一个社会中，如果资源的分配是公平的，每个人都可以根据自己的贡献和需求得到相应的份额，那么即使整体的资源量并不多，人们也不会过于忧虑。然而，如果资源的分配存在严重的不均现象，有些人极度富有而另一些人却生活在贫困之中，这就会引起人们的不满和反抗。因此，一个公正、公平的社会分配机制对于维护社会稳定和和谐至关重要。

"不患贫而患不安"则强调了人们对于安定和稳定生活的渴望。贫穷并不是人们最害怕的事情，因为在一定的社会制度和保障下，即使生活贫困，人们也可以通过努力和奋斗来改善自己的处境。然而，如果社会动荡不安，人们的生命财产安全无法得到保障，那么这种不确定性会给人们带来巨大的心理压力和困扰。因此，保持社会的稳定和安全是维护人们正常生活和发展的基础。

综合来看，这句话揭示了人们对于公平、正义和稳定生活的向往和追求。在现代社会中，我们仍然需要关注这些问题，努力营造一个公正、稳定的社会环境，让每个人都能够享有公平的机会和稳定的生活。

52.学而不厌，诲人不倦。

"学而不厌，诲人不倦"是一句出自《论语·述而》的名言，它深刻地阐述了学习和教育的态度。

"学而不厌"意味着对于学习应该持永不满足的态度，无论学到多少知识，都不应感到厌倦或满足。这是因为知识是无穷无尽的，而人的求知欲也是永无止境的。只有保持对学习的热爱和兴趣，不断地充实自己，才能跟上时代的步伐，不断进步。

"诲人不倦"则强调了教育者的责任和态度。作为教育者，应该耐心地教导他人，不厌其烦地解答疑问，引导学生不断进步。教育者要有责任心和耐心，要尊重每一个学生的成长和发展，为他们提供个性化的教育。

综合来看，"学而不厌，诲人不倦"这句话传达了一种积极向上、永不停歇的学习和教育态度。它告诉我们，无论是学习还是教育，都需要保持一颗谦虚、好学、耐心的心，不断地追求进步和发展。这种态度对于个人成长和社会发展都具有重要意义。

在现代社会，这句话依然具有很强的现实意义。在快速变化的时代里，我们需要不断更新自己的知识和技能，以适应新的挑战和机遇。同时，作为教育者或家长，我们也应该注重培养孩子的学习兴趣和自主学习能力，引导他们形成正确的学习态度和价值观。

53.不在其位，不谋其政。

"不在其位，不谋其政"是一句出自《论语·泰伯》的名言，它告诉我们一个关于职责与角色的重要道理。

首先，我们来解释这句话的字面意思。它说的是，如果一个人不在某个特定的职位或位置上，那么就不应该去谋划或干涉那个职位上的政务或事务。

这句话的核心思想在于强调职责和角色的界限。在社会、组织或家庭中，每个人都有自己的特定位置和职责。这些位置和职责划定了我们的行为范围和权力边界。当我们越权去干涉他人的事务时，不仅会破坏原有的秩序，还可能造成不必要的混乱和冲突。

同时，这句话也提醒我们要尊重他人的职权和角色。每个人都有自己的专业领域和职责所在，我们不应该随意插手或指手画脚。相反，我们应该支持和鼓励他人在自己的领域内发挥专长，并与之协作，以实现更好的整体效果。

在现代社会中，这句话依然具有重要意义。在职场中，我们应该明确自己的职责范围，不越权干涉他人的工作；在家庭中，我们也应该尊重每个家庭成员的角色和职责，共同维护家庭的和谐与稳定。

总的来说，"不在其位，不谋其政"是一句提醒我们尊重职责和角色界限的名言。我们应该明确自己的位置和职责，不越权干涉他人，共同维护社会的秩序和稳定。

54.名不正，则言不顺；言不顺，则事不成。

"名不正，则言不顺；言不顺，则事不成"这句话出自《论语·子路》，主要讨论了名分、言辞和事情成败之间的关系。

首先，"名不正，则言不顺"指出，如果名分或名义不恰当、不正确，那么言辞就会显得不顺畅或不合逻辑。这里的"名"指的是事物的名称、概念或定义，而"言"则是指对事物的描述、解释或表达。当名分不明确或有误时，人们很难用恰当的言辞来描述或解释事物，因为缺乏一个清晰、准确的基础。

进一步，"言不顺，则事不成"说明，如果言辞不顺畅或不合逻辑，那么事情就很难成功。因为言辞是传达思想、沟通意见、协调行动的重要工具，如果言辞不当，就可能导致误解、混乱或矛盾，从而影响事情的进展和结果。

整体来看，这句话强调了名分和言辞对于事情成功的重要性。一个正确的名分能够为言辞提供清晰、准确的基础，而顺畅的言辞则有助于有效地传达思想、沟通意见和协调行动，从而推动事情的顺利进行。

在现代社会中，这句话依然具有重要的启示意义。无论是在工作、学习还是生活中，我们都需要关注名分和言辞的使用。要确保对事物有清晰、准确的认识，用恰当的言辞来描述和解释，以避免因名分不正或言辞不顺而导致误解和失败。同时，也要注重沟通和协调，通过顺畅的言辞来促进合作和解决问题，实现个人和社会的共同发展。

55.见贤思齐焉，见不贤而内自省也。

"见贤思齐焉，见不贤而内自省也"是一句出自《论语·里仁》的名言，它教导我们如何面对他人的优点和缺点，从而不断提升自己。

"见贤思齐焉"意味着当我们看到别人的优点和贤能时，应该心生向往，并努力向他们看齐。这里的"贤"指的是那些品德高尚、才华出众的人。当我们遇到这样的人时，不应该只是羡慕或嫉妒，而应该深入思考他们优秀的原因，并尝试学习他们的优点，以此来提升自己的品德和能力。

"见不贤而内自省也"则是说当我们看到别人的缺点或不足时，应该反思自己是否也有类似的问题。这里的"不贤"指的是那些品德或行为上有缺陷的人。当我们发现别人的不足时，不应该只是嘲笑或指责，而应该以此为鉴，审视自己是否也有同样的问题，从而及时进行自我修正和完善。

整体来看，这句话强调的是一种积极向上、自我提升的态度。它告诉我们，无论是面对他人的优点还是缺点，我们都应该保持一颗谦虚、好学的心，不断吸取他人的长处，同时反思并改进自己的不足。只有这样，我们才能不断进步，成为更好的自己。

在现代社会中，这句话依然具有重要的指导意义。它提醒我们在与他人相处时要保持开放的心态，善于学习和借鉴他人的优点；同时，也要勇于面对自己的不足，不断进行自我反省和提升。这样，我们才能在人生的道路上不断前行，实现自身价值的最大化。

56.富贵不能淫，贫贱不能移，威武不能屈。

"富贵不能淫，贫贱不能移，威武不能屈"这句话出自《孟子·滕文公下》。它的意思是：在富贵时，能使自己节制而不挥霍；在贫贱时不要改变自己的意志；在强权下不能改变自己的态度，这样才是大丈夫。

这句话强调了人的品格和道德原则在面对各种环境和挑战时应保持不变的重要性。富贵、贫贱、威武是人生的三种基本境遇和挑战，而"不能淫""不能移""不能屈"则是对一个人坚定品格的要求。

"富贵不能淫"意味着在拥有财富和地位的时候，不能放纵自己的欲望，不能沉迷于享乐，而应该保持清醒和节制，不忘记初心，坚持正确的价值观。

"贫贱不能移"则是指在面对贫穷和低贱的境遇时，不能改变自己的志向和原则，不能为了生存而放弃自己的尊严和价值观，应该保持坚韧不拔的精神，勇敢地面对困境。

"威武不能屈"则是在面临权势和暴力的压迫时，不能屈服和妥协，要坚持自己的信念和原则，保持高尚的道德品质。

总之，这句话鼓励人们在任何情况下都要坚守自己的道德底线和原则，不被外界所动摇，保持高尚的品质和精神风貌。

57.人恒过，然后能改；困于心，衡于虑，而后作；征于色，发于声，而后喻。

这句话出自《孟子·告子下》，是孟子关于个人修养和成长的重要论述。这句话的意思是：一个人常常犯错误，这样以后才能改正；内心忧困，思想阻塞，然后才能奋起；心绪显露在脸色上，表达在声音中，然后才能被人了解。

这段话主要讲述了人在成长过程中，不可避免地会遭遇错误和困境，但正是这些经历促使我们进行反思和改正，从而不断成长和进步。孟子强调了人的成长是一个不断修正和超越自我的过程，需要经历内心的挣扎和外部的磨砺。

首先，"人恒过，然后能改"说明了错误是普遍存在的，而改正错误则是个人成长的重要一环。我们应该正视自己的错误，勇于承认并改正，从而不断完善自身。

其次，"困于心，衡于虑，而后作"则强调了内心的挣扎和思考在成长过程中的重要性。当我们面临困境时，内心的挣扎和思考会激发我们的潜力，促使我们寻找解决问题的方法，从而实现自我超越。

最后，"征于色，发于声，而后喻"则指出，我们的内心情感和思想会通过表情和声音表达出来，从而让他人了解我们的想法和感受。这也是人际交往中重要的一环，通过有效的沟通，我们可以更好地理解彼此，实现共同成长。

综上所述，这句话是孟子关于个人成长的重要论述，强调了错误、困境、内心挣扎和有效沟通在成长过程中的重要作用。这些观点对于我们理解个人成长的过程和提高自我修养具有重要的启示意义。

58.然后知生于忧患而死于安乐也。

"然后知生于忧患而死于安乐也"这句话出自中国古代的经典文献《孟子·告子下》。它的主要含义是：在忧患和困难的环境中成长、壮大，而在安逸和享乐中则容易灭亡或衰败。

具体解释如下：

"生于忧患"强调的是逆境或困难对于个人或团体成长的重要性。在面临挑战和困难的时候，人们往往会更加努力地奋斗，寻求解决问题的方法，从而激发出更多的潜能和智慧。这种环境下的成长往往更加坚实和深刻，因为它涉及真实面对和解决问题。

"死于安乐"则提醒我们，过于舒适和安逸的环境可能会使人变得懈怠和缺乏警惕。当人们不再面临外部的压力和挑战时，可能会丧失进取心和竞争力，最终导致衰败或灭亡。历史上的许多案例都证明了这一点，当一个国家或团体沉迷于享乐和舒适时，往往会忽视外部的变化和潜在的威胁，最终导致衰落。

综合来看，这句话传达了一种深刻的哲理：挑战和困难是成长和进步的动力，而过度享乐和舒适则可能导致灭亡。它鼓励人们在面对困难时保持坚韧不拔的精神，同时也在安逸中保持警惕和进取心。

在现代社会，这句话依然具有重要的现实意义。它提醒我们，无论是个人还是组织，都需要在面对挑战和困难时保持积极的心态和行动态度，不断寻求进步和创新；同时，也要在取得成就和享受成果时保持头脑清醒，避免陷入享乐主义和松懈状态。

59.不以规矩,不能成方圆。

"不以规矩，不能成方圆"是一句古老的格言，出自《孟子·离娄上》。这句话的字面意思是，如果不使用圆规和直尺，就无法画出标准的圆形和方形。而它所蕴含的深层含义则是强调规则和准则在生活和工作中的重要性。

在更广泛的意义上，"规矩"代表着社会生活中的道德规范、行为准则和法律制度，这些规矩确保了社会的有序运行；而"方圆"则象征着事物的完美和和谐。这句话告诉我们，只有遵循一定的规矩和准则，我们才能实现个人的成长和社会的和谐稳定。

具体来说，这句话告诉我们，无论在学习、工作还是生活中，我们都需要遵守一定的规则和标准。这些规则可能是学校的规章制度、工作的职业道德、社会的法律法规等。只有当我们遵循这些规则时，我们才能够更好地适应社会、发展自我，并取得成功。

同时，这句话也提醒我们，在遵守规矩的同时，我们也要具备创新和变通的能力。规矩虽然是必要的，但也不是一成不变的。在遵守基本规矩的前提下，我们应该根据实际情况进行灵活调整和创新发展，以实现更好的效果。

总之，"不以规矩，不能成方圆"这句话强调了规矩在生活和工作中的重要性，提醒我们在遵守规矩的基础上追求个人的成长和社会的进步。

60.得道者多助，失道者寡助。

"得道者多助，失道者寡助"是一句充满哲理的古代格言。这句话的核心意义在于强调道德品质对人际关系和社会支持的重要影响。

"得道者多助"意味着那些遵循正确道德原则、行为正直的人，通常会得到更多人的帮助和支持。这样的人，因为他们的正直和善良，能够赢得他人的尊重和信任，从而在需要时得到更多的援助。

"失道者寡助"则是指那些行为不端、违背道德原则的人往往会失去他人的帮助和支持。这样的人，因为他们的不道德行为，会引起他人的不满和反感，导致在他们困难时鲜有人愿意伸出援手。

这句话所传达的深层含义是，道德品质不仅仅是个人修养的体现，更是影响个人在社会中地位和人际关系的重要因素。一个人如果能够坚守道德原则，积极行善，就能赢得他人的尊重和帮助；反之，如果背离道德，行为恶劣，就会失去他人的信任和支持。

因此，这句话告诫我们，在日常生活中应该注重培养自己的道德品质，遵循正确的道德原则，以此来赢得他人的尊重和支持。同时，也要警惕那些行为不端的人，避免受到他们的影响或牵连。

在现代社会，这句格言依然具有非常重要的指导意义。它提醒我们，无论是在工作还是生活中，都应该注重道德修养，做一个正直、善良的人，这样才能在人际交往中获得更多的支持和帮助，实现个人的成长和社会的进步。

61. 养心莫善于寡欲。

"养心莫善于寡欲"是一句出自《孟子·尽心下》的古代格言，其核心意义在于强调减少欲望对于修养内心的重要性。

"养心"指的是修养心灵，培养内心的平和与宁静。在孟子看来，一个人的心灵状态直接影响其道德品质和人生境界。因此，养心成为古人追求自我完善的重要途径。

"寡欲"则是指减少过度的欲望和贪求。在孟子看来，欲望过多会扰乱人的内心平静，使人迷失方向，甚至损害道德品质。因此，寡欲成为实现养心目标的重要手段。

整句格言的意思是，修养内心最好的方法莫过于减少欲望。当一个人能够控制自己的欲望，不被外界物质所诱惑，他的心灵就能保持宁静和清明，从而更容易达到道德上的完善。

在现代社会中，这句格言依然具有重要的现实意义。随着物质生活的不断丰富，人们面临着越来越多的诱惑和选择。如果不能有效控制自己的欲望，很容易陷入无尽的追求和攀比中，导致内心的失衡和疲惫。因此，我们需要时刻提醒自己寡欲的重要性，通过减少不必要的欲望来保持内心的平和与宁静。

同时，寡欲也有助于我们更好地关注自己的精神世界，培养高尚的道德品质和人生境界。当我们不再被物质所束缚，就能更自由地追求精神上的满足和成长，实现自我价值的最大化。

总之，"养心莫善于寡欲"是一句深刻而富有智慧的格言，它提醒我们在追求物质生活的同时，也要注重内心的修养和精神的成长。通过减少欲望、保持内心的宁静和清明，我们才能更好地实现自我完善和提升人生境界。

62. 天时不如地利，地利不如人和。

"天时不如地利，地利不如人和"是一句古代的军事格言，出自《孟子·公孙丑下》。这句话所表达的核心思想是，在决定战争胜负的诸多因素中，天气和时令等自然条件（天时）虽然重要，但不如地理位置和地势（地利）来得关键；

而地理条件虽然关键，却仍然比不上人心的向背（人和）更为决定胜负。

首先，"天时不如地利"意味着，尽管有利的天气和时令能为军队的行动提供便利，但如果没有占据有利的地形和地势，那么这些优势也难以充分发挥。地形地势对于军事行动的成败有着至关重要的影响，比如占据高地、扼守要冲等，都能有效地阻止敌人的进攻或有利于我方发起攻击。

然而，即使占据了有利的地形地势，"地利不如人和"却告诉我们，最重要的因素还是人心的向背，这包括军队内部的团结和士气，民众的支持与配合，以及指挥者的智慧和领导能力。一支团结一致、士气高昂的军队，往往能发挥出超越自身实力的战斗力；而民众的支持和配合则能为战争提供源源不断的人力物力支援；一个英明的指挥者则能正确地判断形势、制定战略、调配资源，从而确保战争的胜利。

在现代社会中，这句格言依然具有深刻的指导意义。它告诉我们，在追求事业成功的过程中，虽然外部环境和条件（如市场机遇、政策支持等）很重要，但更关键的是我们自身的素质和条件（如个人能力、团队协作、领导智慧等）。只有不断提升自身素质和能力，才能更好地适应和利用外部环境的变化，取得更大的成功。

同时，这句格言也强调了人际关系和团队合作的重要性。无论是在工作中还是生活中，我们都需要与各种人打交道、合作共事。因此，建立良好的人际关系、增强团队协作能力就显得尤为重要。只有团结一致、相互支持、携手共进，我们才能克服各种困难和挑战，取得更大的成就。

总之，"天时不如地利，地利不如人和"这句格言强调了人心向背在决定事物成败中的关键作用。它提醒我们，在追求目标的过程中，不仅要关注外部环境和条件的变化，更要注重自身素质和能力的提升及人际关系的和谐与团队合作的加强。

63.富贵不能淫，贫贱不能移，威武不能屈，此之谓大丈夫。

"富贵不能淫，贫贱不能移，威武不能屈，此之谓大丈夫"是一句非常经典的中国古代格言，出自《孟子·滕文公下》，这句话所表达的是一种高尚的品格和坚定的道德立场。

我们来解释每个部分的含义：

"富贵不能淫"指在富贵的环境中，人们不应该被财富和地位所迷惑，做出违背道德和原则的事情。这里的"淫"可以理解为过度放纵或道德沦丧。即使面对巨大的诱惑，真正的大丈夫也能保持清醒的头脑和坚定的信念，不为富贵所动。

"贫贱不能移"指在贫穷和低贱的境遇中，人们也不应该放弃自己的尊严和原则。无论生活多么艰难，真正的大丈夫都能坚守道德底线，不向困境屈服。

"威武不能屈"指即使面临强大的威势和压力，人们也不应该低头屈服。这里的"威武"指的是权力和暴力的威胁，而"屈"则是屈服、妥协的意思。大丈夫应该有坚定的意志和勇气，不轻易向外界的压力妥协。

"此之谓大丈夫"是对前面三个方面的总结，指出这样的人才是真正的大丈夫。大丈夫不仅仅是一个身份或者地位的象征，更是一种精神品质和生活态度的体现。他们无论处于何种境遇，都能坚守自己的道德底线和原则，展现出坚韧不拔、不屈不挠的精神风貌。

综上所述，这句话传达了一种崇高的道德观念和人生态度，强调了人在面对各种诱惑、困难和挑战时，应该保持清醒的头脑、坚定的信念和不屈不挠的精神。这也是我们在现代社会中应该追求和倡导的品格。

64.生于忧患，死于安乐。

"生于忧患，死于安乐"是一句富有深意的古代格言，强调了在逆境中成长的道理和过于安乐可能导致的衰亡。

"生于忧患"意味着在困难和挑战的环境中，人们更容易成长和进步，这是因为忧患可以激发人们的潜能和斗志，使他们更加努力地克服困难、提升自我。在这个过程中，人们会不断积累经验、锻炼意志，从而变得更加坚强和成熟。历史上的许多伟人，都是在经历种种磨难和挫折后，才最终成就一番事业的。

"死于安乐"则警示人们，如果过于沉溺于安乐和舒适的环境，就可能失去进取心和警惕性，导致衰退和灭亡。在安乐的环境中，人们容易变得懒散和满足现状，不再追求更高的目标和更好的自我。这种心态一旦形成，就会逐渐侵蚀人们的意志和斗志，使他们逐渐失去竞争力，最终可能导致失败和灭亡。

因此，这句话告诫我们，要时刻保持清醒的头脑和积极的心态，不畏艰难困苦，勇于面对挑战和变革。同时，也要避免过于沉溺于安乐和舒适的环境，保持一颗进取心和警觉心，不断追求更高的目标和更好的自我。只有这样，我们才能在人生的道路上不断前行，实现自我价值和人生理想。

在现代社会中，这句话依然具有重要的指导意义。我们生活在一个竞争激烈的时代，只有不断提升自己的能力和素质，才能在激烈的竞争中立于不败之地。因此，我们应该时刻保持警醒，不断学习和进步，以适应不断变化的社会环境。同时，也要警惕过于追求享乐和安逸的生活方式，以免失去前进的动力和方向。

65.穷则独善其身，达则兼善天下。

"穷则独善其身，达则兼善天下"是一句古老的中国哲学名言，其深刻的含义跨越了时代，依然对我们今天的生活有着指导意义。

"穷则独善其身"意味着在困境或不得志的时候，我们应该专注于自身的修养和完善。这里的"穷"并非仅仅指物质上的贫穷，而是更广泛地涵盖了生活中的各种不如意和挫折。在这样的情况下，我们要学会坚守自我，通过修炼品行、提高自我素养来充实内心世界。只有保持内心的坚定与高尚，我们才能在逆境中保持清醒的头脑，不被外界所左右。

"达则兼善天下"则强调了在成功或得志之时，我们应该承担起更多的社会责任，为天下苍生谋福利。这里的"达"不仅指个人在事业上的成功，更指品德和能力的全面提升。当我们具备了足够的能力和智慧时，就应该积极投身于社会公益事业，帮助那些需要帮助的人，为社会的进步和发展贡献自己的力量。

这句话所蕴含的哲学思想，既体现了儒家思想中"修身、齐家、治国、平天下"的理念，也强调了个人与社会之间的紧密联系。它告诉我们，无论在何时何地，我们都应该保持一颗积极向上的心，不断提升自己的能力和品质，同时也要关注社会大局，尽己所能为社会做出贡献。

在现代社会中，这句话依然具有重要的现实意义。面对快节奏的生活和复杂的社会环境，我们应该时刻提醒自己保持一颗平静的心，既关注自我成长也关心社会发展。无论是在个人生活中还是在工作中，我们都应该努力践行这一理念，不断提升自己的综合素质和能力水平，为社会的发展和进步贡献自己的力量。

66.老吾老，以及人之老；幼吾幼，以及人之幼。

"老吾老，以及人之老；幼吾幼，以及人之幼"这句话是孟子关于仁爱的经典表述，体现了一种宽广无私的人道主义情怀。

"老吾老，以及人之老"意味着我们不仅要尊敬和照顾自己的父母长辈，还要将这种尊重和照顾延伸到其他的老年人身上。这体现了对长辈的尊重和关爱，并倡导一种社会普遍尊老敬老的风尚。它告诉我们，不论是与我们有着血缘关系的亲人，还是社会上的其他老人，都应该得到我们的关心和尊重。

"幼吾幼，以及人之幼"则是说，我们不仅要爱护和教育好自己的子女，还要将这种爱护和教育推广到所有的孩子身上。这体现了对下一代的关爱和责任感，强调了对孩子们成长环境的重视和保障。它告诉我们，无论是自己的孩子还是其他孩子，都应该得到我们的关心和爱护，让他们能够在良好的环境中健康成长。

综合起来看，这句话倡导的是一种普遍的、无私的仁爱精神。它提醒我们，在关注自己的家庭的同时，也要关注社会上的其他人和事，积极参与到构建和谐社会的行列中。

在现代社会中，这句话依然具有重要意义。随着社会的发展和人口老龄化的加剧，尊老敬老、关爱下一代的观念显得尤为重要。我们应该积极践行这一理念，不仅要在家庭中做到孝顺父母、关爱子女，还要在社会中积极参与公益活动，为老年人和孩子们提供更多的帮助和支持。

总之，"老吾老，以及人之老；幼吾幼，以及人之幼"这句话传达了一种博爱的精神和社会责任感，提醒我们在关注自身的同时也要关注他人，共同构建一个更加和谐美好的社会。

67.故天将降大任于是人也，必先苦其心志，劳其筋骨，饿其体肤，空乏其身，行拂乱其所为，所以动心忍性，曾益其所不能。

"故天将降大任于是人也，必先苦其心志，劳其筋骨，饿其体肤，空乏其身，行拂乱其所为，所以动心忍性，曾益其所不能"这句话是《孟子·告子下》中的一句名言，它告诉我们一个关于成功和成长的重要道理。

首先，我们来分析这句话的每一个部分。它的大意是：上天要将重大的责任降临在某人的身上，必定要先使此人的内心痛苦；使此人的筋骨劳累；使此人经受饥饿之苦，以致肌肤消瘦；使此人受贫困之苦；使此人的每一次行动都不如意，这样来使此人的心灵受到震撼，使此人的性情坚忍起来，增加其所不具备的能力。

这里的"苦其心志"是指让一个人在心灵上经历磨难和困苦，从而培养坚韧不拔的意志；"劳其筋骨"和"饿其体肤"则是通过身体的劳累和饥饿来锤炼一个人的体魄和意志；"空乏其身"和"行拂乱其所为"则是让一个人在物质上和生活上遭受困顿和挫折，以此考验和锻炼这个人的品格和能力。

通过这样的过程，"动心忍性"即是指触动这个人的心灵，使之学会忍耐和坚持；"曾益其所不能"则是说通过这样的锻炼，能够增加这个人原先不具备的能力和素质，使其在面对更大的挑战时能够胜任。

总的来说，这句话强调了人在面对挑战和困难时，需要经历身心的磨砺和考验，才能培养出坚韧不拔的意志和强大的能力。这也是一个成长和成功的重要过程，它告诉我们，没有哪一次成功是轻而易举得到的，都需要我们付出艰辛的努力和经历各种考验。同时，这句话也鼓励我们要有勇气和毅力去面对生活中的困难和挑战，因为只有这样，我们才能不断提升自己，实现更大的成就。

68.泉涸，鱼相与处于陆，相呴以湿，相濡以沫，不如相忘于江湖。

"泉涸，鱼相与处于陆，相呴以湿，相濡以沫，不如相忘于江湖"这句出自《庄子·内篇·大宗师》。其大意为：泉水干涸后，两条鱼未及时离开，受困于陆地的小洼，两条鱼朝夕相处，动弹不得，互相以口沫滋润对方，忍受着对方的吹气，忍受着一转身的摩擦，与其这样辛苦煎熬，还不如在江河湖水里彼此相忘、自由自在。

这句话通常被用来比喻在困境中相互扶持的两个人，虽然他们曾一起摆脱困境，但这样的生活却不如各自在广阔天地中自由自在地生活。这也常常被用来劝解人们在困境中不必过分依赖彼此，而是应该各自努力，找到更好的出路。此外，这句话也体现了庄子"无为而治"的思想，认为有时候过于紧密的关系反而会束缚彼此，而适当放手和忘记，可能才是更好的选择。

69.吾生也有涯，而知也无涯。

"吾生也有涯，而知也无涯"这句话出自《庄子·内篇·养生主》，它传达了一种深刻的关于生命与知识之间关系的哲理。

"吾生也有涯"意味着每个人的生命都是有限的，有一个明确的起点和终点。这句话提醒我们，每个人都只有有限的时间和机会去经历、去体验、去成长。生命的短暂性让我们不得不思考如何更好地利用这有限的时间。

"而知也无涯"则指出知识的海洋是无穷无尽的，它超越了我们的生命界限，没有止境。无论我们学习多少，总还有更多的知识等待我们去探索和理解。这句话强调了知识的广阔与深邃，以及持续学习和探索的重要性。

将两句话结合起来看，庄子似乎在告诉我们：尽管我们的生命有限，但我们对知识的追求应该是无限的。我们应该珍惜生命中的每一刻，不断地学习、探索和成长，以尽可能地扩展我们的知识和视野。同时，也要明白知识是没有边界的，是无尽的，我们应该保持谦虚和敬畏的心态，不断向未知领域迈进。

这句话鼓励我们在有限的生命里追求无限的知识，不断地超越自我，实现自我价值。它也是一种对知识的渴望和对生命的敬畏的表达，提醒我们在追求知识的过程中不要忘记生命的真谛和价值。

70.夫哀莫大于心死，而人死亦次之。

"夫哀莫大于心死，而人死亦次之"这句话源自《庄子·外篇·田子方》。这句话的含义非常深刻，它主要探讨了人生中最深层次的悲哀。

"哀莫大于心死"是这句话的核心部分。这里的"心死"并非指生理上的死亡，而是指一个人内心的热情、活力、追求、希望等精神层面的东西都已经消失殆尽。当一个人对一切都失去兴趣，对生活、对未来没有任何期待和憧憬时，这种精神层面的"死亡"是比任何身体上的痛苦或损失都更为悲惨的。因为一个人的生命如果失去了内在的活力和动力，那么这个人的存在就变得空洞而无意义。

"而人死亦次之"则是说，与心死相比，身体的死亡反而是次要的。身体是生命的载体，它的消失意味着生命的终结，但这种终结至少是有形的，可以被人理解和接受。而心灵的死亡则是无形的，它让人在活着的时候就已经失去了生命的意义和价值。

因此，这句话告诫我们，保持内心的活力和追求是非常重要的。只有内心充满热情，对生活充满期待，我们才能真正体验到生命的价值和意义。即使面临身体的衰老或疾病，只要我们的内心依然充满活力，我们就能保持对生活的热爱和追求，从而活出一个有意义的人生。

71.君子之交淡如水，小人之交甘若醴。

"君子之交淡如水，小人之交甘若醴"这句话出自《庄子·外篇·山木》，通过对比君子与小人之间的交往方式，揭示了人际交往中应持有的正确态度。

"君子之交淡如水"意味着君子之间的交往应该像水一样清淡、纯净，没有过多的功利和算计。君子之间的友情建立在相互尊重、理解和信任的基础上，他们不会因为一时的利益得失而改变对彼此的态度。这种交往方式虽然看似平淡，但却能够长久地维持下去，因为君子之间的友谊是真挚而深厚的。

相反，"小人之交甘若醴"则是指小人之间的交往充满了甜蜜和诱惑，但往往缺乏真诚和持久性。小人之间的友情往往建立在互相利用和逢迎拍马的基础上，他们可能会为了眼前的利益而暂时结成一伙，但一旦利益发生变化，这种关系就很容易破裂。醴是一种甜酒，虽然初尝时甘美可口，但过后却可能留下不良后果。因此，小人之交的甜蜜往往是短暂的，不能持久。

这句话告诫我们在人际交往中应该秉持君子之风，追求真挚而持久的友谊。我们应该注重与朋友之间的精神交流和情感共鸣，而不是仅仅看重物质利益或表面功夫。同时，我们也要警惕小人之交的诱惑，不要轻易被表面的甜蜜所迷惑，以免陷入短暂而虚伪的关系中。

在现代社会中，这句话依然具有重要的现实意义。我们应该以诚信、尊重和理解为基础，建立真诚而持久的人际关系。同时，也要学会辨别和拒绝那些虚伪、功利的人际交往方式，以保持自己的独立和尊严。

72.故不积跬步，无以至千里；不积小流，无以成江海。

"故不积跬步，无以至千里；不积小流，无以成江海"这句话是古代中国的一句名言，充满了智慧和深刻的道理。

首先，"故不积跬步，无以至千里"中的"跬步"指的是一小步，而"千里"则是形容非常远的距离。这句话告诉我们，任何远大的目标或成就都不是一蹴而就的，而是需要一步一步、一点一滴地积累和前进。没有每一次的小小努力，就不可能有最终的伟大成就。它鼓励我们要有耐心和毅力，坚持不懈地努力，不放弃任何一个小的进步。

接下来，"不积小流，无以成江海"中的"小流"指的是小的水流，"江海"则是指大的水域。这句话进一步强调了积累和持续努力的重要性。即便是再小的水流，只要不断地积累，最终也能形成浩渺的江海。同样地，我们在生活中，无论做什么，都需要从小事做起，不断积累经验和知识，才能最终实现自己的目标。

整体来看，这句话告诉我们要珍视每一次的努力和进步，不管它们看起来多么微小或微不足道。所有的伟大成就都是从小事开始的，都需要不断地积累和努力。这种积累不仅适用于个人成长和事业发展，也适用于学习新知识、提升技能或实现任何形式的长期目标。

在现代社会，这句话依然具有非常重要的指导意义。它提醒我们在面对挑战和困难时，要保持耐心和毅力，不断积累经验和知识，以实现我们的梦想和目标。

73.青，取之于蓝，而青于蓝。

"青，取之于蓝，而青于蓝"是一句富有哲理的古语，出自战国时期的荀子所著的《荀子·劝学》。这句话的字面意思是靛青这种染料是从蓝草里提取的，然而却比蓝草的颜色更深。

在更深的层次上，这句话用来比喻人经过学习或教育之后可以得到提高，常用以比喻学生超过老师或后人胜过前人。它强调了学习的重要性及不断进取、超越自我的精神。通过学习和努力，我们可以超越原有的基础和限制，实现自我提升和进步。

在现代社会，这句话依然具有指导意义。它鼓励我们不断学习、不断进步，勇于超越自己和他人的成就。无论是在学业、事业还是个人成长方面，我们都应该保持谦逊好学的态度，不断吸取新知识、新技能，提升自己的能力和素质。同时，这句话也提醒我们要有超越前人的勇气和信心，不断挑战自己，追求更高的目标和更远的未来。

因此，"青，取之于蓝，而青于蓝"不仅是一句富有哲理的古语，更是一种积极向上、不断进取的精神象征，值得我们深入理解和践行。

74.故不登高山，不知天之高也；不临深溪，不知地之厚也。

"故不登高山，不知天之高也；不临深溪，不知地之厚也"这句话出自《荀子·劝学》，是一句富含哲理的名言。

它的字面意思是，如果你不亲自登上高山，就无法真正理解天空有多么辽阔；如果你不亲自靠近深溪，就无法真正感受到大地有多么深厚。这里的高山和深溪是象征，代表着人们未曾涉足或未曾深入了解的领域或事物。

进一步解读，这句话强调了实践和体验的重要性。仅仅通过书本知识或他人的描述，我们很难对事物的本质和深度有真正的了解。只有通过亲身实践和深入探索，我们才能真正感知到世界的广阔和深邃，进而深化我们的认识和理解。

在人生的道路上，我们也应秉持这种探索和实践的精神。不要满足于表面的知识或他人的经验，而是要勇于攀登生活中的"高山"，跨越"深溪"，去亲身体验、去深入了解，这样才能更好地认识自我、认识世界，不断提升自己的境界和修养。

因此，这句话不仅是对求知态度的鞭策，也是对人生哲学的深刻阐述，提醒我们要勇于实践、深入探索，以更全面地认识和理解世界。

75.冰，水为之，而寒于水。

"冰，水为之，而寒于水"这句话出自先秦时期《荀子·劝学》。它的意思是，冰是由水凝结而成的，却比水还要寒冷。这句话通过对比冰和水的关系，说明了一个道理：经过特定的变化过程，事物可以产生新的特性或状态，而这些新的特性或状态可能会与原状态存在显著的差异。

在这里，水经过冷却凝固变成冰，虽然冰的本质还是水，但它的物理特性，如温度、形态等却发生了明显的变化，变得比原来的水更寒冷。这个比喻可以用来形容通过努力学习和实践，人们可以改变自己的状态，获得新的能力和知识，从而超越原有的自我。

同时，这句话也体现了荀子对于学习和进步的重视。他认为，只有通过不断学习和实践，人们才能像水变成冰一样，实现自我超越和提升，达到更高的境界。

总的来说，"冰，水为之，而寒于水"这句话通过形象的比喻，阐述了学习、变化和进步的重要性，是荀子哲学思想的重要体现。

76.积土成山，风雨兴焉；积水成渊，蛟龙生焉。

"积土成山，风雨兴焉；积水成渊，蛟龙生焉"出自先秦《荀子·劝学》。意思是：堆积土石成了高山，风雨就从这里兴起了；汇积水流成为深渊，蛟龙就从这里产生了。

这句话通过形象的比喻,强调了积累的重要性。无论是积土成山还是积水成渊,都需要经过长时间积累和努力。同样,人们要想在某个领域取得成功或实现自己的目标,也需要不断地积累和努力。只有通过长期积累和实践,才能拥有足够的知识和能力,应对各种挑战和机遇。

同时,这句话也提醒我们,成功并不是一蹴而就的,而是需要长期的耐心和坚持。在追求目标的过程中,我们可能会遇到困难和挫折,但只要我们不放弃,持续努力,就一定能够积少成多,最终取得成功。

因此,我们应该珍惜每一次学习和实践的机会,不断积累知识和经验,提升自己的能力和素质。只有这样,我们才能在未来的道路上走得更远、更稳健。

77. 千丈之堤,以蝼蚁之穴溃。

"千丈之堤,以蝼蚁之穴溃"是一句古语,通常用来形容即使是非常坚固的事物,也可能因为一个小小的疏忽或弱点而遭受巨大的破坏。

在这句古语中,"千丈之堤"指的是一条很长、很坚固的堤坝,象征着看似稳固、不可动摇的事物。然而,"以蝼蚁之穴溃"却揭示了即使是如此坚固的堤坝,如果其内部存在一个小小的蚁穴,那么整个堤坝都有可能因为这个看似微不足道的弱点而崩溃。

这句古语的寓意十分深远,它告诉我们无论事物看似多么坚固、完美,只要存在弱点或隐患,都有可能导致整体的崩溃。因此,在日常生活和工作中,我们需要时刻保持警惕,注意发现并修正那些可能导致问题的小错误和弱点。

此外,这个成语也提醒我们要有防微杜渐的意识,不要忽视任何小的错误或问题,因为它们有可能会引发更大的灾难。我们应该从小事做起,从细节入手,确保整体的安全和稳定。

总的来说,"千丈之堤,以蝼蚁之穴溃"是一句提醒我们关注细节、警惕隐患的重要古语,它提醒我们时刻保持警觉,以免因小失大。

78. 仓廪实,则知礼节;衣食足,则知荣辱。

"仓廪实,则知礼节;衣食足,则知荣辱"是一句富有哲理的古代名言,出自《管子·牧民》,它揭示了物质文明与精神文明之间的内在联系。

"仓廪实,则知礼节"意味着只有当人们的物质生活得到满足,仓库里储备的粮食充足,生活无忧时,他们才会有心思和条件去学习和遵守社会的礼节规范。这表明,物质基础的稳固是精神文明建设的前提和基础,在物质匮乏的状态下,人们往往难以顾及礼节和道德层面的需求。

"衣食足，则知荣辱"进一步阐述了人们在物质需求得到满足后，精神层面的追求也会随之提升。当人们的衣着保暖、食物充足时，他们会更注重自己的荣誉和尊严，更加重视社会的评价和认可，这种对荣辱的感受和追求，是人们在物质满足基础上的精神升华。

综合来看，这句话强调了物质文明与精神文明之间相辅相成的关系。只有当物质生活得到保障，人们才可能有更多的精力去追求精神层面的提升；而精神层面的提升又会反过来促进社会的和谐稳定和持续发展。

在现代社会中，这句话依然具有重要的指导意义。它提醒我们，在追求经济发展的同时，不能忽视精神文明建设的重要性；同时，在推动社会进步的过程中，也要注重提升人们的文化素养和道德水平，实现物质文明和精神文明的协调发展。

79.一年之计，莫如树谷；十年之计，莫如树木；终身之计，莫如树人。

"一年之计，莫如树谷；十年之计，莫如树木；终身之计，莫如树人"是一句富有哲理的古语，出自先秦《管子·权修》，它形象地描述了树木生长与人才培养所需的时间和努力。

其中，"十年之计，莫如树木"指的是一棵树从栽种到成长为参天大树，通常需要十年的时间。其中的艰辛与努力不言而喻，需要不断浇灌、修剪和耐心等待。

而"终身之计，莫如树人"则意味着培养一个人才需要更长的时间，甚至是终身的努力。与树木生长相比，人才的培养过程更加复杂和漫长。它不仅仅涉及知识的传授，更包括品德的熏陶、能力的锻炼及人格的塑造等多个方面。

综合来看，这句古语强调了人才培养的重要性和长期性。它告诉我们，人才的培养需要长时间的投入和耐心，不能急于求成。同时，也提醒我们要重视教育，为国家和社会的未来发展培养更多优秀的人才。

在现代社会中，这句古语依然具有重要意义。它提醒我们，无论是家庭、学校还是社会，都应该为人才培养创造良好的环境和条件，给予他们足够的关注和支持。只有这样，我们才能培养出更多有知识、有能力、有品德的人才，推动社会的不断进步和发展。

80.鸟飞反故乡兮，狐死必首丘。

"鸟飞反故乡兮，狐死必首丘"是一句出自屈原的《九章》的古诗句。其字面意思是，鸟儿飞翔千里之后，最终还是会返回自己的故乡；狐狸在临死之时，头部总是朝着它出生的山丘。

这句诗通过描绘鸟与狐的自然习性，表达了对故乡的深深眷恋和思念。其中，"鸟飞反故乡兮"象征着游子对家乡的思念和回归之情，而"狐死必首丘"则强调了生物对出生地或故乡的执着和眷恋。

从更深的层次来说，这句诗也反映了人类对于根源和归属感的追求。无论是鸟还是狐，它们的行为都体现了一种对出生地或故乡的深厚情感，这种情感也是人类所共有的。对于人类来说，故乡不仅是一个地理位置，更是一个情感寄托和心灵归宿。

此外，这句诗还可以被理解为一种爱国情感的表达。在屈原所处的时代，他因遭人嫉妒和谗害而被放逐，离开了自己的故乡和国家。然而，他对于故乡和国家的思念之情却始终未减，这种情感正是通过"鸟飞反故乡兮，狐死必首丘"这句诗得以深刻表达的。

总的来说，"鸟飞反故乡兮，狐死必首丘"这句诗通过描绘自然生物的行为习性，表达了对故乡的深深眷恋和思念之情，同时也反映了人类对于根源和归属感的追求，以及爱国情感的表达。

81.沅有芷兮澧有兰，思公子兮未敢言。

"沅有芷兮澧有兰，思公子兮未敢言"这句诗出自屈原的《九歌·湘夫人》。这里的"沅"和"澧"都是江河的名字，分别指的是沅水和澧水，它们都是流经湖南的河流。"芷"和"兰"都是香草的名字，在古代常被用来比喻美好的品德或高尚的人格。

"沅有芷兮澧有兰"这句描述的是沅水边生长着芷草，澧水旁盛开着兰花，这是一幅美丽而清新的自然画面。这里的香草不仅象征着美好的自然环境，还隐含着诗人对于理想伴侣或高尚品质的向往。

"思公子兮未敢言"则表达了诗人内心的情感。这里的"公子"是对心仪之人的尊称，可能是指某位贵族或品德高尚的人。诗人对其心生思慕，却因为种种原因而不敢表达出来。这种含蓄而深沉的情感，让人感受到古代人在面对爱情或敬仰之情时的羞涩与谨慎。

整体来看，这句诗既描绘了美丽的自然景色，又表达了诗人内心的情感波澜，将自然之美与人文之情巧妙地融合在一起，展现出一种独特的美感和韵味。

82.夫尺有所短，寸有所长。

"夫尺有所短，寸有所长"是一句常用的汉语古语，原意是指尺比寸长，但和更长的东西相比就显得短；寸比尺短，但和更短的东西相比就显得长。这句话用来比喻人或事物各有其长处和短处，每个人都有可取之处。

这句话强调了每个人都有自己独特的能力和优点，同时也存在局限和不足。在比较和评价时，我们应该全面考虑，看到每个人的长处，并尊重其独特性。同时，也应该认识到自己的短处，不断努力提升和改进自己。

这句话告诫我们，在与人相处和合作时，要善于发现和欣赏他人的优点，充分利用他们的长处，也要理解和包容他们的短处。同时，也要对自己有清晰的认识，发挥自己的优势，不断改进自己的不足，实现个人和社会的共同进步。

83.沧浪之水清兮，可以濯我缨。

"沧浪之水清兮，可以濯我缨"出自先秦时期作品《孺子歌》，意思是，沧浪的水清啊，可以用来洗我的帽缨。

这句诗充满了象征和隐喻。"沧浪之水"可能象征着清澈高洁的品质或代指环境，而"缨"是古代帽子上的系带，这里可能代表了个人的身份或名誉。整句诗的意思是，在清洁的环境中，可以保持个人的清洁和高尚。它也可以被理解为对保持个人品德纯洁和不受世俗污染的呼吁。

此外，这句诗在后来的文学作品中经常被引用，尤其是与屈原的《渔父》篇有关，表达了对于人生选择和坚守自我价值观的深刻思考。它也启示我们，在面对世俗的纷扰和诱惑时，应坚守自己的原则和品性，保持身心的清洁和高尚。

总的来说，这句诗具有深远的意义和内涵，既是对清洁和高尚品质的歌颂，也是对人生选择和坚守原则的深刻反思。

第二章 秦 汉

1.河海不择细流，故能就其深。

"河海不择细流，故能就其深"这句话出自秦代李斯的《谏逐客书》。其字面意思是，河流和海洋不挑剔细小的溪流，因此能够成就它们的深远。

这句话所蕴含的深层意义在于强调包容与积累的重要性。河流和海洋之所以深广，并非因为它们只接纳大的、显著的流水，而是因为它们不排斥任何细小的溪流。它们以开放的态度接纳所有，无论大小，从而形成了自己庞大的水体和深邃的底蕴。

将这个比喻应用到人类社会和个人的生活中，我们可以理解为：要想取得成就，就应该有包容之心，不排斥任何有益的元素，不论其大小或显著与否。只有不断地积累，不论大小，才能最终成就大业。

具体到个人成长，这句话提醒我们要有开放的心态，乐于学习和接纳新知识、新技能，无论它们看起来多么微不足道。每一次小小的进步和积累，最终都会汇集成巨大的力量，推动我们走向成功。

同时，这句话也体现了中华民族善于包容差异、主张和谐共生的文化精神和治世理念。在多元的社会中，我们更应当尊重并接纳不同的声音和观点，以此推动社会的进步和发展。

总的来说，"河海不择细流，故能就其深"是一种深刻的哲理，它提醒我们要有包容之心，善于积累，以此成就个人和社会的深远发展。

2.悲歌可以当泣，远望可以当归。

"悲歌可以当泣，远望可以当归"这句诗表达的是一种深切的思乡之情和无奈的悲苦。

"悲歌可以当泣"意味着诗人心中的悲伤和痛苦已经达到了无法用言语表达的程度，只能通过放声悲歌来代替哭泣。这体现了诗人内心深处的绝望和无助，诗人用悲歌来表达自己无法抑制的悲伤情绪。

"远望可以当归"则反映了诗人对于归乡的渴望和无奈。诗人望着远方，希望能够看到家乡的影子，想象自己能够回到那里。然而，这只是一种心灵的寄托和安慰，实际上诗人并不能真正回到家乡。这种远望和当归的对比，更加凸显了诗人内心的矛盾和痛苦。

总的来说，这句诗通过悲歌和远望两个意象，表达了诗人深深的思乡之情和无法归乡的无奈与悲苦。它们不仅展示了诗人内心的情感世界，也反映了古代游子在异乡漂泊、思念家乡的普遍情感。

3.日出入安穷？时世不与人同。

"日出入安穷？时世不与人同"这句话出自两汉时期的佚名作品《日出入》。它的字面意思是，太阳每日升起又落下，这种循环何时才会终止穷尽呢？时代的变化与人的寿命并不同步。

进一步解读，"日出入"象征了时间的流逝和宇宙间无尽的循环，而"安穷"则表达了对这种无休止循环的疑问和无奈。太阳每日的升降是自然界中一种恒常不变的现象，然而人的生命却无法与之相提并论，人的生命是有限的，无法像太阳那样永恒地循环下去。

"时世不与人同"则揭示了另一个层面的无奈——时代的变迁和人的命运往往并不一致。人们无法掌控时代的变化，也无法让自己的生命与时代的步伐完全同步。这种无奈感，既是对人生无常的感慨，也是对命运无法自主掌控的叹息。

总的来说，这句话通过对太阳升降和时代变迁的描写，表达了对人生无常和命运无法掌控的深深感慨。它提醒人们要珍惜眼前的时光，积极面对生活的挑战，同时也要对命运保持一份敬畏和谦逊。

4.流水不腐，户枢不蠹，动也。

"流水不腐，户枢不蠹，动也"是一句充满哲理的古语，用来形容事物只有不断运动变化才能保持其活力和生机。

首先，我们来解读"流水不腐"。这句话的意思是，流动的水不会发臭变质。这是因为在流动的过程中，水能够不断更新自己，带走污染物和细菌，保持清洁和活力。同样地，对于任何事物而言，只有不断地更新、变革，才能保持其活力和新鲜感，避免陷入僵化和停滞。

接下来是"户枢不蠹"。户枢指的是门的转轴，而蠹则是蛀虫的意思。这句话是说，经常转动的门轴不会被虫蛀。这是因为转轴的持续运动使得蠹虫无法在其上生存繁殖。这也说明了动态的事物更能够抵御外界的侵蚀和破坏，保持其完整性和功能性。

综合来看，"流水不腐，户枢不蠹，动也"这句话强调了运动变化对于事物保持活力和完整性的重要性。它告诉我们，无论是自然界中的水流，还是生活中的各种事物，都需要不断地运动、变化、更新，才能保持其生机和活力，避免被外界侵蚀或自身僵化。

在现代社会中,这句话依然具有很强的现实意义。它提醒我们要保持开放的心态,勇于接受新事物、新思想,不断学习和进步;同时,也要注重身体的运动和锻炼,保持身体的健康和活力。总之,"流水不腐,户枢不蠹,动也"是我们应该时刻铭记的生活智慧。

5.口惠而实不至,怨灾及其身。

"口惠而实不至,怨灾及其身"这句话的含义深刻,主要强调了言行一致的重要性及言行不一可能带来的负面影响。

"口惠而实不至"指的是表面上答应给予恩惠或好处,但实际上并没有兑现承诺。这种行为往往出于讨好、敷衍或虚假的动机,是对他人信任的背叛。这种虚假的言辞虽然能暂时取悦于人,但长远来看,会破坏人与人之间的信任和真诚。

"怨灾及其身"意味着由于这种言行不一的行为,最终会引来他人的怨恨和灾难,甚至危及自身。人们往往对言而无信的行为感到愤怒和失望,这种负面情绪一旦积累到一定程度,就可能引发冲突或报复。同时,这种行为也会损害个人的声誉和形象,使自己在社会交往中处于不利地位。

综合来看,这句话告诫我们,在与人交往中应该言出必行、诚实守信。承诺别人的事情一定要尽力做到,不能只说空话而不付诸行动。只有这样,才能赢得他人的信任和尊重,建立良好的人际关系,避免不必要的怨恨和灾难。

在现代社会,这种诚实守信的品质仍然具有重要意义。在商业合作、朋友交往、家庭关系等方面,我们都需要做到言行一致,以真诚和信任为基础,共同营造和谐、稳定的社会环境。

6.一张一弛,文武之道也。

"一张一弛,文武之道也"是一句富有哲理的古语,最早出自西汉戴圣的《礼记·杂记下》。它原本指的是周文王和周武王治理国家的方法,即宽严相济,既要有严格的纪律和规定,又要有适度的宽松和灵活,使国家得以稳定和发展。

在现代社会,这句古语的意义得到了更广泛的引申和应用。它告诉我们,在生活和工作中,我们需要找到一种平衡,既要努力奋斗,也要适当休息;既要严格要求自己,也要宽容对待他人;既要追求目标,也要享受过程。这种平衡不是简单的折中,而是在理解和尊重各种因素的基础上,做出最合理的选择。

"一张一弛"形象地描绘了这种平衡的状态。就像拉弓射箭一样,如果一直把弓弦拉得很紧,不仅容易断裂,而且也无法有效地射击;相反,如果一直松弛不拉紧,弓就无法发挥它的作用。因此,正确的做法是在需要的时候拉紧弓弦,射击后则适当松弛，以保持弓的弹性和使用寿命。

同样地，我们在生活和工作中也需要学会"一张一弛"。在追求目标的过程中，我们需要保持一定的紧张度和专注力，但同时也要学会放松自己，避免过度劳累和压力过大。在与人相处时，我们既要有原则和标准，也要懂得包容和理解，以建立良好的人际关系。

总之，"一张一弛，文武之道也"是一种智慧的生活态度和工作方法，它提醒我们要在努力与休息、严格与宽容、追求与享受之间找到最佳的平衡点，以实现个人和社会的和谐发展。

7.礼尚往来。往而不来，非礼也；来而不往，亦非礼也。

"礼尚往来。往而不来，非礼也；来而不往，亦非礼也"是流传甚广的古代中国格言，源自《礼记·曲礼上》，所传达的是一种基于互惠与尊重的社交原则。

"礼尚往来"强调的是在人际交往中，礼节和馈赠应当是双向的。当我们从他人那里接受了礼物或好意时，理应有相应的回应，以示尊重和感激。这不仅仅体现在物质上的交换，更在于精神层面上的互动和尊重。通过这样的往来，人与人之间的关系得以建立和深化。

"往而不来，非礼也；来而不往，亦非礼也"进一步阐释了上述原则。如果别人对我们表示了善意或赠送了礼物，而我们没有给予相应的回应，这在礼仪上是不被接受的。这种行为可能会被视为不尊重他人，甚至可能引起他人的不满或反感。

在现代社会，尽管社交方式和价值观念发生了很多变化，但"礼尚往来"的原则仍然具有重要的指导意义。在人际交往中，我们应该注重对他人的尊重和关心，同时也要善于接受和回应他人的好意。这样，我们才能建立起健康、和谐的人际关系，共同营造一个更加美好的社会。

总的来说，"礼尚往来。往而不来，非礼也；来而不往，亦非礼也"告诉我们，在人际交往中要注重双向的交流和尊重，通过礼节的往来加深彼此的理解和友谊。

8.儒有可亲而不可劫也，可近而不可迫也，可杀而不可辱也。

"儒有可亲而不可劫也，可近而不可迫也，可杀而不可辱也"是一句广为流传的古语，源于《礼记·儒行》。其中，最后一句的核心含义是，有气节、有尊严、有原则的人（后一般统指士人）宁愿选择死亡，也不能接受侮辱，这表达了一种坚定的信念和不可侵犯的尊严。

在古代，士人通常指的是有学问、有道德、有抱负的人，他们非常看重自己的名誉和尊严。对他们来说，名誉和尊严甚至比生命还要重要。因此，即使面临生命的威胁，他们也不会放弃自己的原则和尊严，接受侮辱。

在现代社会，这句话依然有着重要的意义。它提醒我们，无论在何种情况下，都应该坚守自己的原则和尊严，不能因为一时的困难或诱惑而放弃自己的底线。同时，这句话也警示我们，在与人交往时，应该尊重他人的尊严和权利，避免对他人进行侮辱或伤害。

总的来说，以上指的是一种高尚的精神追求和道德准则，它激励我们在面对困难和挑战时，保持坚定的信念和不可侵犯的尊严。

9.凡事豫则立，不豫则废。

"凡事豫则立，不豫则废"是一句出自《礼记·中庸》的古代格言，它强调了事先准备的重要性。这句话的意思是，对于任何事情，如果提前做好准备和计划，那么就能够成功；反之，如果没有预先的准备和计划，那么事情往往会失败。

其中，"豫"通"预"，指预先、事先的意思；"立"意味着成功或成就；而"废"则代表失败或败坏。因此，这句话的核心思想是，无论我们面对的是何种情况或任务，都需要有前瞻性的思考和充分的准备，这样才能确保事情能够顺利进行，达到预期的目标。

从哲学角度来看，这句话也反映了原因和结果之间的关系。预先的准备和计划是成功的因，而成功则是预先准备和计划的果。反之，没有预先的准备和计划，就可能导致失败的结果。

总的来说，"凡事豫则立，不豫则废"是一种智慧的生活态度和行为准则，它提醒我们在面对生活中的各种挑战和机遇时都要有前瞻性的思考和充分的准备，这样才能更好地应对各种情况，实现自己的目标和理想。

10.博学之，审问之，慎思之，明辨之，笃行之。

"博学之，审问之，慎思之，明辨之，笃行之"这句话出自《礼记·中庸》，是古人关于学习的五个基本步骤或阶段的深刻总结。下面是对这五个步骤的详细解释：

"博学之"指的是广泛地学习，广泛地涉猎各种知识。这里的"博"意味着宽广、广博，强调学习的广泛性和多样性。无论是专业知识还是其他领域的知识，都应该有所了解和掌握，以形成全面而深厚的知识体系。

"审问之"指在广泛学习的基础上，要对所学的内容进行详细询问和探究。这个步骤强调的是对知识的质疑和深入的了解。学习者不应该满足于表面的理解，而应该通过提问和探讨来深化对知识的认识。

"慎思之"指的是在学习过程中要谨慎地思考，对所学内容进行深入分析和反思。这个步骤强调的是思维的严谨性和深度。学习者需要运用自己的判断力，对所学知识进行筛选、整合和提炼，形成自己的见解和认识。

"明辨之"指在深入思考的基础上，要对所学内容进行明确的辨别和判断。这个步骤要求学习者能够区分真假、是非、善恶，形成清晰的价值观和判断标准。通过明辨是非，学习者可以更加清晰地认识世界和自我。

"笃行之"，最后一步是将所学知识和思想付诸实践，切实地执行。这个步骤强调的是知识和实践的结合。学习者不仅要在理论上有所建树，更要将所学应用于实际生活中，通过实践来检验和巩固所学内容。

综上所述，"博学之，审问之，慎思之，明辨之，笃行之"这五个步骤构成了一个完整的学习过程，从广泛学习到深入实践，强调了学习的全面性、深入性、严谨性和实践性。这对现代人的学习和成长依然具有重要的指导意义。

11.玉不琢，不成器；人不学，不知道。

"玉不琢，不成器；人不学，不知道"是一句富有哲理的古代格言，旨在强调学习和个人成长的重要性。以下是对这句话的详细解释：

首先，"玉不琢，不成器"这部分的比喻形象生动。玉石作为一种珍贵的自然材料，在未经雕琢之前，只是一块未经加工的璞玉，其真正的美和价值无法完全展现。只有经过精心雕琢和打磨，才能将其雕琢成精美的玉器，充分展现其价值和魅力。

接着，"人不学，不知道"这部分则进一步拓展了这种比喻的含义。人如同玉石一样，天生具有潜力和可能性，但只有经过不断学习和磨炼，才能逐渐发掘和提升自己的能力，增长知识和见识，从而更好地认识世界和自己。

因此，这句话的核心意义在于强调学习和成长的重要性。与玉石需要雕琢才能成器一样，人也需要通过不断学习和实践来发掘和提升自己的潜力，实现个人成长和价值提升。只有通过学习，我们才能更好地认识和理解世界，拓宽自己的视野，改变自己的思维方式，提升自己的能力和素质。

总的来说，"玉不琢，不成器；人不学，不知道"这句话用简洁而深刻的语言表达了学习和个人成长的重要性，提醒我们要时刻保持学习的热情和进取的心态，不断提升自己的能力和素质，以实现个人价值和社会价值的双重提升。

12.古之欲明明德于天下者，先治其国；欲治其国者，先齐其家；欲齐其家者，先修其身；欲修其身者，先正其心；欲正其心者，先诚其意；欲诚其意者，先致其知，致知在格物。物格而后知至，知至而后意诚，意诚而后心正，心正而后身修，身修而后家齐，家齐而后国治，国治而后天下平。

"修身、齐家、治国、平天下"是中国古代儒家思想的核心内容，源自《礼记·大学》中的一段话："古之欲明明德于天下者，先治其国；欲治其国者，先齐其家；欲齐其家者，先修其身；欲修其身者，先正其心；欲正其心者，先诚其意；欲诚其意者，先致其知，致知在格物。物格而后知至，知至而后意诚，意诚而后心正，心正而后身修，身修而后家齐，家齐而后国治，国治而后天下平。"这段话强调了个人品德修养与家庭、国家、天下治理之间的密切关系。

"修身"指的是个人品德的修养和完善。在古代儒家看来，一个人要成为有用之才，首先要有高尚的道德品质和良好的行为习惯。这包括诚实守信、仁慈宽厚、勤奋好学等方面。修身不仅是个人成长的基石，也是影响家庭和社会的重要因素。

"齐家"指的是管理好自己的家庭和家族。一个人在家庭中的表现，可以反映出其品德修养的水平。儒家认为，家庭是社会的基本单位，家庭和睦是社会和谐稳定的基础。因此，要想治理好国家，必须先治理好自己的家庭。

"治国"指的是管理国家，使国家安定繁荣。在儒家思想中，治国不仅要求君主具备高尚的品德和卓越的能力，还需要遵循一定的政治原则和道德规范。治国之道在于以德治国、以民为本，通过制定公正的法律和政策来维护社会秩序和保障人民利益。

"平天下"指的是实现世界的和平与安定。这不仅是最高层次的理想目标，也是儒家学者追求的最高境界。在儒家看来，只有个人品德修养达到了极致，家庭和睦、国家安定、世界和平才有可能实现。

综上所述，"修身、齐家、治国、平天下"是中国古代儒家思想中关于个人品德修养与社会治理之间关系的经典论述。它强调了个人品德修养对于家庭、国家乃至天下治理的重要性，体现了一种以人为本、德治天下的政治理念和社会理想。

13.众口铄金，积毁销骨。

"众口铄金，积毁销骨"是一句汉语古语，出自《史记·张仪列传》。它用来形容舆论力量的强大，可以混淆是非，颠倒黑白，甚至能够置人于死地。这句古语的寓意非常深刻，它告诉我们，言论的影响力是巨大的，尤其是在信息高度发达的现代社会，一句话、一个观点、一篇报道，都可能引起轩然大波，改变一个人的命运，甚至影响整个社会的走向。

"众口铄金"指的是众人的言论如同烈火，能够熔化金属。这里用金属作为比喻，强调了言论的破坏力之大。而"积毁销骨"则更进一步，指出连续的毁谤和攻击能够使人毁灭，就像骨头被销蚀一样，这个比喻非常生动，突出了负面言论对个体和社会的巨大危害。

在日常生活中，我们也经常会遇到类似的情况。例如，有些人因为一些不实的言论或误解而遭到他人的排挤和攻击，甚至因此失去了工作、朋友和家人的信任。这些例子都说明了"众口铄金，积毁销骨"这句古语的现实意义。

因此，我们在面对各种言论时，应该保持理性和客观的态度，不要轻易被他人的言论所左右。同时，我们也应该尊重他人的权利和尊严，不随意发表不负责任的言论，以免给他人带来不必要的伤害。只有这样，我们才能共同营造一个健康、和谐、理性的社会环境。

14.忠言逆耳利于行，良药苦口利于病。

"忠言逆耳利于行，良药苦口利于病"是一句流传甚广的古代格言，它传达了关于接受有益但可能不愉快的事物的重要性。这句话大致可以解释如下：

"忠言逆耳利于行"指忠诚的劝告往往听起来不那么顺耳，但却对行为举止有益。这句话强调了即使他人的建议或批评听起来不舒服，甚至是刺耳，但如果他们是出于善意和真诚，我们就应该接受并考虑这些意见，因为它们有助于我们改善自己的行为和决策。

"良药苦口利于病"指好的药物虽然口感苦涩，但对治疗疾病有益。这句话用来比喻有时候我们为了健康或改正错误，需要接受一些不愉快或痛苦的事物，即使这些东西可能让我们感到难受或不愿意接受，但它们的存在是为了帮助我们更好地恢复或进步。

综合来看，这句格言强调了接受有益但可能不愉快的事物的重要性。无论是他人的忠告还是药物，即使它们可能不那么悦耳或舒适，我们也应该意识到它们的价值，并勇于面对和接受，因为它们最终会帮助我们变得更好。这也反映了一种成熟和理智的态度，即不被表面上的舒适和愉悦所迷惑，而是追求真正对自己有益的事物。

15.此鸟不飞则已，一飞冲天；不鸣则已，一鸣惊人。

"此鸟不飞则已，一飞冲天；不鸣则已，一鸣惊人"是一句富有深意的古语，用以形容某人或某事物在长期的沉寂或潜伏之后，一旦展现其实力或才华，便会达到惊人的高度或水平。

其中，"不飞则已，一飞冲天"的意思是，如果该事物或人没有选择飞翔，那它就静静地待着；但一旦决定起飞，便会直冲云霄，达到极高的高度。这比喻某人或某事物在展现自身能力时，会展现出惊人的效果，远超过一般人的预期。

"不鸣则已，一鸣惊人"的意思则是，如果该事物或人没有选择发声，那它就保持沉默；但一旦开口鸣叫，其声音便会震惊四座，令人惊叹。这用来形容那些平时默默无闻，但一旦有机会展现自己，便能做出惊人成绩的人。

这句话通常用来鼓励人们要有耐心和毅力，在平日里默默积累，不断完善自己，等待时机到来时，便能一举展现出自己的实力和才华，取得惊人的成就。同时，也告诫人们不要小看那些平时不显山露水的人，他们可能蕴藏着巨大的潜力和能量，只待时机一到便会大放异彩。

16.香饵之下，必有悬鱼；重赏之下，必有死夫。

"香饵之下，必有悬鱼；重赏之下，必有死夫"是一句富有哲理的古语，用于形容利益驱动下的人性反应。

首先，"香饵之下，必有悬鱼"描述了鱼的特性。香饵，指的是美味诱人的鱼饵，而悬鱼则是指被鱼饵吸引而上钩的鱼。这句话表明，只要有足够的诱惑，即使是聪明的鱼也会上钩。这既是对鱼性的揭示，也是对人性的隐喻，即人们往往会被诱人的事物所吸引，有时甚至会因此失去理智或判断力。

接着，"重赏之下，必有死夫"则进一步揭示了人性中的另一面。重赏，指的是丰厚的奖励或回报；死夫，指的是勇敢的人或敢于冒险的人。这句话指出，在足够的物质诱惑面前，许多人会激发出前所未有的勇气和决心，去冒险或挑战自我，这种奖励机制在激发人们的积极性和创造力方面具有一定的作用。

整体来看，这句话揭示了在利益驱动下人性的复杂性和多样性。它既提醒我们警惕诱惑，保持清醒的头脑和判断力；又鼓励我们在适当的物质激励下，勇于挑战自我、发挥潜能。

在现代社会中，这句话依然具有很强的现实意义。无论是企业管理、政策制定还是个人成长，我们都需要理解并应对人性的这种特点。一方面，要警惕过于依赖物质激励可能带来的负面影响，如道德风险、短视行为等；另一方面，也要善于运用合理的奖励机制来激发人们的积极性和创新精神。

17.人生天地间，忽如远行客。

"人生天地间，忽如远行客"这句诗出自汉代文人五言诗《青青陵上柏》。这句诗的意思是：人生长、存活在茫茫天地之间，就好比远行客匆匆拜访、走走停停。

诗人在此句中,用"远行客"这一形象的比喻,生动地描绘了人在漫长人生旅途中的孤独和漂泊感。人生短暂,而天地无穷,每个人都像是在天地这个大舞台上匆匆走过的过客,经历着各自的悲欢离合,体验着生活的酸甜苦辣。

同时,这句诗也透露出一种深刻的哲理:尽管人生短暂,但我们应该珍惜每一个瞬间,尽可能地充实自己的生活,追求自己的梦想和目标。因为我们都是这个世界的过客,但我们的行为和思想却可以在这个世界上留下痕迹,影响着我们身边的人和事。

总的来说,这句诗以简洁而深刻的语言,表达了诗人对人生的独特感悟和深沉思考,引人深思。

18. 少壮不努力,老大徒伤悲!

"少壮不努力,老大徒伤悲"这句诗出自汉代的《长歌行》。它的意思是:年轻力壮的时候不奋发图强,到了老年再悲伤也没用了。

这句诗通过描述"少壮"与"老大"两种时期的不同情境和感受,警示人们要珍惜年轻时的光阴,勤奋努力,不要虚度年华。因为人生的光阴是短暂的,一旦错过,就无法挽回。如果在年轻时不努力,到了老年时就会后悔莫及,但那时已经为时已晚,无法再改变过去。

因此,这句诗鼓励人们要珍惜当下、努力奋斗,不要等到老了才后悔没有把握住年轻时的机会和光阴。它也体现了对生命、时间及人生价值的深刻思考,告诫人们要时刻保持警醒,不断追求进步和成长。

19. 生年不满百,常怀千岁忧。

"生年不满百,常怀千岁忧"这句诗出自汉代文人的《生年不满百》。这句诗的意思是:一个人活在世上通常不满百岁,却总是为千年之后的事情而忧愁。

这句诗反映了诗人对于人生短暂而忧虑长久的深刻感受。诗人以鲜明的对比,揭示了人生有限与忧虑无限的矛盾,从而表达了对人生的无奈和悲叹。这种悲叹并不是消极的颓废,而是对人生的深刻反思,是对生命意义的探索和追问。

同时,这句诗也启示我们要珍惜当下的时光,不要过分忧虑未来。人生短暂,我们应该把握现在,积极面对生活,享受生活的美好,而不是让忧虑和烦恼占据我们的心灵。只有这样,我们才能真正体验到人生的价值和意义。

总的来说,这句诗通过对比人生有限与忧虑无限,表达了对人生的深刻反思和无奈,同时也启示我们要珍惜当下,积极面对生活。

20.盛衰各有时，立身苦不早。

"盛衰各有时，立身苦不早"这句话出自《回车驾言迈》。这句话的意思是：万事万物的兴盛和衰败都是有其特定的时机或时运，而人要建功立业，则苦于不能趁早啊。

"盛衰各有时"可以理解为事物都有其兴盛和衰败的时候，这是一种自然的规律，也是生活中常见的现象。无论是自然界中的生物，还是社会中的事物，都有其生命周期，有兴盛的时候，也有衰败的时候。

"立身苦不早"则强调了人生应该尽早有所作为，尽早实现自己的理想和目标。因为人的生命是有限的，如果错过了最佳的时机，可能就无法再实现自己的理想。因此，这句话也提醒我们要珍惜时间、把握机会，尽早实现自己的人生价值。

综合来看，这句话既表达了对自然规律的认识，也体现了对人生的深刻思考，鼓励人们要珍惜时间、把握机会，努力追求自己的理想和目标。

21.良无盘石固，虚名复何益？

"良无盘石固，虚名复何益"这句话出自汉代文人所作的《明月皎夜光》，具体含义如下：

"良无盘石固"中的"良"是"的确"的意思，"盘石"即"磐石"，意为特大石，通常用来象征坚定不移的感情或极为坚固的事物。整句的意思是，贤良的品德或深厚的情谊并不像磐石那样坚固不移，表达了一种对人性或情感易变性的感慨，暗示即使是看似坚固的情感或品德，也可能在某种情境下变得脆弱，发生改变。

"虚名复何益"中的"虚名"指的是不符合实际的名誉或声望。整句的意思是，仅仅追求虚有其表的名声又有什么好处呢？这句话表达了对虚名的不屑和批判，认为真正的价值并不在于外在的名声，而在于内在的品质和实际行动。

综合来看，这句话传达了一种对人性、情感和名誉的深刻洞察，强调了真实、坚定和内在品质的重要性，提醒人们不要过分追求表面的虚名，而要注重培养自己的品德和维系真挚的情感。同时，也表达了一种对人生无常和人性易变的感慨和思考。

22.昼短苦夜长，何不秉烛游！

"昼短苦夜长"描绘了人生苦短，白天的时间短暂，而夜晚却显得漫长无尽。这种对昼夜长短的对比，突出了生命的短暂和人们对时间的无奈。

"何不秉烛游"则是诗人对人们自由随性生活态度的一种倡导。既然生命短暂，为何不在有限的时间里尽情享受、尽情游玩呢？秉烛夜游，不仅是对生命的热爱和珍惜，也是对生活乐趣的一种追求。

综合来看，这句诗表达了诗人对人生短暂、忧虑常伴的感慨，以及对积极生活态度的倡导。它鼓励我们要珍惜眼前的时间，把握每一个能够让我们快乐的时刻，活出生命的精彩和充实。

第三章　三国两晋南北朝

1.老骥伏枥，志在千里。烈士暮年，壮心不已。

"老骥伏枥，志在千里。烈士暮年，壮心不已"这两句诗出自东汉末年曹操的《龟虽寿》。其意思是：年老的千里马虽然伏在马槽旁，雄心壮志仍是驰骋千里；壮志凌云的人士即便到了晚年，奋发思进的心也永不止息。

在这两句诗中，曹操以"老骥"自比，表达了他虽然年岁已高，但雄心壮志依然不减，仍然怀有远大的抱负和理想。同时，他也以此鼓励那些壮志凌云的人，不要因为年岁的增长而失去进取之心，应该始终保持对理想的追求和坚持。

这两句诗体现了曹操坚韧不拔、永不言败的精神风貌，同时也传递了一种积极向上、奋发向前的人生态度。它告诉我们，无论在何时何地，我们都应该保持一颗年轻的心，不断追求进步和成长，实现自己的人生价值。

2.对酒当歌，人生几何！譬如朝露，去日苦多。

"对酒当歌，人生几何！譬如朝露，去日苦多"这两句诗出自东汉末年曹操的《短歌行》。以下是详细的解释：

"对酒当歌"指的是面对美酒，一边饮用一边歌唱。这里传达的是诗人在饮酒作乐的同时，也在感慨人生的种种。曹操以此表达了他对生活的热爱和享受，同时也不忘思考人生的真谛。

"人生几何"是诗人在感叹人生的短暂和无常。几何，即多少之意，这里，曹操在问人生究竟有多长，表达了他对人生短暂的感慨和无奈。

"譬如朝露"是一个比喻，曹操将人生比作早晨的露水，意在强调人生的短暂和易逝。朝露在阳光下转瞬即逝、无法持久，正如人生的短暂和无常。

"去日苦多"则是对逝去时光的感慨。苦多，即指逝去的时间太多，令人感到痛苦和惋惜。曹操在此表达了他对过去时光的怀念和遗憾，同时也反映了他对时间流逝的无奈和无力感。

综合来看，这两句诗通过生动的比喻和深情的感慨，表达了曹操对人生的思考和感慨。他既享受当下的生活，又感慨人生的短暂和易逝，对逝去的时光充满怀念和遗憾。这种情感不仅体现了曹操作为一个伟大政治家的深沉和复杂，也触动了无数读者的内心。

3.明月皎皎照我床，星汉西流夜未央。

"明月皎皎照我床，星汉西流夜未央"这句诗出自魏晋诗人曹丕的《燕歌行二首·其一》。这句诗的意思是：那皎洁的月光照着我的空床，星河沉沉向西流淌，忧心不寐长夜漫漫。

首先，"明月皎皎照我床"描绘了夜晚的景象，明亮的月光洒落在诗人的床上，营造出一种静谧而凄凉的氛围。这里的"皎皎"二字，生动地表现了月光的明亮和清冷，同时也透露出诗人内心的孤独和寂寞。

接着，"星汉西流夜未央"一句，诗人将视线转向天空，看到银河向西"流淌"，而夜晚还未过去。这里的"星汉西流"形象地描绘了夜空中银河的"流动"，给人一种深邃而广阔的感觉。而"夜未央"则表达了夜晚的漫长和无尽，与诗人内心的孤寂和忧虑相呼应。

整体来看，这句诗通过描绘夜晚的明月和银河，表达了诗人内心的孤独、寂寞和对远方亲人的思念之情。同时，诗人借助自然景物的描绘，营造出一种凄凉而静谧的氛围，使读者能够深刻感受到诗人的情感世界。

此外，这句诗还体现了曹丕作为一位杰出诗人的高超艺术造诣。他通过简练而富有意象的语言，将复杂的情感表达得淋漓尽致，使诗歌具有深厚的艺术感染力和生命力。

综上所述，"明月皎皎照我床，星汉西流夜未央"这句诗以其独特的艺术魅力和深刻的情感内涵，成了中国古代文学中的经典之句。

4.捐躯赴国难，视死忽如归！

"捐躯赴国难，视死忽如归"这句诗出自三国时期曹植的《白马篇》。它的意思是抱着为国家、为正义而死的决心奔赴国难，把死亡看得就像回家一样平常。这句话歌颂了为国献身的精神，强调了为国家、为正义而牺牲的英勇无畏和视死如归的崇高境界。

"捐躯"指的是舍弃生命，而"赴"则是奔赴、前往的意思，在这里指的是为国家、为正义的事业英勇献身。"国难"则是指国家的危难、危机，需要人们挺身而出，共同抵御外敌或解决内部问题。"视死忽如归"则是一种比喻，将死亡看作回家一样自然和轻松，表达了为国捐躯者对于死亡的态度——坦然和从容。

这句诗不仅是对古代英勇将士的赞美，更是对一种高尚情操和爱国精神的传承。它激励人们在面对困难和挑战时要勇往直前，不畏牺牲，为国家和人民的利益而努力奋斗。在现代社会，这种精神依然具有重要的现实意义，它提醒我们要时刻保持爱国情怀，为国家的发展和繁荣贡献自己的力量。

5.虑澹物自轻，意惬理无违。

"虑澹物自轻，意惬理无违"这句诗表达了一种淡泊名利、追求心灵自由的境界。我们可以逐句解析这句诗：

"虑澹物自轻"中的"虑澹"可以理解为心境淡泊，不为外物所扰。当一个人的心境变得淡泊，不再过分追求物质上的满足和名利上的荣耀时，那些身外之物自然会显得轻如鸿毛。这体现了诗人对世俗价值观的超越，以及对简单、自然生活的向往。

"意惬理无违"中的"意惬"指的是心满意足、舒适自得的状态。"理无违"则意味着行事合乎情理，不违背自然规律和道德准则。当一个人的内心得到满足，其行为也自然会顺应天地之间的规律，不会违背道德伦理。这表达了诗人追求心灵自由和道德完善的人生理想。

综合来看，我们可以看出诗人所倡导的是一种淡泊名利、追求心灵自由和道德完善的生活态度。这种态度有助于我们摆脱世俗的束缚，实现内心的宁静和满足，从而过上更加充实、有意义的生活。同时，这也提醒我们在追求个人发展的过程中，不应忽视对自然规律和道德伦理的尊重与遵守。

6.刑天舞干戚，猛志固常在。

"刑天舞干戚，猛志固常在"这句诗出自魏晋诗人陶渊明的《读山海经十三首·其十》。刑天是中国古代神话中的一位人物，因与天帝争权失败，被砍去头颅，但他并未屈服，而是以乳为目，以脐为口，挥舞着盾牌和斧头继续战斗。这种不屈不挠的精神，被诗人陶渊明所赞颂。

"舞干戚"描绘的是刑天挥舞盾牌和斧头的情景，而"猛志固常在"则是对刑天坚定意志和顽强精神的赞美。即使遭受了巨大的挫折和痛苦，刑天依然保持着他的勇猛和斗志，这种精神是永恒的，不会因时间和环境的改变而消失。

诗人通过刑天的形象，表达了对坚韧不拔、永不言败精神的崇敬和赞美。这种精神不仅存在于神话故事中，也存在于现实生活中。它鼓励人们在面对困难和挑战时，要有坚定的信念和顽强的毅力，勇往直前，永不放弃。

因此，"刑天舞干戚，猛志固常在"这句诗不仅是对古代神话人物的赞美，也是对人类坚韧不拔、永不言败精神的赞美和鼓舞。它提醒我们，无论遇到多大的困难和挑战，我们都应该保持坚定的信念和顽强的毅力，勇往直前，追求我们的梦想和目标。

7.亲戚或余悲，他人亦已歌。

"亲戚或余悲，他人亦已歌"这句话出自魏晋诗人陶渊明的《拟挽歌辞三首·其三》。这句诗的大致意思是：亲戚朋友或许还悲哀未尽，而其他人却已经开始欢快地唱歌了。

这句话深刻地描绘了生死离别后，人们对于逝去者的不同反应。亲戚朋友由于深厚的感情纽带，可能会长时间沉浸在悲伤之中；然而，对于他人来说，生活的继续使得他们很快就会忘记逝去者，转而投入新的生活中去。这种对比既体现了人情的冷暖，也反映了生活的现实和残酷。

从更深层次的角度来看，这句话也反映了陶渊明对于生死和人生的独特看法。他并不畏惧死亡，也不将死亡看得过于沉重。相反，他以一种坦然和超脱的态度面对生死，认为生死不过是自然规律的一部分，无须过分悲哀或留恋。这种生死观既体现了他的人生态度，也彰显了他的哲学思考。

总的来说，"亲戚或余悲，他人亦已歌"这句话不仅是对生死离别后人们的反应的生动描绘，也是对人生和生死的一种深刻思考。它提醒我们，面对生死离别，我们应该保持一种坦然和超脱的态度，珍惜当下，活好每一天。

8.得欢当作乐，斗酒聚比邻。

"得欢当作乐，斗酒聚比邻"这句诗的意思是：遇到高兴的事就应当作乐，有酒就要邀请近邻共饮。

这句诗传达的是一种及时行乐、珍惜当下、与邻为善的生活态度。在欢乐的时刻，不应该吝啬自己的快乐，而应该尽情地享受它，同时也要与身边的人分享这份快乐。诗中的"斗酒"是一种形象化的表达，意味着畅饮美酒，而"聚比邻"则体现了诗人与邻居之间的亲近和友情。

这句诗也反映了诗人豁达、开朗的性格和对生活的热爱。他懂得在欢乐的时刻享受生活，同时也注重与他人的交流和互动。这种乐观、积极的生活态度值得我们学习和借鉴。

在现代社会中，这句诗依然具有启示意义。我们往往会因为各种原因而忽略生活中的美好瞬间，或者过于拘泥于个人的快乐而忽略了他人的感受。因此，这句诗提醒我们，在享受生活的同时，也要关注身边的人，与他们分享快乐和温暖。

9.不戚戚于贫贱，不汲汲于富贵。

"不戚戚于贫贱，不汲汲于富贵"这句话的意思是：不为贫贱而忧愁，不热衷于发财做官。它表达了一种超脱世俗名利的高尚情操和人生追求。其中，"戚戚"表示忧愁的样子，"汲汲"则表示心情急切、急于求成的样子。

这句话告诫人们，不应过分看重物质财富和社会地位，而是要追求内心的平静和精神的富足。在贫穷时，不应感到过分忧愁和沮丧；在富贵面前，也不应过分追求和贪婪。应该保持一颗平常心，专注于自己的内心修养和精神成长，追求更高层次的人生价值和意义。

这种超脱名利、注重精神追求的思想，在中国传统文化中有着重要的地位，也是许多古代文人墨客所追求的人生境界。在现代社会，这种思想依然具有重要的启示意义，可以帮助人们摆脱物质束缚，追求更加有意义和充实的人生。

10.此中有真意，欲辨已忘言。

"此中有真意，欲辨已忘言"出自东晋诗人陶渊明的《饮酒·其五》。这句诗的意思是：这里面蕴含着人生的真正意义，想要辨识，却不知怎样用语言表达。

陶渊明在这首诗中，借饮酒为题，抒发了自己对隐逸生活的热爱和对自然的向往。其中，"此中有真意"是他对隐逸生活真谛的领悟，即真正的意义不在于物质的丰富和世俗的虚荣，而在于对自然的回归和内心的平静。

然而，"欲辨已忘言"则表明他对于这种真意无法用言语准确表达出来，或者说，言语已经无法完全捕捉到他内心对隐逸生活的深刻体验。这种表达方式既体现了陶渊明对隐逸生活的深刻领悟，也展示了他对诗歌艺术的独特追求。

这句诗既表达了陶渊明对隐逸生活的赞美和向往，也反映了他对诗歌艺术的深刻理解和高超造诣。它以简洁而富有哲理的语言，让读者感受到陶渊明的内心世界和对生活的独特思考。

11.落地为兄弟，何必骨肉亲！

"落地为兄弟，何必骨肉亲"这句诗的含义是：人们一来到这个世界，就应该像亲兄弟一样，为什么非要亲生的骨肉才算亲兄弟呢？

这句诗表达了诗人对于人与人之间深厚情谊的珍视和推崇，强调了人与人之间情感的纯粹和真挚，超越了血缘关系的束缚。它传达了一种人道主义和平等主义的思想，认为每个人都应该被平等对待，而不应该因为血缘关系而被区分对待。同时，也表达了诗人对于亲情的独特理解，认为真正的亲情不仅仅是血缘关系，更重要的是彼此之间的情感联系和相互扶持。

这种思想在当今社会依然具有重要意义。在现代社会中，人与人之间的联系更加复杂多样，除了血缘关系之外，还有朋友、同事、合作伙伴等各种关系。在这些关系中，真挚的情谊和相互扶持同样非常重要。因此，我们应该像对待亲兄弟一样，对待身边的人，珍惜彼此之间的情谊，共同创造更加美好的社会。

12.望云惭高鸟,临水愧游鱼。

"望云惭高鸟,临水愧游鱼"这句诗出自魏晋诗人陶渊明的《始作镇军参军经曲阿作》。这句诗的意思是:看见云就联想到自由翱翔的鸟儿,自己虽欲奋飞却无羽翼而感到惭愧;看到水就联想到自由游动的鱼儿,自己欲渡无舟楫而只好临渊羡鱼而深感惭愧。

诗人以"高鸟""游鱼"自由自在与自己处境窘困、滞留京中做对比,表达了诗人对自由、无拘无束生活的向往和对自己只能留在朝中,无法像鸟儿和鱼儿那样自由自在的惭愧之情。

总的来说,这句诗通过比喻和对比的手法,表达了诗人对自由和才华的渴望,以及对自己和友人处境的无奈和惭愧。

13.人生无根蒂,飘如陌上尘。

"人生无根蒂,飘如陌上尘"出自魏晋诗人陶渊明的《杂诗十二首·其一》。这句诗的意思是:人生在世就如无根之木、无蒂之花,又好似大路上随风飘转的尘土。

"无根蒂"是形容人生没有固定的根基,就像树木没有根、花朵没有蒂,无法稳固地立足于世。而"飘如陌上尘"则进一步描绘出这种无根状态的具体表现,即人生像路上的尘土一样,随风飘转、无法自主。

整首诗表达了诗人对人生无常、命运不可把握的感慨和迷惘。在诗人看来,人生既无根基,又无法自主,就像尘土一样被动地随风飘转。这种对人生的深刻洞察,透露出诗人对生命的无奈和沉痛之情。

同时,这首诗也启示我们,尽管人生充满了不确定和无法掌控的因素,但我们仍然应该积极面对生活,珍惜每一个瞬间,努力追求自己的梦想和价值,在飘摇不定的人生中,找到属于自己的意义和价值,实现自我超越和成长。

14.问君何能尔?心远地自偏。

"问君何能尔?心远地自偏"出自魏晋诗人陶渊明的《饮酒·其五》。这句话的意思是:问我为何能如此,只要心志高远,自然就会觉得所处的地方僻静了。

在这句诗中,诗人用问答的方式表达了他对隐居生活的态度和原因。尽管他身处人世,但他的心境超脱,因此能够感受到与众不同的宁静与自在。其中,"心远"二字,既表达了他超凡脱俗的志向,也揭示了他之所以能够保持内心宁静的秘诀。而"地自偏"则是他心境的外化,即使身处闹市,也能因为心境的超脱而感到环境的幽静。

这句诗体现了陶渊明淡泊名利、超脱世俗的人生态度,也表达了他追求心灵自由和宁静生活的理想。这句诗以其深刻的哲理和优美的意境，成了中国文学中的经典之句，为后世读者提供了宝贵的思考和启示。

15.蝉噪林逾静，鸟鸣山更幽。

"蝉噪林逾静，鸟鸣山更幽"这句诗出自南朝诗人王籍的《入若耶溪》。其意思是：蝉声高唱，树林却显得格外宁静；鸟鸣声声，深山里倒比往常更幽静。

这句诗运用了衬托的手法，即以动衬静。诗人抓住在静谧的山林中听到的蝉鸣声、鸟鸣声，反衬出山林愈发的幽静。这样写不仅使山林的幽静给人以强烈的感受，也使整首诗具有更鲜明的画面感。这句诗以其独特的艺术魅力，成了表达静谧山林景色的经典之句。

此外，这句诗也富含哲理，启示我们在纷繁复杂的世界中，如果能够保持内心的宁静和平和，就能更好地感受生活的美好和宁静。它鼓励我们在忙碌和喧嚣中寻找内心的平静，以更加清晰和敏锐的眼光去观察和理解世界。

16.人生亦有命，安能行叹复坐愁？

"人生亦有命，安能行叹复坐愁"出自南朝诗人鲍照的《拟行路难·其四》。这句话的意思是：人生是由命运决定的，怎么能走路的时候叹息，坐着的时候忧愁呢？

在这句诗中，诗人鲍照用"人生亦有命"来解释社会中种种不公平的现象，劝慰世人不要因此消沉，要积极面对生活中的困难和挑战。他认为，人生中的遭遇和命运是由各种因素所决定的，人们无法完全掌控，因此不能一味地叹息和忧愁。相反，应该积极面对生活，努力寻找自己的方向和目标，并为之奋斗。

这句诗传达了一种积极、乐观的人生态度，鼓励人们在面对困境时保持坚强和乐观的心态，不断追求自己的梦想和目标。同时，也提醒人们要珍惜自己所拥有的，不要过分抱怨和沉溺于消极情绪中，要积极寻找解决问题的方法和途径。

总的来说，这句诗以其深刻的哲理和积极的人生态度，成了人们传颂千古的名句，也成了激励人们在困境中不屈不挠、积极向前的力量源泉。

17.非淡泊无以明志，非宁静无以致远。

"非淡泊无以明志，非宁静无以致远"出自三国时期诸葛亮的《诫子书》。这句话的意思是：不把眼前的名利看得轻淡就不会有明确的志向，不能平静安详全神贯注地学习就不能实现远大的目标。

诸葛亮在这句话中强调了淡泊名利和内心宁静的重要性。他认为，一个人如果过于追求名利，就会失去自己的志向和目标；而如果内心不够宁静，就无法集中精力去实现远大的抱负。因此，他告诫儿子，要时刻保持淡泊名利的心态，专注于自己的学习和成长，这样才能在未来实现自己的理想。

这句话不仅是对个人修养的一种要求，也是对人生目标的一种指引。它告诉我们，要想在人生道路上取得成功，就必须保持一颗平常心，不被外界的诱惑所干扰；同时，也需要培养内心的宁静和平和，以应对各种挑战和困难。

总之，"非淡泊无以明志，非宁静无以致远"这句话是诸葛亮对儿子的一种人生教诲，也是对我们每个人的人生道路的一种启示和指引。

18.识时务者在乎俊杰。

"识时务者在乎俊杰"这句话出自《三国志·蜀志·诸葛亮传》裴松之注引《襄阳耆旧传》。它的字面意思是能够认清时局形势、了解当前重要事务的人，才算是杰出的人。

"识时务"中的"时务"指的是当前的重要事务或时局形势，包括政治、经济、社会等各方面的动态和变化。这句话强调了对当前形势有清晰认识和准确判断的重要性。

"俊杰"是对优秀、出色人物的赞美。在这里，它指的是那些能够迅速适应并应对时局变化，有胆识和才能去解决问题的人。

因此，"识时务者在乎俊杰"这句话用来赞美那些能够敏锐地洞察时局、把握机遇，并且有能力采取行动去应对和改变现状的人。这种人在面对复杂多变的局势时能够保持清醒的头脑，做出正确的决策，从而成为社会中的佼佼者。

在现代社会，这句话依然具有很强的指导意义。它提醒我们要关注时事，了解社会动态，不断提升自己的判断力和应对能力。同时，也要勇于面对挑战和变化，敢于创新，不断追求进步和发展。

总之，"识时务者在乎俊杰"是一句富有智慧的古语，它强调了认清形势、把握机遇的重要性，鼓励我们成为有胆识、有才能的杰出人物。

19.上言离别久，下言望应归。

"上言离别久，下言望应归"这句诗的意思是：诗的上半部分诉说离别已久，诗的下半部分则是期盼着亲人归来。

这句诗表达了深深的思念和期盼之情。诗人首先提到了长时间的离别，这种离别可能带来了无尽的思念和孤独感。接着，诗人表达了对亲人归来的热切期盼，这种期盼可能是出于对团圆的渴望，也可能是对过去美好时光的怀念。

"上言"和"下言"在这里构成了一个对比和承接的关系，既表达了离别之苦，又展现了期盼之切。这种表达方式既直接又含蓄，既深情又动人，体现了诗人高超的艺术技巧。

总的来说，这句诗以其真挚的情感和巧妙的构思，成功地传达了诗人对亲人的深深思念和对团圆的热切期盼。

20.王孙春好游，云鬟不胜愁。

"王孙春好游，云鬟不胜愁"这句诗出自南北朝诗人张正见的《山家闺怨诗》。这句诗的意思是：贵族子弟（王孙）喜爱在春天出游，然而他们出游时，家中的女子却因为思念而满心忧愁，以至于那如云般美丽的鬟发都似乎承受不住这份愁绪。

这句诗通过描绘王孙的春游和女子的忧愁，形成鲜明的对比，凸显出女子对王孙的深深思念和无尽牵挂。同时，诗人用"云鬟不胜愁"这一生动的比喻，将女子的忧愁具象化，使得这种情感更加真实可感。

此外，这句诗也反映了古代社会的一种普遍现象，即贵族子弟的游乐与家中女子的孤独和等待。这种对比不仅增强了诗歌的艺术效果，也使得诗歌的主题更加深刻和引人深思。

总的来说，"王孙春好游，云鬟不胜愁"这句诗通过细腻的描绘和生动的比喻，表达了女子对王孙的深深思念和无尽忧愁，同时也揭示了古代社会的一种普遍现象，具有深刻的艺术内涵和社会意义。

21.深闺久离别，积怨转生愁。

"深闺久离别，积怨转生愁"这句诗描绘了一种因长时间离别而引发的深厚情感。

"深闺"指的是女子的内室，通常象征着女子的私密空间和内心世界。"久离别"则明确表示了长时间的分离，可能是与爱人、亲人或重要的人长时间不见面。这种分离带来的不仅是物理上的距离，更有情感上的疏离和孤寂。

"积怨"指的是因长时间的离别而积累起来的怨恨或不满。这种怨恨可能源于对离别的不解、对重逢的渴望，或是对生活的不满。随着时间的推移，这些情感逐渐累积，形成了深深的怨念。

"转生愁"则进一步描述了这种怨恨如何转化为忧愁。忧愁通常比怨恨更为深沉和持久，它不仅仅是对过去的不满，更是对未来的担忧和对现状的无奈。长时间的离别使得原本单纯的思念和期盼变得复杂而沉重，最终转化为深深的忧愁。

整句诗通过描绘深闺中的女子因长时间离别而积累的怨恨和忧愁，表达了人们对情感分离和无法团聚的深深痛苦和无奈。它也反映了生活中无法避免的离别和失去，以及这些经历如何影响我们的情感世界。

第四章　唐

1. 青春须早为，岂能长少年。

"青春须早为，岂能长少年"这句诗出自唐代诗人孟郊的《劝学》。它表达了诗人对青春时光的珍视和催促，以及对人生的深刻洞察。

首先，"青春须早为"这句话强调了青春时期的行动和努力的重要性。青春是人生中最宝贵、最有活力的阶段，这个阶段充满了可能性和机遇。因此，我们应该在青春时期尽早行动，积极追求自己的梦想和目标，不要虚度光阴。

接下来，"岂能长少年"这句话则进一步强调了青春的短暂和不可重复性。人不能永远保持年轻的状态，青春是有限的，一旦错过就无法挽回。因此，我们应该珍惜青春时光，充分利用这段时间来成长、学习和实现自己的价值。

整首诗通过对比青春的短暂和人生的漫长，以及青春时期的重要性和机遇的难得，告诫我们要珍惜青春时光，尽早行动，不要等到年华老去才后悔莫及。同时，也提醒我们要有紧迫感和责任感，积极面对人生的挑战和机遇，努力追求自己的梦想和目标。

在现代社会中，这句诗依然具有深刻的启示意义。随着生活节奏的加快和竞争压力的增大，很多人往往容易忽视青春的宝贵性，而沉迷于各种短暂的快乐和消遣中。因此，我们需要时刻提醒自己，珍惜青春时光，积极追求自己的梦想和目标，不断学习和成长，为人生的发展奠定坚实的基础。

2. 疾风知劲草，板荡识诚臣。

"疾风知劲草，板荡识诚臣"这句诗出自唐代诗人李世民的《赐萧瑀》。这句诗的意思是：在猛烈的大风中，可看出什么样的草是强劲的；在动荡不安的时代里，才能识别出忠诚的臣子。

第一句"疾风知劲草"用自然界的狂风骤雨来比喻世事中的种种困难和挑战，以此展现出在严峻的环境中，真正的强者会脱颖而出。它启示人们，在逆境中，只有那些坚韧不拔、意志坚定的人才能经受住考验，展现出真正的实力和品质。

第二句"板荡识诚臣"则是从国家政治的层面出发，指出在国家动荡不安、局势混乱的时候，才能识别出那些真正忠诚于国家和人民的臣子。这里的"板荡"指的是社会动荡、政治混乱的局面，而"诚臣"则是指那些心怀国家、忠贞不贰的臣子。这句诗提醒人们，在复杂多变的政治环境中，要识别并珍惜那些真正为国家和人民着想的忠诚之士。

整句诗通过生动的比喻和深刻的哲理，强调了在困难和挑战面前，要坚定信念、勇往直前，同时也提醒人们在动荡的时代里要珍惜和识别那些真正忠诚的人。它体现了李世民对于坚韧不拔、忠诚不渝品质的赞赏和推崇，也给人们在面对困难和挑战时如何保持坚定和忠诚提供了深刻的启示。

3.离别家乡岁月多，近来人事半消磨。

"离别家乡岁月多，近来人事半消磨"这句诗出自唐代诗人贺知章的《回乡偶书》。这句诗的意思是：我离开家乡已经很多年了，回家后才感觉到家乡的人事都已变化太多。

诗人通过对比离别家乡时的情景和归来后的所见所感，表达了深深的感慨。离别家乡多年，人事变迁，许多曾经熟悉的面孔和事物都已不再，这种变化让诗人感到时光的无情和人生的无常。同时，这种变化也反映出生活的真实面貌，即一切都在不断地变化和消逝中。

此外，这句诗还蕴含着诗人对家乡的深厚情感。尽管人事已半消磨，但诗人对家乡的眷恋和思念却从未减少。他通过这句诗表达了对家乡的怀念和对过去的追忆，也展现了他对人生和时光的独特理解。

总的来说，"离别家乡岁月多，近来人事半消磨"这句诗以其简洁而深刻的语言，表达了诗人对家乡、人生和时光的深深感慨和独特理解，成了中国文学中的经典之句。

4.江渚秋风至，他乡离别心。

"江渚秋风至，他乡离别心"这句诗出自唐代诗人张九龄的《初秋忆金均两弟》。这句诗的意思是：当秋风吹拂到江中小洲时，身处异乡的我再次感受到了离别的惆怅和伤感。

"江渚"指的是江中小洲，是离别的地点，也是诗人情感投射的具体对象。而"秋风"的到来，不仅点明了时节的变迁，更通过秋风的萧瑟和凉意，增强了离别的凄凉和悲怆感。秋风往往与离愁别绪紧密相连，它在诗中常被用作触发或加深离别之情的元素。

"他乡"则强调了诗人身处异地、远离故土的孤独和飘零感。在异地遭遇离别，使得诗人的情感更加复杂和深沉。这里的"离别心"指的是诗人因离别而产生的悲伤、惆怅和不舍的情感。这种情感在秋风和江渚的衬托下，显得更加真切和动人。

整句诗通过描绘自然景物和季节变化，巧妙地融入了诗人的离别情感，使得诗歌的意境和情感相互交融，达到了一种深远的艺术效果。同时，它也表达了诗人在他乡遇离别时的无奈和感伤，展现了他对故乡和亲人的深深眷恋。

5.悠悠天宇旷，切切故乡情。

"悠悠天宇旷，切切故乡情"这句诗出自唐代诗人张九龄的《西江夜行》。这句诗的意思是：天空辽阔悠远，思念故乡的情思越发哀切。

诗人以"悠悠天宇旷"来描绘夜空的广阔无垠，这种广阔的背景反衬出诗人内心的孤寂与渺小。在这样的背景下，诗人对故乡的思念之情显得愈发深切而真挚，这种情感用"切切故乡情"来表达，既生动又贴切。

这句诗不仅表达了诗人对故乡的深深眷恋，也反映了人类普遍的情感体验。无论身处何方，故乡始终是每个人心中最温暖、最亲切的地方。而当天宇辽阔、夜色深沉时，这种对故乡的思念之情往往会更加浓烈。

同时，这句诗也展现了诗人高超的艺术表现力。他通过对天宇和故乡情的描绘，将自然景物与人的情感巧妙地融合在一起，营造出一种既宏大又细腻的艺术境界。这种境界既能够引起读者的共鸣，也能够让人们对诗歌产生更深的理解和感悟。

6.灵山多秀色，空水共氤氲。

"灵山多秀色，空水共氤氲"这句诗出自唐代诗人张九龄的《湖口望庐山瀑布水》。这句诗主要描绘了灵山（指庐山）的秀美景色，以及天空和水汽交织而成的朦胧美。

"灵山多秀色"意味着庐山有着丰富的自然美景，山势峻峭、峰峦叠嶂、草木葱茏，展现出一幅生机勃勃的自然画卷。这里的"秀色"二字，生动地描绘了庐山景色的优美和动人。

"空水共氤氲"则进一步渲染了庐山的神秘和朦胧之美。其中，"空"指的是天空，"水"指的是瀑布或江水，"氤氲"则形容水汽、烟雾等弥漫流动的样子。这句诗描绘了天空和水面之间，由于水汽的蒸腾和流动，形成了一种朦胧而神秘的气氛，使得整个景色仿佛笼罩在一片云雾之中，增添了庐山的神秘和迷人之处。

整句诗通过细腻的描绘和生动的比喻，将读者带入了一个充满自然之美和神秘之气的庐山世界。它不仅展现了庐山景色的秀美，也传达了诗人对大自然的敬畏和赞美之情。同时，这句诗也体现了唐代诗歌对自然景色的细腻描绘和深刻感悟，具有很高的艺术价值。

7.居高声自远，非是藉秋风。

"居高声自远，非是藉秋风"这句诗出自唐代诗人虞世南的《蝉》。它的意思是：蝉因为身处高处，它的声音才能传得很远，而并非是借助秋风的力量。

这句诗以蝉为例，通过形象的比喻，赞美了一种高洁傲岸的品格。蝉居住在高树上，它的声音自然能够传播得很远，这是因为它的位置高，而非依靠外力的帮助。这里的"居高"象征着高洁的品格和崇高的地位，"声自远"则是指名声远扬、影响深远。

同时，这句诗也暗示了诗人自身的志向和追求。诗人以蝉自喻，表明自己追求高洁的品格，不依赖外界的力量，而是凭借自身的努力和才华实现自己的抱负。

此外，这句诗还表达了诗人对于名利的看法。在诗人看来，真正的名声和地位不是靠外力吹捧或者靠投机取巧得来的，而是需要靠自身的努力和实力去赢得。这也是诗人所倡导的一种积极向上、自强不息的人生哲学。

总的来说，这句诗通过生动的形象和深刻的寓意，赞美了高洁傲岸的品格，表达了诗人自身的追求和对于名利的看法，具有深刻的启示意义。

8.青山一道同云雨，明月何曾是两乡。

"青山一道同云雨，明月何曾是两乡"这句诗出自唐代诗人王昌龄的《送柴侍御》。它的意思是：两地的青山同承云朵荫蔽、雨露润泽，又沐浴在同一轮明月下，又何曾身处两地呢？

这句诗运用灵巧的笔法，一句肯定，一句反诘，反复致意，恳切感人。它表达的是诗人与友人虽然人分两地，但情同一心的深情厚谊。这种情感并不仅仅局限于朋友之间的情感，也可以被理解为对于家乡、亲人或者任何有深厚情感联系的事物的思念和眷恋。

此外，这句诗还蕴含着一种超越地域限制的宽广视野和乐观精神。它告诉我们，尽管我们可能身处不同的地方，但只要我们心中有爱，有共同的记忆和感受，那么我们就永远不会被地域所分隔，我们的心灵将永远相连。

这句诗不仅具有深厚的情感内涵，还富有哲理意味，它启示我们要有开阔的胸怀和乐观的心态，珍惜与他人的情感纽带，不断追求心灵的相通与共鸣。

9.莫道秋江离别难，舟船明日是长安。

"莫道秋江离别难，舟船明日是长安"的意思是：不要说秋江离别使人感到难舍难分，明天我就将乘船前往那繁华的长安了。

这句诗出自唐代诗人王昌龄的《重别李评事》。在这句诗中，诗人表达了对离别的看法，认为尽管离别在秋日的江边带有一些伤感，但不必过于悲观，因为明日他将乘船前往繁华的长安，这也预示着新的开始和美好的未来。同时，这句诗也展现出诗人洒脱和乐观的心态，尽管有离别的愁绪，但他对未来依然充满希望和期待。

10.洛阳亲友如相问，一片冰心在玉壶。

"洛阳亲友如相问，一片冰心在玉壶"这句诗出自唐代诗人王昌龄的《芙蓉楼送辛渐》。这句诗的意思是：如果洛阳的亲友询问我的情况，就告诉他们，我依然保持着一颗纯洁清高的心，就像装在玉壶里的冰块一样晶莹剔透。

这句诗表达了诗人坚守高洁、清白的情怀，即使身处异地，面对各种诱惑和挑战，诗人依然能够保持自己的原则和品性，不被外界所影响。同时，诗人也通过玉壶和冰心的比喻，形象地展现了自己的内心世界，既清透又坚硬，不受任何污染。

此外，这句诗还体现了诗人对亲友的深情厚谊。他通过向亲友传达自己的心境和态度，表达了对他们的信任和依赖，同时也寄托了对他们的思念和期望。

总的来说，这句诗以其深邃的意境和优美的语言，成了表达坚守高洁情怀和深厚友情的经典之句。

11.安能摧眉折腰事权贵，使我不得开心颜？

"安能摧眉折腰事权贵，使我不得开心颜"这句诗出自唐代诗人李白的《梦游天姥吟留别》。它的意思是：我怎能低头弯腰去侍奉权贵，让自己不能有舒心畅意的笑颜！

这句诗表现了诗人对权贵的蔑视和不屈精神，他坚决不愿为了迎合权贵而牺牲自己的尊严和快乐。他追求的是自由自在、真实自我的生活，而不是被权贵所束缚和压抑。这里的"摧眉折腰"形象地描绘了卑躬屈膝、阿谀奉承的丑态，而"开心颜"则表达了诗人追求真实、自在、快乐生活的愿望。

同时，这句诗也展现了李白独特的个性和豪放不羁的精神风貌。他不愿意为了名利而失去自我，更不愿意为了迎合他人而放弃自己的原则和尊严。这种精神在今天依然具有重要的启示意义，提醒我们要保持独立的人格和尊严，不被外界所左右，追求真实的自我和生活。

12.人生得意须尽欢，莫使金樽空对月。

"人生得意须尽欢,莫使金樽空对月"这句诗出自唐代诗人李白的《将进酒》。它的意思是：人生得意之时应当纵情欢乐，不要让这金杯无酒空对明月。

这句诗传达了李白豁达的人生观和及时行乐的思想。在李白看来，人生短暂，应该尽情享受生命中的欢乐时光，不要让美好的时刻白白流逝。他通过"金樽"和"对月"的意象，营造了一种豪迈而浪漫的氛围，表达了对生活的热爱和追求。

同时，这句诗也反映了李白对人生价值的独特理解。他认为，人生的意义不在于追求功名利禄，而在于享受生活的过程和体验。即使面对人生的挫折和不如意，也要保持乐观豁达的心态，用欢笑和美酒来化解心中的忧愁和苦闷。

总的来说，这句诗以其独特的艺术魅力，展现了李白对生活的热爱和豁达的人生观，成了中国文学史上的经典之句。

13.墨池飞出北溟鱼，笔锋杀尽中山兔。

"墨池飞出北溟鱼，笔锋杀尽中山兔"这句诗出自唐代诗人李白的《草书歌行》。这句诗以夸张的手法描绘了书法创作时的情景，充满了豪迈和奔放的气息。

首先，"墨池飞出北溟鱼"这一句，诗人将墨池比作北溟，即北方的大海，而"飞出北溟鱼"则形象地描绘了书写时墨水飞溅的情景。这里的"北溟鱼"并非实指，而是借用了《庄子》中鲲鹏的典故，增添了诗句的奇幻色彩，同时也表现了诗人书法创作时墨水用量之大，几乎可以养北溟之鱼。

接着，"笔锋杀尽中山兔"这一句，诗人以"笔锋"比喻书法的锐利和力量，而"杀尽中山兔"则夸张地描绘了书写时用笔之勤、之猛。中山是古代的一个地名，以出产优质的兔毫笔而闻名。这里的"中山兔"并非实指，而是借用了中山兔毫笔的典故，用以表现诗人书法创作时用笔之多、之珍贵。

整体来看，这句诗通过夸张的手法，生动地描绘了书法创作时的情景，展现了诗人豪放不羁、挥洒自如的艺术风格。同时，诗句中也蕴含了诗人对书法艺术的热爱和追求，以及对自身才华的自信和自豪。

此外，这句诗还体现了李白诗歌的独特魅力，他以奇特的想象和夸张的手法，将平凡的事物赋予了神奇和浪漫的色彩，使得诗歌充满了艺术感染力和生命力。

14.兴酣落笔摇五岳，诗成笑傲凌沧洲。

"兴酣落笔摇五岳，诗成笑傲凌沧洲"出自唐代诗人李白的《江上吟》。这句诗的意思是：在诗兴浓烈时，我挥毫落笔，可摇动五岳；诗写成之后，笑傲之声，直凌越沧海。

这句诗通过夸张的手法，表达了诗人李白创作诗歌时的豪情壮志和自信。其中，"摇五岳"和"凌沧洲"都是对诗人创作激情和艺术才华的极度夸张，凸显出诗人的豪迈气概和非凡才华。同时，"兴酣"和"笑傲"则表现出诗人创作时的愉悦心情和自信态度，彰显出他独特的个性魅力。

此外，这句诗也展现了李白诗歌创作的理念和追求。他追求的是诗歌的雄浑豪放和超凡脱俗，通过诗歌来表达自己的情感和思想，追求精神上的自由和超越。这种理念和追求在李白的诗歌中得到了充分体现，也使他的诗歌具有独特的艺术魅力和历史价值。

总之，"兴酣落笔摇五岳，诗成笑傲凌沧洲"这句诗不仅表达了诗人李白创作诗歌时的豪情壮志和自信，也展现了他诗歌创作的理念和追求，具有深刻的思想内涵和独特的艺术价值。

15.我寄愁心与明月，随君直到夜郎西。

"我寄愁心与明月，随君直到夜郎西"这句诗出自唐代诗人李白的《闻王昌龄左迁龙标遥有此寄》。这句诗的意思是：我把我忧愁的心思寄托给明月，希望能一直陪着你到夜郎以西。

这句诗表达了诗人李白对好友王昌龄贬官遭遇的深切同情和关怀。李白通过想象，赋予明月以生命和情感，让明月成为他传递友情和关怀的使者。他将自己的愁心寄托给明月，希望明月能够陪伴着王昌龄，给他带去温暖和安慰。

这种以物寄情、借景抒情的写法，不仅丰富了诗歌的表现手法，也增强了诗歌的艺术感染力。同时，它也体现了李白对友情的珍视和对人生遭遇的豁达态度。这句诗以其真挚的情感和独特的艺术魅力，成了中国文学宝库中的经典之作。

16.长风破浪会有时，直挂云帆济沧海。

"长风破浪会有时，直挂云帆济沧海"这句诗出自唐代诗人李白的《行路难·其一》。这句诗表达了诗人在人生道路上的坚定信念和乐观精神。

"长风破浪会有时"意味着尽管现在可能面临困难和挑战，但诗人相信在未来总会有一天能够乘风破浪，克服一切阻碍。他坚信自己的能力和潜力，相信总有一天能够实现自己的抱负和理想。

"直挂云帆济沧海"则进一步描绘了诗人的壮志和决心。他将自己比喻为一艘扬帆起航的船只，不畏艰难、不惧风浪，决心穿越茫茫大海，达到自己的目的地。这里的"云帆"象征着高远的志向和豪情壮志，"济沧海"则表达了诗人克服一切困难，实现人生理想的决心和信心。

总的来说，这句诗以壮阔的意象和豪放的语言展现了诗人的乐观精神和坚定信念。它告诉我们，无论面临多少困难和挑战，只要我们保持信心、坚定信念、勇往直前，就一定能够战胜一切困难，实现自己的人生价值。同时，也鼓励我们在追求梦想的道路上要充满豪情壮志，勇往直前，不断探索和奋斗。

17.天生我材必有用，千金散尽还复来。

"天生我材必有用，千金散尽还复来"这句诗出自唐代诗人李白的《将进酒》，是其豪放不羁、自信乐观人生哲学的精彩体现。

"天生我材必有用"，此句掷地有声，充满了强烈的自我肯定与自信。李白以天赋之才自许，坚信自己来到这个世界绝非偶然，必有其独特的使命和价值等待实现。这种对自我价值的深刻认同，不仅是对个人能力的肯定，更是对生命意义的积极探寻。它鼓励人们认识到，每个人都有其独特的才华和潜力，只要勇于挖掘、不懈追求，定能在人生的舞台上大放异彩。

"千金散尽还复来"则展现了李白超脱世俗、不拘小节的豁达情怀。在这里，"千金"不仅指物质财富，也象征着世俗的名利与地位。李白以"散尽"表达了对这些外在事物的不屑一顾，而"还复来"则透露出他对未来无限可能的坚定信念。他相信，真正的才华和实力不会因为一时的物质损失而消逝，反而能在逆境中更加闪耀，如同凤凰涅槃，历经磨难后重生。

整句诗不仅体现了李白个人的豪迈气概和乐观精神，更蕴含了深刻的人生哲理。它告诉我们，面对人生的起伏跌宕，应保持一颗平常心，既不因一时的成功而骄傲自满，也不因暂时的挫败而沮丧沉沦。真正的价值在于内心的坚定与追求，只要心中有梦，脚下就有路，无论遭遇何种困境，都能以乐观的心态迎接挑战，相信"天生我材必有用"，未来定将"千金散尽还复来"。这句诗，是对人生无限可能的最好诠释，也是对每个人内心力量的深情呼唤。

18.今人不见古时月，今月曾经照古人。

"今人不见古时月，今月曾经照古人"这句诗出自唐代诗人李白的《把酒问月·故人贾淳令予问之》。这句诗的意思是：现在的人没有见过古时的月亮，然而现在的月亮却曾经照耀过古人。

这句诗通过对比"今人"与"古人"对月亮的不同视角，展示了时间的流转和月亮的永恒。月亮作为自然界中一个恒久不变的存在，见证了人类历史的变迁。然而，由于时间的流逝，人们无法亲眼见到古代的月亮，但月亮却默默地照耀着过去和现在的人们，成了连接古今的纽带。

这句诗不仅表达了对时间流转的感慨，也体现了对生命和宇宙的思考。它提醒我们，尽管人类的历史长河中有无数的变化，但自然界中的某些事物却保持着恒久的存在。这种对比使我们对生命和宇宙有了更深刻的理解，也让我们更加珍惜眼前的时光和美好。

同时，这句诗还具有一定的哲理意味。它告诉我们，尽管我们无法回到过去，但可以通过对历史和文化的传承，与古人进行心灵的对话和交流。这种跨越时空的交流使我们能够更好地理解自己和世界,也让我们更加珍视文化的传承和发展。

总之,"今人不见古时月,今月曾经照古人"这句诗以简洁而深刻的语言,表达了时间的流转、生命的短暂及自然界的恒久存在,引发人们对生命和宇宙的思考和感慨。

19.古人今人若流水,共看明月皆如此。

"古人今人若流水,共看明月皆如此"这句诗出自唐代诗人李白的《把酒问月·故人贾淳令予问之》。这句诗的意思是,古人与今人就像流水一般,只是匆匆过客,然而他们共同看到的月亮却是如此相同。

这句诗通过对比"流水"与"明月",表达了诗人对于时间流转和人生无常的深刻思考。流水象征着时间的流逝和人生的短暂,而明月则代表着永恒和不变。在诗人看来,尽管古人与今人都在经历着不同的生活,但他们都能欣赏到同一轮明月,这也使得人生在某种程度上得到了超越时空的联结。

同时,这句诗也传达出诗人对于自然美的热爱和敬畏。无论是古人还是今人,都能从明月中感受到自然之美和宇宙之奥秘,这也使得人们在追求个人生活的同时,不忘对自然和宇宙的敬畏与尊重。

总的来说,"古人今人若流水,共看明月皆如此"这句诗以其深邃的哲理和优美的意象,成了中国文学史上的经典之句,也为我们提供了对人生、时间和自然美的独特思考视角。

20.世间行乐亦如此,古来万事东流水。

"世间行乐亦如此,古来万事东流水"这句诗出自唐代诗人李白的《梦游天姥吟留别》。其意思是:人世间的欢乐也是像梦中的幻境这样,自古以来万事都像东流的水一样一去不复返。

这句诗表达了诗人对于世事如梦、繁华易逝的深刻洞察。诗人用"东流水"这一形象生动的比喻,描绘了世间万事的短暂和无常。无论是人生的欢乐还是悲伤,都如同流水一般,匆匆逝去,无法挽留。

同时,这句诗也体现了诗人超脱世俗、追求自由的精神境界。诗人意识到世间行乐如同梦境,虚幻而不真实,因此并不沉迷于其中,而是选择以超然的态度面对生活,追求更高层次的精神自由。

总的来说,这句诗是李白对人生和世事的一种深刻感悟和反思,既表达了对繁华易逝的感慨,又展现了他超脱世俗、追求自由的精神风貌。

21.抽刀断水水更流，举杯消愁愁更愁。

"抽刀断水水更流，举杯消愁愁更愁"这句诗出自唐代诗人李白的《宣州谢朓楼饯别校书叔云》。

首先，"抽刀断水水更流"描绘了诗人试图用刀隔断水流，但水流却更加汹涌澎湃的情景。这里，"抽刀断水"是一种无法实现的想象，它象征了面对困境或烦恼时的无力和挫败感。水流不息，象征着烦恼和忧愁的连绵不断，无论我们如何努力试图斩断，它们总是无法被彻底消除。

接着，"举杯消愁愁更愁"表达了诗人试图通过饮酒来消除忧愁，但结果却使忧愁更加深重的情感。这里的"举杯消愁"是诗人寻求短暂慰藉的行为，然而酒精并不能真正解决问题，只会让忧愁变得更加深沉。

综合来看，这句诗描绘了诗人在面对人生困境和烦恼时的无奈和痛苦。诗人试图通过各种方式摆脱烦恼，但最终发现这些方法都是无效的，甚至可能让问题变得更加严重。

同时，这句诗也传达了诗人对于人生和情感的深刻洞察。人生中的烦恼和忧愁是无法完全消除的，我们需要学会面对和接受它们，而不是试图逃避或压抑。同时，我们也应该意识到，真正的解决方法往往不在于短暂的慰藉或逃避，而在于深入思考和积极应对。

总的来说，这句诗以其生动的形象和深刻的哲理，表达了诗人对于人生和情感复杂性的深刻体验和理解，具有广泛的人生启示意义。

22.宣父犹能畏后生，丈夫未可轻年少。

"宣父犹能畏后生，丈夫未可轻年少"出自唐代诗人李白的《上李邕》。这句诗的意思是：连孔子都还说后生可畏，大丈夫不可轻视少年人啊！

李白在诗中通过对大鹏形象的刻画与颂扬，表达了自己的凌云壮志和强烈的用世之心。他对李邕的态度既有揶揄，又有讽刺，显示出对李邕瞧不起年轻人的态度非常不满，表现了自己勇于追求而且自信、不畏流俗的精神。

其中，"宣父"指的是孔子，唐太宗贞观十一年诏尊孔子为宣父。"丈夫"则是古代男子的通称，此处指李邕。李白以孔子为例，告诫李邕不要轻视年轻人，因为年轻人同样有才华和潜力，不可小觑。

整首诗充满了李白的气识和胆量，展现了他非凡的抱负和自信。同时，也提醒人们不要轻视年轻人，因为他们同样有着不可忽视的力量和潜力。

23.尔曹身与名俱灭，不废江河万古流。

"尔曹身与名俱灭，不废江河万古流"这句诗是唐代诗人杜甫在《戏为六绝句·其二》中的名句。其直译为："你们（这些守旧文人），在历史中本微不足道，因此只能身名俱灭；而四杰（指初唐四杰王勃、杨炯、卢照邻、骆宾王）却如江河不废，万古流芳。"

这句诗蕴含着强烈的讽刺意味，杜甫用"尔曹"来指代那些轻视、嘲笑初唐四杰的人，并指出这些人终将在历史的长河中湮没无闻，他们的名声和存在都将消失。相反，初唐四杰的作品，就像那滚滚东流的江河，其价值和影响将永存于世，流传百世。

从更深层次来看，这句诗也反映了杜甫对文学创作的态度和观点。他坚决反对那种轻视前人、自命不凡的浮躁风气，认为真正有价值的文学作品应该经受住时间和历史的考验，而不是被一时的风潮或个人的偏见所左右。

总的来说，这句诗不仅是对那些轻视文学前辈的人的讽刺，更是对文学创作价值的一种坚定肯定，展现了杜甫深厚的文学素养和卓越的诗歌才华。

24.射人先射马，擒贼先擒王。

"射人先射马，擒贼先擒王"这句诗出自唐代诗人杜甫的《前出塞九首·其六》。这句诗的意思是：在战斗中，如果要射击敌人，首先要射击敌人的马匹，因为马匹是敌人行动的关键；如果要捉拿盗贼，首先要捉拿他们的首领，因为首领是盗贼团伙的核心。

这句诗体现了在解决问题时，要抓住关键和要害的哲理。在军事战斗中，射击敌人的马匹和捉拿盗贼的首领，都是直接针对敌人的核心力量，能够迅速有效地削弱敌人的战斗力，达到事半功倍的效果。同样地，在日常生活中，我们也需要善于抓住问题的关键和要害，才能更加高效地解决问题。

此外，这句诗也体现了杜甫对于军事斗争的深刻理解和对于国家安全的关切。他通过这句诗，表达了在战争中要采取果断有效的措施，才能保卫国家的安全和人民的利益。

总的来说，"射人先射马，擒贼先擒王"这句诗既体现了解决问题的关键所在，也展现了杜甫对于军事斗争的深刻理解和对于国家安全的关切。

25.今人嗤点流传赋，不觉前贤畏后生。

"今人嗤点流传赋，不觉前贤畏后生"出自唐代诗人杜甫的《戏为六绝句·其一》。这句话的意思是：当今的人讥笑、指责庾信传下来的文章，以至于如果庾信还活着，恐怕真会觉得你们这些后生可畏了。

在这句诗中，杜甫通过对比"今人"与"前贤"的态度，表达了他对文学传承和创新的看法。他批评了那些轻易讥笑前人作品的人，认为他们缺乏应有的尊重和敬畏。同时，他也暗示了如果前贤还在世，看到这样的情形，恐怕也会感到后生可畏。

这种表达方式既体现了杜甫对文学创作的严谨态度，也展示了他对文学传承的深刻思考。他提醒人们应该尊重前人的成果，同时也要有勇气创新和发展，以推动文学的进步和繁荣。

总的来说，这句诗表达了对文学传承的尊重和对创新的期待，体现了杜甫作为一位伟大诗人的深刻思考和人文关怀。

26. 笔落惊风雨，诗成泣鬼神。

"笔落惊风雨，诗成泣鬼神"这句诗出自唐代诗人杜甫的《寄李十二白二十韵》，是对李白诗歌才华的极高赞誉。

"笔落惊风雨"形容李白的创作过程中，笔力雄健、气势磅礴，犹如狂风骤雨般震撼人心。这不仅是对李白写作时那种激昂奔放、一气呵成的风格的生动描绘，也是对他作品中那种深刻而独特的思想和情感力量的赞美。

"诗成泣鬼神"则进一步升华了这种赞誉，指出李白的诗歌完成后，其感人肺腑、震撼人心的力量达到了极致，甚至能让鬼神为之感动哭泣。这是对李白诗歌艺术魅力的极高评价，体现了其作品的深刻内涵和强烈感染力。

综合来看，这句诗既描绘了李白创作时的豪迈气势，又赞美了其作品的深远影响和强大艺术魅力。它是对李白诗歌才华和创作成就的高度概括和赞颂，同时也展示了杜甫对李白深深的敬仰和欣赏之情。这句诗不仅是对李白个人的赞誉，也是对整个唐代诗歌繁荣盛况的一种体现和赞美。

27. 出师未捷身先死，长使英雄泪沾襟。

"出师未捷身先死，长使英雄泪沾襟"这句诗出自唐代诗人杜甫的《蜀相》，主要用来缅怀三国时期蜀汉丞相诸葛亮。这句诗的意思是：诸葛亮多次出兵伐魏，都未能取胜，而他却因病逝于军中，这常使后世的英雄感慨落泪。

这句诗体现了对诸葛亮未竟事业的惋惜，同时也表达了对他的深深敬仰。诸葛亮一生忠诚于蜀汉，致力于北伐中原，恢复汉室，其高尚的人格和卓越的智慧赢得了后人的广泛赞誉，他的去世不仅让当时的英雄们深感痛惜，也让后世的英雄们为之感慨落泪。

总的来说，这句诗既是对诸葛亮个人命运的哀悼，也是对他伟大精神的颂扬，具有深厚的历史和文化内涵。

28.会当凌绝顶，一览众山小。

"会当凌绝顶，一览众山小"这句诗出自唐代诗人杜甫的《望岳》。这句诗的意思是：我一定要登上泰山的顶峰，俯瞰那众山，而众山会显得极为渺小。

这句诗体现了诗人的雄心和壮志，表现出一种挑战困难、勇攀高峰的豪情壮志。登上绝顶，俯瞰群山，不仅是地理上的高度，更是精神上的超越和升华。通过攀登泰山这一具有象征意义的举动，诗人表达了自己超越自我、追求卓越的人生态度。

同时，这句诗也传达出一种深刻的哲理：只有站在更高的位置，才能看到更广阔的风景，拥有更宽广的视野和更深远的思考。因此，它鼓励人们在生活中要有远大的志向和抱负，不断追求进步和发展，以实现自己的人生价值。

总的来说，"会当凌绝顶，一览众山小"这句诗以其雄浑的气势和深刻的哲理，成了激励人们勇往直前、不断超越自我的经典之句。

29.杀人亦有限，列国自有疆。

"杀人亦有限，列国自有疆"出自唐代诗人杜甫的《前出塞九首·其六》。这句诗的意思是：杀人要有个限度，各个国家也都有自己的边界。它反映了诗人对战争和杀戮的深刻认识，强调了生命的宝贵和国家之间的界限。

在杜甫所处的时代，战争频繁，人民饱受苦难。诗人通过这首诗表达了对战争的厌恶和对和平的向往。他呼吁人们要有限度地使用武力，尊重生命，同时也要尊重国家之间的边界和主权。

这句诗的意义深远，不仅适用于古代战争，也适用于现代社会。它提醒我们，要珍惜生命，尊重人权，推动和平与合作，共同创造一个和谐的世界。

总之，"杀人亦有限，列国自有疆"这句诗，是杜甫对战争与和平的深刻思考，也是对人性与道义的独特见解，具有重要的现实意义和深远的历史价值。

30.人生有情泪沾臆，江水江花岂终极！

"人生有情泪沾臆，江水江花岂终极"这句诗出自唐代诗人杜甫的《哀江头》。它深刻地描绘了人生情感的复杂与江水江花永恒不息的对比，从而表达了对世事沧桑变化的深沉感慨。

"人生有情泪沾臆"表达了人生中充满了各种情感，这些情感有时强烈到足以让我们泪流满面。这里的"泪沾臆"形象地描绘了人在悲痛或感动时泪水湿润胸前的情景，是内心情感的真实写照。它提醒我们，人生并非总是平淡无奇，而是充满了喜怒哀乐，这些情感使我们的生活变得丰富多彩。

"江水江花岂终极"则将视角转向了自然界的江水与江花。江水永不停息地流淌，江花年年盛开，它们似乎没有尽头，代表着自然界的永恒与循环。这里的"岂终极"强调了自然现象的持久与无尽，与人生的短暂和情感的易逝形成了鲜明的对比。

整句诗通过有情的人生与无情的自然之间的对比，突出了人生情感的深刻与复杂。江水江花的永恒不息反衬出人生情感的短暂与珍贵，使我们对人生有了更深刻的理解和感悟。同时，这也表达了诗人对世事沧桑变化的深沉感慨，以及对人生情感的珍视和怀念。

在现代社会，这句诗依然具有深刻的启示意义。它提醒我们要珍惜生命中的每一份情感，无论是喜怒哀乐都要用心去体验和感受。同时，也要学会在忙碌的生活中保持一颗平静的心，去欣赏自然界的美丽与永恒，从而更好地理解和感悟人生的真谛。

31.渭北春天树，江东日暮云。

"渭北春天树，江东日暮云"这句诗出自唐代大诗人杜甫的《春日忆李白》。这句诗的意思是：我在渭北独自对着春天的树木，而你在江东遥望那日暮的薄云，天各一方，只能远远思念。

这句诗选取了诗人和李白各自所在之景，渭北指的是杜甫当时所在的长安一带，而江东则是李白所在之地。通过描绘渭北春天的树木和江东的日暮薄云，诗人表达了对远方友人的深深思念。这种思念之情被赋予了自然景物的生命，仿佛"春树"和"暮云"也有了和诗人同样深重的离情。

此句诗不仅情感真挚，而且文笔直率，诗人对李白的怀念之情倾杯而出。同时，这也体现了杜甫对李白诗歌的重要地位和突出风格的高度评价。整句诗在抒发怀念之情的同时，也展示了诗人与李白之间深厚的情谊。

32.雨洗娟娟净，风吹细细香。

"雨洗娟娟净，风吹细细香"这句诗出自唐代诗人杜甫的《严郑公宅同咏竹》。这句诗的意思是：细雨纷纷，把竹子洗得一尘不染，洁净秀雅；微风吹来，可以闻到淡淡的清香，沁人心脾。

其中，"雨洗娟娟净"描绘的是雨后的竹子，经过雨水的冲刷，显得更为清新、秀丽，"娟娟"一词则赋予了竹子一种柔美、秀丽的姿态。而"风吹细细香"则通过描写微风吹过，带来竹子淡淡的清香，进一步增强了诗歌的感官体验，使读者仿佛能够身临其境，感受到竹子的清新与香气。

这句诗不仅描绘了竹子的美丽形象，还通过雨和风的自然元素，赋予了竹子更深层次的内涵。它展现了竹子在自然环境中的坚韧与美丽，同时也表达了诗人对自然景物的赞美之情。同时，竹子在中国文化中常常象征着高洁、坚韧和谦虚等品质，因此这句诗也可以被理解为对这些品质的赞美和追求。

总之，"雨洗娟娟净，风吹细细香"这句诗以其生动的描绘和深刻的内涵，展现了竹子的美丽形象和诗人的情感追求，是中国古代文学中的经典之句。

33.文章千古事，得失寸心知。

"文章千古事，得失寸心知"这句诗出自唐代诗人杜甫的《偶题》。这句诗的意思是：文章是传之千古的事业，而其中的甘苦得失只有作者自己心里知道。

"文章千古事"这一句，强调了文章的深远影响和永恒价值。在杜甫看来，写作并非一时的兴之所至，而是一种可以跨越时空、流传千古的事业。文章所承载的思想、情感和智慧能够跨越时代、影响后人，因而具有非凡的意义。

"得失寸心知"这一句，则揭示了写作过程中的甘苦得失和作者内心的感受。在创作过程中，作者会经历各种挑战和困惑，也会体验到成功的喜悦和满足。这些得失和感受，只有作者自己心里最清楚，因为每个人对文章的理解、感悟和表达都是独特的，无法被他人完全替代或理解。

综合来看，这句诗既表达了杜甫对写作的重视和敬畏，也展现了他对自我创作的深刻反思和独特理解。他强调了写作的价值和意义，同时也提醒我们，要珍惜每一次创作的机会，认真对待自己的作品，努力追求更高的艺术境界。

此外，这句诗还启示我们，无论从事何种职业，都应该有敬畏之心和责任感。我们应该认真对待自己的工作，努力提升自己的能力和水平，为社会和他人做出贡献。同时，我们也应该保持谦逊和自省的态度，不断反思自己的得失和成长，以实现个人和社会的共同进步。

34.为人性僻耽佳句，语不惊人死不休。

"为人性僻耽佳句，语不惊人死不休"这句诗出自唐代著名诗人杜甫的《江上值水如海势聊短述》。这句诗的意思是：我为人性情孤僻，一心爱好写诗，寻求佳句，作诗时如果找不到令人称奇的佳句，我就至死也不肯罢休。

这句诗表现了杜甫对诗歌创作的执着追求和严谨态度。他自我剖析，认为自己性格孤僻，但却对写诗有着极度的热爱和追求。他写诗不仅仅是为了表达情感或记录生活，更是为了追求那种能够打动人心、令人赞叹的佳句。为了达到这个目的，他不惜花费大量的时间和精力，反复推敲、琢磨，直到找到那个满意的句子为止。

这种对诗歌艺术的热爱和追求，使得杜甫在创作过程中充满了激情和动力。他不断地挑战自己，突破自己的极限，力求在诗歌中表达出更深刻、更独特的思想和情感。这种精神不仅体现在他的这句诗中，也贯穿在他的整个创作生涯中。

同时，这句诗也启示我们，无论从事何种职业，都需要有一种执着追求的精神和严谨的态度。只有不断地挑战自己、超越自己，才能取得真正的进步和成就，而这种精神也正是我们在面对困难和挑战时所需要坚持的。

因此，"为人性僻耽佳句，语不惊人死不休"这句诗不仅是对杜甫诗歌创作态度的生动写照，更是对我们追求事业、挑战自我的一种激励和鞭策。

35. 庾信文章老更成，凌云健笔意纵横。

"庾信文章老更成，凌云健笔意纵横"这句诗出自唐代诗人杜甫的《戏为六绝句·其一》。它的意思是：庾信的文章到了老年就更加成熟了，其笔力高超雄健，文思如潮，文笔挥洒自如。

其中，"庾信"指南北朝时期的著名诗人，他的诗赋以才思横溢、笔力雄健而著称。"老更成"则指庾信到了晚年，诗文的技巧更加成熟，达到了一个新的高度。"凌云健笔"形容他的文笔矫健有力，犹如直上云霄的飞龙；"意纵横"则是指他的文思如泉涌，纵横驰骋、无拘无束。

这句诗既是对庾信晚年诗文成就的赞美，也体现了杜甫对诗歌艺术的深刻理解和高度评价。他通过赞美庾信的诗文成就，表达了自己对诗歌艺术的追求和敬仰。同时，这句诗也启示我们，无论在何种领域，只有经过长期的积累和磨砺，才能达到炉火纯青的境界，实现自我超越和成长。

总的来说，这句诗以其深刻的思想内涵和优美的艺术表达，成了中国文学宝库中的一颗璀璨明珠，被人们广为传颂和欣赏。

36. 读书破万卷，下笔如有神。

"读书破万卷，下笔如有神"出自唐代诗人杜甫的《奉赠韦左丞丈二十二韵》。这句诗的大意是：博览群书，把书读透，这样落实到笔下，运用起来就会得心应手、有如神助一般。

这句诗传达了读书与写作之间的紧密关系。读书是积累知识和提升个人素养的重要途径，而写作则是表达思想和情感、检验学识的重要手段。只有博览群书，深入学习和理解书中的内容，才能够在写作时灵活运用所学知识，使笔下生花，写出有深度和广度的文章。

此外，这句诗也体现了杜甫对读书和写作的深刻认识。他认为，读书不仅是为了获取知识，更是为了提升自己的写作能力和素养。通过大量阅读，可以拓宽视野、丰富语言、提高表达能力，使自己在写作时更加得心应手。

在现代社会，这句诗依然具有重要的启示意义。无论是学生还是职场人士，都需要不断学习和提升自己。通过广泛阅读和深入思考，可以积累更多的知识和经验，提高自己的综合素质和能力水平。同时，也要注重将所学知识应用到实际生活和工作中去，不断提升自己的实践能力和创新能力。

总之，"读书破万卷，下笔如有神"这句诗告诉我们，只有博览群书、深入学习，才能够在写作时得心应手，写出优秀的作品。同时，也启示我们要注重学习与实践相结合，不断提升自己的能力和素养。

37.来如春梦几多时？去似朝云无觅处。

"来如春梦几多时？去似朝云无觅处"这句诗出自唐代诗人白居易的《花非花》。这句诗以梦和云为喻，形象地描绘了某种美好而短暂的事物的来去匆匆、难以追寻。

"来如春梦几多时"表达了这种美好事物出现时的短暂和如梦似幻的感觉。春天是美好而短暂的，而梦境更是瞬息万变、难以捉摸。这里，用春梦来形容这种美好事物的短暂和虚幻，使人感到它的美好仿佛只是一场短暂的梦境，不知何时就会消逝。

"去似朝云无觅处"则进一步描绘了这种事物消逝后的无迹可寻。早晨的云彩随着太阳的升起而逐渐消散，无法再找到它的踪迹。这里，用朝云来比喻这种美好事物消失后的无影无踪，表达了诗人对其消逝的惋惜和无奈。

整句诗通过鲜明的比喻和生动的形象，表达了诗人对美好事物短暂易逝的感慨和追念。它告诉我们，生活中的一些美好时光和经历往往如春梦般短暂，如朝云般难以追寻，因此我们应该更加珍惜和把握当下的美好，不要让它们轻易地从我们身边溜走。同时，也提醒我们要对生活中的得失保持一种超脱的态度，不要过分执着于那些已经消逝的美好，而是要学会放下，继续前行。

38.朝真暮伪何人辨，古往今来底事无。

"朝真暮伪何人辨，古往今来底事无"这句诗出自唐代诗人白居易的《放言五首·其一》。

"朝真暮伪"意味着有些人早晨还在装模作样地表现出真诚正直的样子，但到了晚上就被揭露出其虚伪的本质。这里，"朝"和"暮"形成鲜明对比，突显了虚伪者的短暂伪装和最终被揭露的命运。

"何人辨"则提出了一个问题：究竟谁能辨识出这种朝真暮伪的人呢？这既是对世人辨识能力的质疑，也暗示了辨识真伪并非易事，需要敏锐的洞察力和判断力。

"古往今来底事无"意味着从古到今，像这样的事情并不少见。这里，"古往今来"强调了时间的跨度，表明虚伪的行为在历史长河中屡见不鲜。

整句诗的意思是：早晨装得很威严正直的样子，晚上就被揭穿是假的，这样的人何人又能认得清？古往今来又有什么事情没有出现过？这句诗揭示了人性中的虚伪，并强调了辨识真伪的重要性。同时，它也提醒人们要保持警惕，不要轻易被表面的伪装所迷惑。

此句诗体现了白居易对社会现象的深刻洞察和对人性的独到理解。他通过生动描绘和深入思考，向读者展示了虚伪者的真实面目，并引导人们去思考如何辨识真伪，保持清醒的头脑和坚定的立场。

39.草萤有耀终非火，荷露虽团岂是珠。

"草萤有耀终非火，荷露虽团岂是珠"这句诗出自唐代诗人白居易的《放言五首·其一》。这句诗的意思是：草丛间的萤虫虽有光亮，可它终究不是火；荷叶上的露水虽呈球状，难道那就是珍珠吗？

这句诗以"萤光并非真火，露滴不是真珠"为喻，阐明哲理。它告诉我们，世间有很多事物外表看似相似，实则本质截然不同。我们不能被表面现象所迷惑，需要透过现象看本质，才能得出正确的判断。同时，这也提醒我们在面对生活中的各种诱惑和选择时要保持清醒的头脑，明辨是非，坚守自己的原则和底线。

此外，这句诗还表达了诗人对真理的追求和对伪装的批判。在诗人的眼中，真理是清晰明了的，而伪装和假象则是模糊不清的。他通过这句诗告诫我们，要勇于追求真理，敢于揭露伪装，不被表面的华丽所迷惑。

总之，"草萤有耀终非火，荷露虽团岂是珠"这句诗以其深刻的哲理和生动的比喻，给我们提供了认识世界和判断事物的有益启示。

40.龟灵未免刳肠患，马失应无折足忧。

"龟灵未免刳肠患，马失应无折足忧"这句诗出自唐代诗人白居易的《放言五首·其二》。这句诗通过借用两个典故来表达诗人对于世事无常、命运难料的深刻洞察。

"龟灵未免刳肠患"中的"龟灵"指的是古代传说中能占卜吉凶的灵龟。在古代，人们常常通过占卜来预测未来，希望能够避免祸患。然而，即使是这样的灵龟，也无法完全避免灾难。"刳肠"是指剖开肚子，这里指的是灵龟因占卜而遭到的伤害。这个典故告诉我们，尽管人们常常寻求各种方法来预测和避免灾难，但命运的无常和不可预测性使得这种努力往往徒劳无功。

"马失应无折足忧"中的"马失"指的是马失去控制或摔倒，"折足"则是比喻遭受损失或遭遇挫折。这句话是说，即使马失去了控制，我们也不必过于担心它会折断腿。这里，诗人用"马失"作为比喻，暗示人们在生活中遭遇挫折或失去控制时也不应过分担忧或沮丧。因为挫折和失去控制是生活中常有的事情，而关键在于我们如何面对和处理这些情况。

整体来看，这句诗通过"龟灵"和"马失"的典故，表达了诗人对于命运无常和世事难料的深刻认识。它告诉我们，无论我们如何努力预测和避免灾难，或者面对挫折时如何担忧和沮丧，都无法改变命运的无常和不可预测性。因此，我们应该以更加平和的心态来面对生活中的起伏和变化，相信自己的能力和智慧可以应对任何挑战。同时，也应该珍惜当下，努力过好每一天，而不是过分纠结于未来的吉凶祸福。

41.不信君看弈棋者，输赢须待局终头。

"不信君看弈棋者，输赢须待局终头"表达的是一种对事物发展过程和结果的深刻洞察。

"不信君看弈棋者"，诗人劝诫读者不要过早下结论，不妨看看下棋的人。在这里，下棋被用作一个比喻，代表了生活中各种复杂且需要时间和策略去完成的活动或事件。

"输赢须待局终头"，是说在棋局没有结束之前，无法确定谁赢谁输。这句话强调了过程和结果的关系，告诉我们不能仅凭表面现象或中途的情况就断定结果，需要耐心等待，看到事情的最后才能下结论。

总体来说，这句诗传达了一种哲学思考，即对待生活和事物，我们需要有足够的耐心和洞察力，不能过早地下定论，需要看到事物的全貌和最终结果才能做出准确的判断。这种观念对我们理解世界和处理问题都具有积极的指导意义。

42.试玉要烧三日满，辨材须待七年期。

"试玉要烧三日满，辨材须待七年期"这句诗出自唐代诗人白居易的《放言五首·其三》。这句诗的意思是：检验玉的真假需要烧满三天，辨别木材（是否可用）要等待七年以后。

这句诗富有理趣，用通俗的语言阐述了一个深刻的道理：对任何人和事，都要从整个历史去衡量、去判断，而不能只根据一时的现象下结论。正如玉和木材需要经过时间和特定条件的检验才能确定其真伪和优劣，对于人和事的评价也需要经过时间的考验和全面的观察。

同时，这句诗也体现了诗人对于真理和事实的追求，以及对于耐心和坚持的重视。在辨别真伪、认识事物的过程中，我们需要有足够的耐心和毅力，不能急于求成，也不能被表面的现象所迷惑。

总的来说，这句诗不仅具有深刻的哲理内涵，也富有诗意和美感，是白居易诗歌中的经典之句。

43.莫笑贱贫夸富贵，共成枯骨两何如？

"莫笑贱贫夸富贵，共成枯骨两何如"这句诗出自唐代诗人白居易的《放言五首·其四》。这句诗的意思是：不要嫌贫爱富去一味夸耀自己的富贵，我们都是会走向死亡化成枯骨的人，最后又有什么不同呢？

这首诗中，诗人通过对比贫贱与富贵，强调了人生的无常和短暂。他提醒人们不要过分追求物质财富和表面的荣耀，因为最终每个人都会面对生命的终结，化为枯骨。这种生命的无常和共同命运，使得贫贱与富贵之间的差别显得微不足道。

诗人通过这首诗表达了对人生短暂和无常的感慨，以及对过分追求富贵荣华的批判。他呼吁人们要超越对物质和表面荣耀的执着，去追寻更有意义和价值的人生。

在现代社会中，这句诗仍然具有一定的启示意义。它提醒我们不要过分追求物质财富和表面的虚荣，而是要关注自己的内心和精神世界，追求更高层次的人生价值和意义。同时，也要珍惜生命的每一刻，充实自己的生活，让自己的人生更加丰富和有意义。

44.松树千年终是朽，槿花一日自为荣。

"松树千年终是朽，槿花一日自为荣"这句诗出自唐代诗人白居易的《放言五首·其五》。这句诗的意思是：松树活了一千年终究要死，但木槿花虽然仅开一天，也自觉荣耀。

这句诗通过对比松树和木槿的不同生命特性，表达了诗人对于生命和存在的独特理解。松树象征着长寿和坚韧，但即使它活了一千年，最终仍然会腐朽消亡。而木槿花虽然生命短暂，只开一天，但它却能在有限的时间里尽情绽放，展现出自己的美丽和价值。

诗人通过这种对比，意在告诉人们，生命的价值并不在于其长短，而在于我们如何去面对和度过它。即使生命短暂，只要我们能够珍惜每一个瞬间，活出自己的精彩，那么我们的生命就是有意义的。

同时，这句诗也体现了诗人对于自然和生命的敬畏和赞美。无论是长寿的松树还是短暂的木槿花，都是自然界中不可或缺的一部分，它们各自以自己的方式诠释着生命的奥秘和价值。

因此，这句诗不仅具有深刻的哲理内涵，也富有诗意和美感，是白居易诗歌中的经典之句。

45. 我生本无乡，心安是归处。

"我生本无乡，心安是归处"这句诗，出自唐代诗人白居易的《初出城留别》。这句话的字面意思是：我生下来本来就没有固定的家乡，内心安定宁静的地方就是我的归宿。

这里的"无乡"并非指诗人真的没有家乡，而是表达了一种超越地域、超越物质层面的哲学思考。诗人似乎在告诉我们，真正的归属感和安宁，并不依赖于外在的地理位置或物质条件，而是源于内心的平和与满足。

"心安是归处"则进一步强调了内心的重要性。无论身处何方，只要内心安宁，就能找到真正的归宿。这种归宿不是外在的、物质的，而是内在的、精神的。这种境界体现了一种深刻的人生洞见和超脱的生活态度。

总的来说，这句诗传达了一种追求内心平和、超脱世俗的人生哲学。它提醒我们，不要过分依赖外在的物质条件或环境来寻找幸福和满足，而应该从内心去寻找真正的安宁和归宿。

46. 始知文章合为时而著，歌诗合为事而作。

这句话的意思是：文章应该为时事而作，诗歌应该为现实而作。它强调了文学创作应紧密关联时事和社会现实，反映出作者对社会问题的关注和思考，同时也体现了作者的社会责任感和人文关怀。这里的"时"和"事"都代表了现实生活和社会状况，而"著"和"作"则是指文学创作。

这种观念在古代文学中尤为重要，因为古代文人通常希望通过他们的作品来影响社会，推动社会进步。他们认为，文学不仅是个人情感的表达，更是社会问题的反映和解决的途径。

在现代，这一观点依然有着重要的意义。作家和诗人应该敏锐地观察和思考社会现象，通过他们的作品反映社会问题，激发人们的思考，推动社会的进步和发展。

47. 别有幽愁暗恨生，此时无声胜有声。

"别有幽愁暗恨生，此时无声胜有声"出自唐代诗人白居易的《琵琶行》。这句诗的意思是：另有一种愁思幽恨暗暗滋生，此时闷闷无声却比有声更动人。

这句诗描绘了音乐或情感表达中的一种特殊境界，即有时候无言的沉默和内心的深沉情感比表面的声音更能触动人心。在这里，诗人借琵琶声传达出情感和内涵，表达了一种深沉而难以言表的幽愁和暗恨，使得这种情感更加深邃和动人。

这句诗在表达上也体现了白居易对诗歌艺术的精湛运用，通过巧妙的转折和形象的描绘，将音乐和情感表达完美地结合起来，给人以深刻的感受和思考。

48.同是天涯沦落人，相逢何必曾相识！

"同是天涯沦落人，相逢何必曾相识"这句诗出自唐代诗人白居易的《琵琶行》。它的意思是：我们同样都是流落天涯的可怜人，今日偶然相逢又何必问是否曾经相识呢？

这句诗将琵琶女的遭遇和正直知识分子的境遇相提并论，相互映衬，抒发了诗人对天涯沦落的感叹，同时也表达了对同病相怜者的安慰和鼓励。诗中的"沦落"二字，不仅指琵琶女身世的沉沦，也暗含了诗人政治上的失意和遭受的打击。这种共鸣使得两人在陌生的相逢中找到了共同的语言和情感寄托。

这句诗的艺术魅力在于其深刻的情感表达和普遍的共鸣。它用简洁而富有感染力的语言，描绘了一种普遍存在的情感现象，即人们在遭遇困境或失意时，往往会寻找有同样经历的人作为情感上的支持和安慰。这种情感共鸣不仅存在于诗人和琵琶女之间，也存在于广大读者之中，使得这句诗具有跨越时空的普遍价值。

总的来说，"同是天涯沦落人，相逢何必曾相识"这句诗以其深刻的情感内涵和普遍的共鸣，成了表达人间真情和慰藉心灵的经典之句。

49.野火烧不尽，春风吹又生。

"野火烧不尽，春风吹又生"这句诗出自唐代诗人白居易的《赋得古原草送别》。这句诗的字面意思是：野火不能烧尽野草，春天一到野草又长出来了。

在更深层次的含义上，这句诗表现了生命的顽强和不屈不挠的精神。野火虽然猛烈，但无法彻底消灭生命力顽强的野草；而春风一吹，野草便重新焕发生机，顽强地生长起来。这种精神不仅体现在自然界的植物上，也可以引申为人们在面对困境和挫折时所应有的态度和信念。即使遭遇再大的困难和挫折，只要有坚韧不拔的毅力和顽强的精神，就一定能够战胜困难，迎接新的生机和希望。

因此，这句诗在表达自然景象的同时，也寓意着人生的哲理，具有深刻的启示意义。

50.风翻白浪花千片，雁点青天字一行。

"风翻白浪花千片，雁点青天字一行"这句诗出自唐代诗人白居易的《江楼晚眺景物鲜奇吟玩成篇寄水部张员外》。这句诗以其生动的意象、巧妙的构思和深远的意境，展现了江面风光的壮丽与和谐，表达了诗人对自然美景的热爱与赞美。

"风翻白浪花千片"，通过"翻"字生动地描绘了江面风急浪涌的景象。风作为自然界的动力，轻轻吹过江面，掀起层层白浪，仿佛千万片白色的花瓣在江面上翻飞、跳跃。这里的"白浪花千片"，不仅形象地描绘了浪花的数量之多、形态之美，更通过"白"与"浪"的结合，营造出一种清新、明亮的视觉效果，让读者仿佛置身于那波光粼粼的江面之上，感受着风的轻抚和浪的涌动。

"雁点青天字一行"，则将视角从江面转向了天空。一群大雁在蔚蓝的天空中翱翔，它们排成一行，仿佛是在青天上书写着一个大大的"一"字。这里的"点"字用得极为巧妙，既表现了雁群在天空中的渺小与灵动，又通过"字一行"的比喻，赋予了雁群以人的意志和情感，使得整个画面充满了诗意和画意。这句话通过雁群的飞行，不仅展现了天空的空旷与高远，更寓意着人生的自由与远方，引人深思。

这句诗中巧妙地运用了动静结合、色彩对比和意象叠加等手法。风翻浪涌与雁行青天，一动一静，相映成趣；白浪与青天，一明一暗，色彩鲜明；浪花与雁群，一近一远，层次清晰。这些手法的运用，使得整个画面既富有动感又充满静谧，既色彩丰富又和谐统一，展现了诗人高超的艺术造诣。

此外，这句诗还蕴含着诗人对友人的深情厚谊。诗人站在江楼之上，眺望着这壮丽的江景，心中不禁想起了远方的友人。他希望通过这首诗，能够将自己对自然美景的热爱和对友人的思念之情传递给远方的友人，分享这份美好与感动。

51.相知岂在多，但问同不同。

"相知岂在多，但问同不同"这句话出自唐代诗人白居易的《别元九后咏所怀》。这句话的意思是：知心的朋友不必求多，关键是看彼此之间是否能够心意相通、情趣相投。它强调了人与人之间真正的相知并不在于数量的多少，而在于质量的高低，即是否能够有共同的理念、情感和价值观。

在这个喧嚣的世界里，人们往往被各种外在因素所干扰，忽略了真正的心灵交流。而真正的相知，是那种无须多言，只需要一个眼神、一个动作就能相互理解的默契。这种默契源于彼此内心的共鸣和认同，是人与人之间最珍贵的情感纽带。

因此，我们在交朋友时，应该更注重彼此之间的心灵契合度，而不是仅仅追求数量的多少。只有那些真正能够与我们心意相通、情趣相投的人，才能成为我们生命中的知己，陪伴我们走过人生的每一个阶段。

同时，这句话也提醒我们，在与人相处时，应该尊重彼此的差异，包容不同的观点和想法。只有在相互理解和尊重的基础上，我们才能建立起真正深厚的友谊，共同度过人生的风风雨雨。

52. 天长地久有时尽，此恨绵绵无绝期。

"天长地久有时尽，此恨绵绵无绝期"这句诗出自唐代诗人白居易的《长恨歌》。这句诗的意思是：即使像天地间存在的时间那样长久，也终将有尽头；然而这生死遗恨，却永远没有尽期。

这句诗表达了一种深深的遗恨和无尽的悲痛，它描绘了人生中无法弥补的遗憾和无法忘怀的痛苦。这里的"恨"并非指仇恨，而是对逝去的美好、无法实现的愿望的深深遗憾和怀念。诗人用"天长地久"与"有时尽"形成对比，突出了这种遗憾和悲痛是超越时空的，是永无止境的。

在《长恨歌》中，这句诗用于描绘唐玄宗和杨贵妃之间那段凄美的爱情故事。他们的爱情因为政治原因而导致悲剧性的结局，这种遗憾和痛苦成了永恒的"恨"。诗人用这句诗表达了对他们的爱情的惋惜，同时也反映了人生中无法避免的悲欢离合和无法预测的命运。

总的来说，"天长地久有时尽，此恨绵绵无绝期"这句诗以深刻的内涵和强烈的感情色彩，表达了人生中无法弥补的遗憾和无尽的悲痛，同时也揭示了命运的无常和人生的无奈。

53. 地不知寒人要暖，少夺人衣作地衣。

"地不知寒人要暖，少夺人衣作地衣"这句诗出自唐代诗人白居易的《红线毯》。这句诗的意思是：大地并不懂得人的寒冷，但人们却需要衣物来保暖，所以不应该夺走人们用来织衣的丝线，去织作地毯。

在诗中，白居易通过描绘丝线的来之不易和百姓的辛勤劳动，批评了统治者为了贪图享乐，不惜耗费大量的人力物力来制作豪华的地毯，而无视百姓的疾苦。这种对比突出了统治者的奢侈和百姓的困苦，表达了诗人对统治者奢靡行为的愤怒和对百姓的同情。

"地不知寒人要暖"一句，既是对大地无感知的客观描述，也是对统治者无视百姓疾苦的讽刺。而"少夺人衣作地衣"则直接呼吁统治者要体恤民情，不要过分剥夺百姓的生活必需品。

这句诗语言质朴直率，感情激烈直露，既反映了诗人的忧民情怀，也体现了其对社会现实的深刻洞察。通过这句诗，白居易成功地将自己的情感和观点传达给了读者，引发了人们对社会现实的反思和对人性的深入思考。

54. 少回卿士爱花心，同似吾君忧稼穑。

"少回卿士爱花心，同似吾君忧稼穑"这句诗出自唐代诗人白居易的《牡丹芳》。这句诗的大致意思是：希望卿士们稍稍收敛一点对牡丹花的狂热喜爱，把更多的心思放到关心农事上，就像我们的君王一样忧虑百姓的庄稼收成。

在这句诗中，白居易通过对比卿士们对牡丹花的过度热爱与君王对农事的深切关心，表达了对社会风气的批评和对民生问题的关注。他希望社会上的高层人士能够减少奢侈享乐，更多地关注国家和人民的福祉，尤其是农业生产，因为这是百姓生活的根基。

这样的诗句反映了白居易深厚的民生关怀和社会责任感，他通过诗歌呼吁社会上层关注民生，体现了其作为文人应有的担当和远见。同时，这句诗也提醒我们，无论在什么时代，关心人民的生活和福祉都是社会进步和发展的重要保障。

55.曾经沧海难为水，除却巫山不是云。

"曾经沧海难为水，除却巫山不是云"这句诗出自唐代诗人元稹的《离思五首·其四》。这句诗的意思是：曾经到临过沧海，别处的水就不足为顾；除了巫山，别处的云便不能称其为云。

这句诗在表达上有着极高的艺术成就。它借用了沧海和巫山的形象，用夸张和对比的手法，表现了诗人对曾经拥有过的美好事物的深深眷恋和无法忘怀。沧海之水浩瀚无边，巫山之云瑰丽多姿，这些都是诗人心中无可替代的美好记忆。因此，当他面对其他的水和云时，总会觉得相形见绌，无法与心中的那份美好相比。

同时，这句诗也常被用来形容人们在经历过一段深刻的感情之后，对于其他的感情就会觉得难以再动心，因为那份曾经的感情如同沧海和巫山一样，深深地烙印在人们的心中，无法被替代。

总的来说，"曾经沧海难为水，除却巫山不是云"这句诗以其独特的艺术手法和深刻的情感内涵，成了中国古典文学中的经典之句，被后人广泛传颂和引用。

56.海内存知己，天涯若比邻。

"海内存知己，天涯若比邻"这句诗出自唐代诗人王勃的《送杜少府之任蜀州》。这句诗的意思是：四海之内有知心朋友，即使远在天边，也感觉像邻居一样近。

这句诗表达了一种深厚的友情和离别的豁达情怀。诗人通过夸张的手法，将友情的力量和距离感进行了对比，突出了友情的珍贵和重要性。即使身处遥远的天涯海角，只要有知心朋友存在，就会感觉彼此之间的距离仿佛缩短了，好像就在身边一样。

这句诗也展现出了诗人豁达乐观的人生态度。面对离别和距离，诗人并没有表现出过多的忧伤和悲观，而是强调了友情的力量和人生的美好。这种乐观向上的精神风貌，对于激励人们在面对困境时保持积极心态具有重要的启示作用。

总的来说，这句诗以其优美的语言和深刻的哲理，成了表达友情和离别情怀的经典之句，也展现了诗人豁达乐观的人生态度。

57.世故多离别，良宵讵可逢。

"世故多离别，良宵讵可逢"这句诗出自唐代诗人皇甫冉的《秋夜宿严维宅》。这句诗的意思是：世间总是充满了离别，而美好的夜晚又怎能轻易再次相逢呢？

这句诗表达了诗人对世事无常、人生多变的深深感慨。在诗人看来，离别是人生中不可避免的一部分，无论是与亲朋好友还是与美好的时光，都难免会有分别的时刻。而"良宵"则代表着那些美好而难得的时光，它们如同流星划过夜空，短暂而璀璨，却难以再次捕捉。

同时，这句诗也体现了诗人对人生中的美好时光的珍惜和怀念。他深知，美好的时光总是短暂的，而离别却是常态，因此他更加珍视与友人相聚的时光，也更加感慨于人生的无常和离别的无奈。

总的来说，"世故多离别，良宵讵可逢"这句诗以其简洁而深刻的语言，表达了诗人对人生离别和美好时光的独特理解和感悟。

58.欢娱不可逢，请君莫言旋。

"欢娱不可逢，请君莫言旋"出自唐代诗人元结的《刘侍御月夜宴会》。这句诗的意思是：欢乐的时光总是难以再次遇到，因此请你不要急着说要离开。

在这句诗中，诗人元结表达了对欢聚时光的珍视和留恋。他深知欢娱的时光难得，因此不愿意让这种美好的时光匆匆流逝。他请求友人不要轻言别离，希望能够延长这份欢乐和相聚的时光。

这句诗也体现了人们对于美好时光的留恋和不舍。当我们身处欢乐之中时，往往会感受到时间的流逝特别快，因此我们会更加珍惜这些时刻，不愿意让它们轻易结束。同时，这句诗也传达了一种对生活的热爱和向往，即使面临离别和分别，我们也应该积极面对，珍惜每一个相聚的时刻。

此外，"请君莫言旋"也表达了一种深厚的友情和情谊。诗人希望能够与友人长久地相聚在一起，共同分享生活的点滴和欢乐。这种情感真挚而动人，让人感受到友情的温暖和珍贵。

总的来说，"欢娱不可逢，请君莫言旋"这句诗表达了诗人对欢聚时光的珍视和留恋，同时也传达了对生活、友情的热爱和向往。

59.日暖风微南陌头，青田红树起春愁。

"日暖风微南陌头，青田红树起春愁"这句诗出自唐代诗人司空曙的《寄胡居士》。这句诗描绘了一幅春天的景象，通过细腻入微的笔触，展现了春天的美好与诗人内心的淡淡哀愁。

首先，"日暖风微南陌头"，诗人以"日暖"和"风微"两个词语，生动地描绘了春天的温暖和风的轻柔。这里的"南陌头"指的是南面的小路上，暗示了诗人正漫步在春天的田野之间，感受着春天的气息。

接下来，"青田红树起春愁"，诗人以"青田"和"红树"两个意象，进一步描绘了春天的景色。青田可能指的是长满青苗的农田，红树则是指盛开红花或经霜叶红的树。然而，这美丽的春景却引发了诗人的"春愁"。这里的"春愁"并不是指深重的忧伤，而是一种淡淡的、由春景引发的哀愁情绪，可能是对时光流逝的感慨，也可能是对离别或思念的伤感。

整体来看，这句诗通过描绘春天的景色和诗人的情感，展现了春天的美好与短暂，以及诗人对春天的独特感受。它以一种简洁而富有韵味的方式，表达了诗人对春天的喜爱和对生命的感慨。同时，这句诗也体现了唐代诗歌对自然景色和情感的细腻描绘，具有很高的艺术价值。

60.不见君形影，何曾有欢悦。

"不见君形影，何曾有欢悦"这句诗出自唐代女诗人郎大家宋氏的《杂曲歌辞·长相思》。这句诗的意思是：看不见你的身影，我又何尝有过欢乐和愉悦呢？

这句诗表达了深深的思念和因思念而不得见的痛苦。在这里，"君"是诗人所思念的人，可能是她的恋人或亲人。由于种种原因，两人无法相见，这使得诗人的内心充满了无尽的悲伤和失落。她渴望能够见到对方，只有在对方的陪伴下，她才能感受到真正的欢乐和愉悦。

通过这句诗，我们可以感受到诗人对真情的执着和坚贞，以及她对生活的真诚和热情。即使面对无法相见的困境，她依然保持着对真情的期待和向往，这种精神值得我们敬佩和学习。

同时，这句诗也启示我们，真正的欢乐和愉悦往往来自与他人共享和彼此陪伴。当我们身处孤独或失落时，不妨尝试去寻找那些能够给我们带来温暖和安慰的人，与他们共度美好时光，让我们的生活充满更多的欢乐和愉悦。

61.世人结交须黄金，黄金不多交不深。

"世人结交须黄金，黄金不多交不深"这句诗出自唐代张谓的《题长安壁主人》。它的意思是：世人结交朋友都要看对方有多少黄金，黄金不多，交情就不会深厚。

这句诗揭示了一种社会现象，即一些人在交朋友时，更看重的是对方的物质财富，而不是对方的品质、性格或人格魅力。这种以金钱为衡量标准的交友观念，导致了人际关系的浅薄和功利化。在这种观念下，真正的友谊和深厚的感情往往难以建立，因为金钱成了衡量友情的唯一标准。

然而，这种以金钱为重的交友观念并不是健康的。真正的友谊应该建立在相互尊重、理解和支持的基础上，而不是仅仅看重对方的物质财富。金钱虽然在生活中扮演着重要的角色，但它并不能代表一切，更不能成为衡量友情的唯一标准。

因此，我们应该摒弃这种功利化的交友观念，注重培养真正的友谊。在与他人交往时，应该注重对方的品质和性格，寻找那些与自己志同道合、能够相互扶持的人作为朋友，这样的友谊才能经得起时间的考验，成为我们人生中的宝贵财富。

62.西塞山前白鹭飞，桃花流水鳜鱼肥。

"西塞山前白鹭飞，桃花流水鳜鱼肥"这句诗出自唐代诗人张志和的《渔歌子·西塞山前白鹭飞》。这句诗以其生动的描绘和细腻的笔触，展现了西塞山前春天生机盎然的景象。

首先，"西塞山前白鹭飞"一句中，"西塞山"是地点，指出了诗句所描绘的场景。"白鹭飞"则描绘了白鹭在山前轻盈飞翔的情景，不仅增加了画面的动态感，也赋予了整个画面以生机和活力。白鹭作为一种优雅的水鸟，其飞翔的姿态更是为画面增添了一抹清新与高雅。

接着，"桃花流水鳜鱼肥"一句中，"桃花流水"描绘了春天桃花盛开，花瓣随流水轻轻漂荡的美景。"鳜鱼肥"则形象地描述了水中鳜鱼在春天的滋养下变得肥美。这里的"肥"字，不仅指鳜鱼的体态丰满，更暗含了春天大自然的丰饶和滋养。

整句诗将山、水、鸟、花、鱼等元素巧妙地融合在一起，形成了一幅充满生机和活力的春天画卷。同时，诗人通过细腻入微的描绘，使得画面不仅具有视觉上的美感，更传达出春天大自然的和谐与宁静。

此外，这句诗也体现了诗人对生活的热爱和对自然的敬畏。他通过捕捉春天的美好瞬间，将自然之美转化为诗句，让读者在欣赏美景的同时，也能感受到诗人内心的喜悦和宁静。

总的来说，"西塞山前白鹭飞，桃花流水鳜鱼肥"这句诗以其生动的描绘和细腻的笔触，展现了春天西塞山前的美景，同时也传达了诗人对生活的热爱和对自然的敬畏之情。

63.从此无心爱良夜，任他明月下西楼。

"从此无心爱良夜，任他明月下西楼"这句诗出自唐代诗人李益的《写情》。这句诗的意思是：从今以后，我再也不会对美好的夜晚产生兴趣，任由那明月自在地落下西楼。

这句诗表达了诗人深深的失落和绝望，他失去了所爱之人，对生活中的美好事物也变得无动于衷。明月西下，这本是自然规律，但在诗人眼中，却成了一种无情的象征，因为即便再美的夜晚，也无法触动他内心中已死的情感。

这句诗以其深沉的情感和强烈的对比，展现了诗人内心的痛苦和挣扎。它不仅是对失恋之痛的表达，更是对人生无常、情感易逝的深刻反思。在现代社会，这句诗依然能够引起人们的共鸣，让我们思考在人生的种种变故面前该如何保持内心的坚韧和力量。

64.伏波惟愿裹尸还，定远何须生入关。

"伏波惟愿裹尸还，定远何须生入关"这句诗出自唐代诗人李益的《塞下曲》。这句诗表达了边塞将士的壮志豪情和决心，宁愿战死在沙场，用马革裹着尸体还葬，也不愿像班超那样活着回到故乡。

其中，"伏波"指的是东汉名将马援，他被封为伏波将军，曾南征北战，立下赫赫战功。他曾说："方今匈奴、乌桓尚扰北边，欲自请击之。男儿要当死于边野，以马革裹尸还葬耳，何能卧床上在儿女子手中邪？"这里，借用了马援的典故，表达了将士们决意战死的决心。"裹尸还"则进一步强调了这种决心，即使战死沙场，也要以马革裹尸还葬，彰显出将士们的英勇无畏。

"定远"则指的是东汉名将班超，他曾被封为定远侯，并出使西域，为汉朝经营西域三十余年。然而，这里用"定远何须生入关"来反衬马援的壮志，表明将士们并不羡慕班超能够活着回到故乡，而是更愿意像马援那样为国家而战，不惜牺牲生命。

整句诗充满了豪情壮志和爱国之情，表现了边塞将士们为国家、为民族不惜牺牲生命的英雄气概。这种精神在今天依然具有很强的现实意义，激励着我们为国家的繁荣富强而努力奋斗。

65.诗家清景在新春，绿柳才黄半未匀。

"诗家清景在新春，绿柳才黄半未匀"这句诗出自唐代诗人杨巨源的《城东早春》。这句诗描绘了早春时节的清新景色，并展现了诗人对这一美景的热爱和赞美。

首先，"诗家清景在新春"这一句点明了诗人对早春清新景色的喜爱。新春时节，万物复苏，一切都显得那么清新可爱，这种景色特别能够激发诗人的创作灵感。这里的"清景"二字用得贴切，不仅指早春景色本身的清新，也暗示了这种景色刚刚展现出来，还未引起人们的普遍注意，因此环境显得格外清幽。

接着，"绿柳才黄半未匀"这一句则具体描绘了早春柳树的形态。在初春时节，柳叶新萌，呈现出嫩黄的色泽，但由于刚刚发芽，颜色尚未完全均匀，因此呈现出一种"半未匀"的状态。这种景象生动地表现了早春柳树的独特魅力，同时也反映出诗人对早春细微变化的敏锐观察和精准把握。

整句诗不仅生动地描绘了早春的景色，还透露出诗人对春天的热爱和期待。通过对柳树的细腻描绘，诗人成功地营造出一种清新、淡雅的氛围，使读者仿佛置身于早春的美景之中，感受到春天的气息和生命的活力。

总的来说，这句诗以其精练的语言和生动的笔触，展现了早春景色的清新可爱和诗人的喜悦之情，是唐诗中描写早春景色的佳作之一。

66.锦江近西烟水绿，新雨山头荔枝熟。

"锦江近西烟水绿，新雨山头荔枝熟"这句诗出自唐代诗人张籍的《成都曲》。这句诗描绘了成都锦江附近的美丽景色，通过细腻入微的笔触，展现了雨后的新绿和水光，以及山头成熟的荔枝，充满了生机和活力。

"锦江近西烟水绿"一句中，"锦江"是成都的一条重要河流，而"近西"则指明了方位，靠近城市的西边。这里的"烟水绿"形容了江面上水雾缭绕、绿意盎然的景象。新雨过后，江水显得更加清澈碧绿，与周围的景色融为一体，构成了一幅和谐美丽的画面。

"新雨山头荔枝熟"一句则进一步描绘了山头的景色。新雨过后，山头上的荔枝已经成熟，红通通的果实挂满了枝头，散发着诱人的香气。这里的"新雨"不仅为荔枝的生长提供了充足的水分，也使得整个山头更加清新宜人。

整句诗通过细腻的描绘和生动的比喻，将读者带入了一个美丽而宁静的世界。它展现了成都锦江附近的自然风光和田园生活，表现了诗人对成都的深厚情感。同时，这首诗也体现了唐代诗歌对自然景色和生活的细腻描绘和深刻感悟，具有很高的艺术价值。

此外，这首诗还反映了当时成都的繁荣和富饶。荔枝作为当时的一种珍贵水果，其成熟不仅象征着大自然的馈赠，也暗示着这片土地的富饶和人民的勤劳。因此，这首诗不仅是对自然美景的赞美，也是对人民生活和时代风貌的生动写照。

67.古路无行客,寒山独见君。

"古路无行客,寒山独见君"这句诗出自唐代诗人刘长卿的《碧涧别墅喜皇甫侍御相访》。这句诗的意思是:在平日无人迹的绵远古道上,唯一见到的就是你熟悉的身影。

这句诗描绘了一幅寂静而冷清的景象,古路上空无一人,只有诗人独自站在寒山之中,而这时,他熟悉的身影——皇甫侍御出现了。这种强烈的对比,突出了诗人对皇甫侍御来访的喜悦和期待。

此外,这句诗也隐含着诗人对人生和友情的深深感慨。在荒凉而寂静的古路上,有人来访,这无疑是一种温暖和安慰。而这个人还是诗人熟悉并尊重的皇甫侍御,这使得这份喜悦和安慰更加深厚,这也反映了诗人对友情的珍视和对人生的独特理解。

总的来说,"古路无行客,寒山独见君"这句诗以其生动的画面和深刻的内涵,成了表达友情和人生感慨的经典之句。

68.黑发不知勤学早,白发方悔读书迟。

"黑发不知勤学早,白发方悔读书迟"这句诗的含义是:年轻的时候不知道勤奋学习,等到年老白头的时候才知道读书太迟了。它用鲜明的对比,劝勉青少年要珍惜少壮年华,勤奋学习,有所作为,否则,到老一事无成,后悔已晚。

这句诗表达了对青春时光的珍惜及对学习重要性的认识。黑发代表年轻时期,那时我们拥有大量的时间和精力去学习和探索,但往往因为缺乏自律或者认识不足,没有充分利用这段宝贵的时间。而白发则象征着衰老和时间的流逝,当我们步入老年,回首过去,可能会因为年轻时的疏忽而后悔不已。

因此,这句诗提醒我们,要珍惜青春时光,勤奋学习,不断提升自己。只有不断努力,才能在未来的生活中有所作为,不留下遗憾。同时,它也鼓励我们在任何时候都不放弃学习,因为学习是一生的事业,无论何时开始都不晚。

69.人生如此自可乐,岂必局束为人靰

"人生如此自可乐,岂必局束为人靰"这句诗表达了一种人生态度和哲学观念。其中,"人生如此自可乐"指的是人生本身就是一种值得快乐和享受的状态,无论是遭遇挫折还是获得成功,都包含着值得体验的人生意义和价值。这种观念强调了对生活的积极态度和乐观心态,认为人生的意义在于我们如何去面对和体验它,而不是过分追求外在的成就和物质财富。

而"岂必局束为人靰"则是对前一句的进一步阐述和强调。其中,"局束"指的是受到束缚和限制,"为人靰"则是指受到他人的控制和支配。整句诗的意

思是：我们不必过分受到外界的限制和他人的控制，而是应该保持自己的独立性和自主性，追求内心真正的自由和快乐。

这句诗所表达的人生哲学观念，强调了自我实现和内心自由的重要性，鼓励人们不要被外界因素所左右，而是要积极地去探索和追求自己真正想要的生活。这种观念对于现代社会中的人们来说，具有很大的启示意义，可以帮助我们更好地面对生活中的挑战和困境，实现自我价值和追求真正的幸福。

70.白首相知犹按剑，朱门先达笑弹冠。

"白首相知犹按剑，朱门先达笑弹冠"这句诗出自唐代诗人王维的《酌酒与裴迪》。这句诗的意思是：即使是相交到老的白头知己，在利益面前也仍然心存芥蒂，相互猜忌；而那些先得权势的达官显贵们，更是对别人的志愿加以嘲笑。

这句诗以生动的形象和尖锐的对比，揭示了社会现实中的世态炎凉和人心难测。一方面，它表达了诗人对人性中自私、猜忌一面的批判；另一方面，也反映了诗人对现实的不满和无奈。

"白首相知"和"朱门先达"形成鲜明对比，前者本应是最为亲密无间的关系，却仍然无法摆脱利益纷争的困扰；而后者则利用权势和地位，对他人的追求和理想进行嘲笑和打压。这种对比进一步突出了诗人对现实社会的不满和批判。

同时，这句诗也启示我们，在现实生活中，我们应该保持清醒的头脑，不被利益所驱使，坚守自己的信念和原则；同时，也要尊重他人的选择和追求，不轻易嘲笑或贬低他人的梦想和理想。

总的来说，"白首相知犹按剑，朱门先达笑弹冠"这句诗以其深刻的内涵和生动的形象，成了反映社会现实和人性的经典之句。

71.相逢意气为君饮，系马高楼垂柳边。

"相逢意气为君饮，系马高楼垂柳边"这句诗出自唐代诗人王维的《少年行四首·其一》。这句诗描绘了少年侠客们相逢时意气相投、把酒言欢的豪迈场景，同时通过细节描写，展现了他们奔放、刚健的精神风貌。

"相逢意气为君饮"表现了少年侠客们之间的深厚情谊。他们偶然相逢，一见如故，彼此之间意气相投，让他们愿意为对方举杯畅饮。这里的"意气"包含了仗义疏财、除暴安良、轻生重义等侠客精神，体现了他们之间的深厚友谊和共同价值观。

"系马高楼垂柳边"则是对这一豪迈场景的生动描绘。少年侠客们将自己的高头大马拴在高楼旁的垂柳树下，这一细节不仅勾画出酒楼的风光，还烘托出他们奔放、刚健的气质。高楼和垂柳的意象相互映衬，构成了一幅美丽而富有诗意的画面，使得整个场景更加生动鲜活。

综合来看，这句诗通过简洁而富有画面感的语言，生动地展现了少年侠客们相逢时把酒言欢的豪迈场景。它不仅描绘了他们的精神风貌和气质特点，还表达了诗人对这种生活的向往和赞美。同时，这句诗也传递了一种积极向上、豪迈奔放的人生态度，鼓励人们在生活中保持豪情壮志，追求自己的理想和信念。

72.世事浮云何足问，不如高卧且加餐。

"世事浮云何足问，不如高卧且加餐"这句诗的含义是：世上的事情如同浮云一样变幻莫测，不值得过问，不如自己躺下来，静静地享受悠闲的生活，同时注重饮食，保重身体。

这句诗体现了诗人对于世事变迁的豁达态度和对个人生活的重视。诗人认为，与其纠结于那些变幻莫测、无法掌控的世事，不如放下这些纷扰，过好自己的生活，保养好自己的身体。这种超脱的心态和务实的生活态度，是诗人在面对复杂纷繁的世界时所选择的一种生活方式。

同时，这句诗也启示我们，在生活中应该注重平衡，既要关注外在的事物，也要关注自己的内心世界和身体健康。在追求事业和梦想的同时，也要注意保持身心健康，享受生活的美好。

总的来说，这句诗以一种豁达、超脱的态度面对世事变迁，同时注重个人生活的品质和身体健康，体现了诗人对生活的深刻理解和独特见解。

73.衰兰送客咸阳道，天若有情天亦老。

"衰兰送客咸阳道，天若有情天亦老"出自唐代诗人李贺的《金铜仙人辞汉歌》。这句诗的意思是：只有那枯衰的兰草在通向咸阳的古道送别，面对如此兴亡盛衰的变化，上天若是有情，也会因为悲伤而变得衰老。

这句诗通过对"衰兰"和"天若有情"的描绘，表达了诗人对人生无常和离别痛苦的深刻感受。兰草本应繁茂，但此时却已枯萎，如同人生的盛衰无常，令人感叹。而"天若有情天亦老"则进一步将这种感慨升华，用拟人化的手法，将天赋予情感，使其因悲伤而衰老，从而更加生动地展现了诗人内心的痛苦和无奈。

整首诗是李贺因病辞去奉礼郎职务，由京赴洛途中所作。面对兴衰变化，无情的天公也会因此伤情变老，反衬出有情的人心中将会泛起多大的波澜。这句诗也反映出李贺离京去国时的悲愤之情。它以深邃的意境和强烈的感染力，成了表达人生无常和离别痛苦的经典之句。

74.我来问道无馀说，云在青霄水在瓶。

"我来问道无馀说，云在青霄水在瓶"这句诗，源自唐代诗人李翱的《赠药山高僧惟俨二首》。这句诗表达了一种深邃的哲理和人生体悟。

"我来问道无馀说"这一句中，"问道"意味着诗人向高僧药山惟俨请教人生的道理或真理，"无馀说"则是指高僧没有多余的言辞或解释，可能只是以简单、直接或沉默的方式回应。这暗示了真理往往不需要复杂的言辞来解释，而需要我们去亲身体验和领悟。

"云在青霄水在瓶"则是一句生动形象的比喻，寓意了宇宙万物各安其位、自然和谐的状态。云在青天之上，自由飘浮，无拘无束；水在瓶中，平静清澈，不溢不漏。这既是对自然现象的描绘，也是对人生状态的隐喻。它告诉我们，每个人或事物都有其独特的存在方式和价值，我们应当尊重并接纳这种差异，而不是强求一致或改变他人。

整体来看，这句诗表达了一种对人生和宇宙本质的深刻洞察。它告诉我们，真理往往简单而直接，不需要复杂的言辞来解释；同时，我们也应该尊重并接纳宇宙万物的多样性，保持内心的平静与和谐。

75.至近至远东西，至深至浅清溪。至高至明日月，至亲至疏夫妻。

这句诗出自唐代诗人李冶的《八至》，诗的内容充满了深刻的哲理和对人生关系的独特观察。

"至近至远东西"，这里的"东西"既可以指方位，也可以引申为一切事物。它告诉我们，事物之间的远近关系并不是绝对的，而是相对的。在某些情况下，两个看似遥远的东西可能实际上近在咫尺；反之亦然。这是一种对事物相对性的生动描绘。

"至深至浅清溪"，这句话描绘了清溪的特质。清溪看似浅，实则深处可能难以测量。这既是对自然景观的一种描述，也是对人生哲理的一种揭示。人的内心世界，有时看似浅显易懂，实则深处可能藏着许多复杂而深沉的情感和想法。

"至高至明日月"，这是对日月的一种赞美。日月高悬于天空，明亮照人，是自然界中最明亮、最高远的存在。它们象征着光明、真理和智慧，是人们追求和向往的目标。

"至亲至疏夫妻"，这句话则揭示了夫妻关系中的微妙和复杂。在所有的关系中，夫妻关系可能是最亲密的，因为他们共同生活，共享喜怒哀乐，但也可能因为各种原因而变得疏远，甚至反目成仇。这是对夫妻关系复杂性的深刻揭示，也是对人生中情感关系变化的生动描绘。

总体来说，这首诗通过描述自然界和人生中的各种现象，展现了事物之间的相对性、复杂性和变化性。它启示我们要以开阔的视野和深邃的思考去理解和应对生活中的各种挑战和机遇。

76.海日生残夜，江春入旧年。

"海日生残夜，江春入旧年"这句诗出自唐代诗人王湾的《次北固山下》。它的意思是，夜幕还没有褪尽，旭日已在江上冉冉升起，还在旧年时分，江南已有了春天的气息。

这句诗以准确精练的语言描写了冬末春初时长江下游开阔秀丽的早春景色。全诗首句"客路青山外，行舟绿水前"，意思是诗人舟行江中，环顾四周，只见春来潮涌，江水浩渺，放眼望去，青山渐渐远去，行舟漂浮向前。这不仅点题，还为下面的写景抒情做了铺垫。

接下来，"潮平两岸阔，风正一帆悬"描写的是春潮涌涨，江水浩渺，放眼望去，江面似乎与岸平了，两岸之间水面宽阔，顺风行船恰好把帆儿高悬。这不仅表现了平野开阔、大江直流、波平浪静的壮观景象，还凸显了诗人视野的开阔和心情的舒坦。

"海日生残夜，江春入旧年"则寓情于景，不仅写景逼真、叙事确切，而且表现出具有普遍意义的生活真理，给人以乐观、积极、向上的艺术鼓舞力量。其中，"生"和"入"字都采用了拟人化的手法，赋予"日"和"春"以人的情态，生动形象地表现了自然理趣。海日生于残夜，将驱尽黑暗；江春，那江上景物所表现的"春意"，闯入旧年，将赶走严冬。这不仅写景逼真，叙事确切，而且表现出具有普遍意义的生活真理，给人以乐观、积极、向上的艺术鼓舞力量。

总的来说，这句诗通过对江南秀丽景色的描绘，表达了诗人对祖国山河的热爱，并流露出诗人乡愁乡思的真挚情怀，也反映了诗人积极向上的乐观精神。

77.人生当贵盛，修德可延之。

"人生当贵盛，修德可延之"这句诗传达了深厚的人生哲理。

首先，"人生当贵盛"可以理解为人生应该追求尊贵和兴盛。这里的"贵盛"不仅指物质上的富足和地位的提升，更是指精神层面的升华和道德境界的提高。这反映了诗人对于人生价值和意义的思考，认为人生应该有所追求、有所成就，实现自我价值。

接着，"修德可延之"则进一步阐述了实现"贵盛"的途径，这里强调了道德修养的重要性。通过不断修炼自己的品德，提高自己的道德境界，不仅可以使个人更加完善，更能够使人生更加长久和美好。这是因为品德高尚的人往往能够赢得他人的尊重和信任，从而获得更多的机遇和资源，使人生更加充实和丰富。

综合来看，可以看出诗人认为人生应该追求尊贵和兴盛，但这种追求并非简单地追求物质和地位，而是需要通过不断修炼自己的品德来实现，这种品德的修炼不仅可以提升个人的道德境界，更能够使人生更加美好和长久。

在现代社会中，这句诗依然有着重要的启示意义。面对复杂多变的社会环境和人生挑战，我们需要保持一颗追求进步和成长的心，同时注重自身品德的修炼和提升。只有这样，我们才能在实现自我价值的同时，赢得他人的尊重和信任，使人生更加充实和美好。

78.诗是吾家事，人传世上情。

"诗是吾家事，人传世上情"这句诗出自唐代诗人杜甫的《宗武生日》。这句诗的大意是：诗歌创作是我们家代代相传的事业，而诗中所表达的都是人世间的真情。

"诗是吾家事"这句，诗人直接表达了对诗歌创作的热爱和传承感。他把自己家族的事业定位为诗歌创作，这是一种家族文化和传统的承继。在古代中国，创作诗词往往是文人雅士表达情感、记录生活、抒发志向的重要方式，因此，诗人将诗歌创作视为家族的事业，也体现了对诗歌艺术的尊重和珍视。

"人传世上情"这句，则表达了诗歌的社会功能和价值。诗人认为，诗歌不仅是个人情感的抒发，更是对世态人情的反映和传播。通过诗歌，人们可以传递和分享彼此的情感体验，了解世间的冷暖人情，增进相互之间的理解和共鸣。

整体来看，这句诗体现了诗人对诗歌创作的自豪感和使命感，也揭示了诗歌在社会生活中的重要作用。它告诉我们，诗歌不仅是个人情感的表达，更是社会文化的传承和交流的重要载体。同时，这句诗也启示我们，要珍视和传承家族文化，通过诗歌等艺术形式，传递和弘扬人世间的真情和美好。

79.逢人不说人间事，便是人间无事人。

"逢人不说人间事，便是人间无事人"这句诗出自唐代诗人杜荀鹤的《赠质上人》。这句诗传达了一种淡泊明志、超脱世俗的人生态度。

"逢人不说人间事"意味着无论遇到谁，都不去谈论那些纷繁复杂、充满是非的人间琐事。这里，透露出诗人对于世事纷扰的厌倦和超脱，他不愿意被这些琐事所牵绊，也不愿意去参与这些无意义的讨论。

"便是人间无事人"则进一步强调了这种超脱的态度。在诗人看来，如果一个人能够做到不谈论人间琐事，那么这个人就可以算是一个"无事人"，也就是一个能够摆脱世俗纷扰、心境平静的人。

整体来看，这句诗表达了一种对世俗纷扰的疏离感和对平静生活的向往。它告诉我们，要真正享受生活的宁静和美好，就需要学会超脱世俗，不被琐事所困，保持一颗平静的心。这也是一种高尚的人生境界和追求。

80. 时人不识凌云木，直待凌云始道高。

"时人不识凌云木，直待凌云始道高"这句诗出自唐代诗人杜荀鹤的《小松》。它的意思是：大多数人没能识别出小松树长成为凌云大树的潜力，直到它高耸入云，人们才说它高。

这句诗反映了人们常常因为短视或缺乏洞察力而未能及时发现和赏识那些有巨大潜力和价值的人或事物，只有当这些人或事物取得了显著的成就或达到了极高的境界，人们才会后知后觉地承认其价值。

同时，这句诗也提醒我们，在看待事物时要有长远的眼光和敏锐的洞察力，及时发现并珍惜那些具有潜力的人和事物，给予他们应有的支持和鼓励。

总的来说，这句诗富有哲理，启示我们要善于发现和赏识他人的潜力，同时也要努力发掘自己的潜力，不断追求卓越。

81. 泾溪石险人兢慎，终岁不闻倾覆人。却是平流无石处，时时闻说有沉沦。

"泾溪石险人兢慎，终岁不闻倾覆人。却是平流无石处，时时闻说有沉沦"这首诗是唐代诗人杜荀鹤的《泾溪》，是一首富含深意的哲理诗。

"泾溪石险人兢慎，终岁不闻倾覆人"这句诗，描述了泾溪由于石头多且险峻，所以人们在经过时都会非常小心谨慎，因此全年都没有听说有人在这里翻船落水。这里的"石险"代表了生活中的困难和挑战，而"人兢慎"则是人们对这些困难和挑战的积极应对态度。这句诗体现了在困难和挑战面前，只要我们保持谨慎和敬畏，就能够避免很多不必要的危险和错误。

"却是平流无石处，时时闻说有沉沦"这句诗，则描述了相反的情况。在水流平缓、没有石头的地方，人们往往会因为放松警惕而遭遇不测，不时听闻有人在这里溺水。这里的"平流无石"代表了生活中的安逸和舒适，而"沉沦"则是因为放松警惕而带来的不幸。这句诗揭示了即使在看似安全的环境中，如果我们过于放松警惕，同样可能面临危险和挫折。

这首诗以泾溪为喻，深入浅出地阐述了生活中的一种普遍现象：人们在面对困难和挑战时，往往会更加小心谨慎，反而能够避免危险；而在安逸舒适的环境中，却可能因为放松警惕而遭遇不测。这启示我们在生活中要时刻保持警惕，不能因为环境的改变而放松对自己的要求。同时，也要明白困难和挑战并非全是坏事，它们能够锻炼我们的意志和能力，使我们更加成熟和坚强。

82.历览前贤国与家，成由勤俭破由奢。

"历览前贤国与家，成由勤俭破由奢"这句诗出自唐代诗人李商隐的《咏史》。它的主要含义是：纵观历史，无论是对于国家还是家庭而言，成功往往来源于勤俭，而衰败则往往起因于奢华。

这句诗以历史为镜，深刻揭示了勤俭与奢华对于国家兴衰、家庭荣枯的重要影响。它告诫我们，要想实现国家的繁荣昌盛和家庭的幸福美满，就必须坚持勤俭节约的原则，避免奢侈浪费的行为。

在国家层面，勤俭可以确保国家财政的稳健，为国家的长远发展打下坚实的基础。同时，勤俭还可以培养国民的艰苦奋斗精神，增强国家的凝聚力和向心力。相反，如果国家陷入奢侈浪费的泥潭，不仅会导致财政的枯竭，还会削弱国家的实力和民心，最终可能导致国家的衰败。

在家庭层面，勤俭是家庭幸福的保障。一个勤俭持家的家庭，往往能够积累财富，为家庭成员提供更好的生活条件。同时，勤俭还可以培养家庭成员的责任感和自律精神，促进家庭和睦与团结。而如果家庭过于奢华，不仅会浪费资源，还可能引发家庭成员之间的矛盾和冲突，最终导致家庭的破裂。

因此，"历览前贤国与家，成由勤俭破由奢"这句诗不仅是对历史的总结，更是对现实生活的警示。它提醒我们要时刻保持清醒的头脑，坚持勤俭节约的原则，避免奢侈浪费的行为，以实现国家和家庭的长期繁荣与幸福。

83.春蚕到死丝方尽，蜡炬成灰泪始干。

"春蚕到死丝方尽，蜡炬成灰泪始干"这句诗出自唐代诗人李商隐的《无题·相见时难别亦难》。这句诗的意思是：春蚕结茧到死时丝才吐完，蜡烛要燃成灰烬时像泪一样的蜡油才能滴干。

诗人以"春蚕"和"蜡炬"为喻，生动形象地描述了一种无私奉献、至死不渝的精神。春蚕吐丝，将自己的一生都献给了织丝的事业，直到生命的最后一刻才停止；蜡炬燃烧自己，发出光芒，直到烧成灰烬，烛泪才流尽。这种精神，象征了对于爱情、事业或理想的执着追求和无私奉献，即使面临困难和挫折也毫不退缩，坚持到底。

同时，这句诗也传达了一种深沉的情感和悲壮的氛围，使人感受到诗人对于生命、爱情和理想的深深眷恋和无尽追求。它不仅具有深刻的哲理内涵，也富有诗意和美感，是中华文学宝库中的经典之句。

84.夕阳无限好,只是近黄昏。

"夕阳无限好,只是近黄昏"这句诗出自唐代诗人李商隐的《登乐游原》。这句诗用简练而优美的语言,表达了诗人对夕阳美景的深深欣赏,同时又透露出一种对美好事物易逝的淡淡哀愁。

首先,"夕阳无限好"直接描绘了夕阳的美丽和壮观。当太阳逐渐西下,天边被染成了金黄、橙红等温暖的色彩,那种美景无疑是令人陶醉的。诗人用"无限好"来形容夕阳,既表达了夕阳的美丽程度,也体现了诗人对夕阳美景的热爱和赞叹。

然而,"只是近黄昏"则带有一种转折和惋惜的情感。虽然夕阳的美景无比动人,但是它毕竟是在接近黄昏的时刻,这种美好注定是短暂的,很快就会消失。诗人用"只是"这个词,表达出一种无奈和惋惜的情感,似乎在提醒我们,美好的事物总是那么短暂,我们应该更加珍惜。

综合来看,这句诗通过对夕阳美景的描绘,表达了诗人对美好事物的热爱和珍惜,同时也透露出对人生短暂、美好易逝的感慨。这种情感不仅具有普遍的共鸣,也富有深刻的哲理意味,使这句诗成了经典之句。

85.身无彩凤双飞翼,心有灵犀一点通。

"身无彩凤双飞翼,心有灵犀一点通"这句诗出自唐代诗人李商隐的《无题二首·其一》。它的意思是:身上没有彩凤那双可以飞翔的翅膀,心灵却像犀牛角一样,有一点白线可以相通。

这句诗常常用来形容两个人虽然身处异地或不能时常相聚,但他们的心却因为灵犀相通而紧密联系在一起。其中,"彩凤双飞翼"象征着两个人在一起的美好与和谐,而"身无"则暗示了现实中无法实现的遗憾。然而,"心有灵犀一点通"却表达了尽管身体不能在一起,但心灵能够相互感应、相互理解的深刻情感。

这句诗不仅具有深刻的情感内涵,还富有诗意和美感。它通过巧妙的比喻和生动的形象,将复杂的情感表达得淋漓尽致,令人深感其情感的真挚与美好。

总的来说,"身无彩凤双飞翼,心有灵犀一点通"这句诗以其独特的艺术魅力和深刻的情感内涵,成了表达深情厚谊的经典之句。

86.我是梦中传彩笔,欲书花叶寄朝云。

"我是梦中传彩笔,欲书花叶寄朝云"这句诗出自唐代诗人李商隐的《牡丹》。这句诗用浪漫主义的手法,表达了诗人对牡丹的深深喜爱和无比珍惜的情感。

首先,"我是梦中传彩笔"这句,诗人以梦境为引,传递出一个神奇而又梦幻的场景。这里的"彩笔"象征着诗人的创作才华和写作工具,而"梦中传"则给人一种超凡脱俗、如梦如幻的感觉。这种表述不仅展现了诗人对创作的热爱，也表达了他对牡丹的赞美之情，仿佛这一切都是梦中所见，却又如此真实。

接着，"欲书花叶寄朝云"这句，诗人进一步表达了自己对牡丹的深深情感。他想要用彩笔书写牡丹的花叶之美，然后寄给朝云——这里的"朝云"可能是一个象征，代表着高远、纯洁和美好的事物。诗人希望通过这种方式，让更多的人能够欣赏到牡丹的美，也能够感受到他对牡丹的深深喜爱。

整体来看，这句诗充满了浪漫主义的色彩，通过梦境和彩笔的描绘，展现了诗人对牡丹的深深情感。同时，也体现了诗人高超的诗歌创作技巧，他能够用简洁而富有意象的语言，表达出如此深刻而丰富的情感。

在解读这句诗时，我们可以感受到诗人对牡丹花的喜爱和珍视，以及对美好事物的追求和向往。同时，也可以启发我们更加关注身边的美好，用心去感受和欣赏大自然的恩赐。

87.吟安一个字，捻断数茎须。

"吟安一个字，捻断数茎须"出自唐代诗人卢延让的《苦吟》。这句诗的意思是：为了吟成一个字，捻断了好几根胡须，形容写诗炼句绞尽脑汁、殚思极虑，十分辛苦。

这句诗传达了诗人在创作过程中的严谨态度和艰苦努力。在古代，很多文人都是留须的，捻须也是一些人思考问题时的习惯动作。卢延让用"捻断数茎须"这一形象生动的描写，表达了自己在作诗炼句过程中反复推敲、精益求精的精神。

同时，这句诗也揭示了创作诗歌的不易。每一个字、每一个词都需要经过深思熟虑和反复琢磨，才能准确地表达出诗人的情感和意境。这种对诗歌艺术的敬畏和追求，正是卢延让及众多古代诗人所秉持的创作理念。

在现代社会，虽然诗歌创作的形式和方式发生了很大的变化，但这种精益求精、追求完美的精神依然是值得我们学习和借鉴的。无论是在文学创作、艺术创作还是其他领域，都需要有严谨的态度和刻苦的努力，才能创造出真正有价值的作品。

因此，"吟安一个字，捻断数茎须"这句诗不仅是对古代诗人创作态度的生动描绘，也是对我们今天依然具有启示意义的箴言。它提醒我们，在追求艺术和学术的道路上，需要保持敬畏之心，付出艰辛努力，才能取得真正的成就。

88.天覆吾，地载吾，天地生吾有意无。

"天覆吾，地载吾，天地生吾有意无"这句话的意思是：天覆盖着我，地承载着我，天地生养我，是出于无意还是有意的呢？

这句诗表达了诗人对天地和生命的深刻感悟，体现了对自然和宇宙之间关系的思考。它表达了一种对于生命起源和宇宙间万物存在的敬畏和好奇，探讨了天地对于生命的创造是否出于有意识的目的，或是纯属自然法则的无意识行为。

同时，这句话也寓意着每个人的生命都是宇宙间的一部分，受到天地之德的庇护和滋养。它提醒我们要珍惜生命、尊重自然，思考自己在宇宙中的位置和价值，以及如何在有限的生命中追求真正的意义和价值。

总体而言，这句话是对生命和宇宙的一种哲学性思考，旨在引导人们更加深入地理解自己与周围世界的关系，并探索生命的真谛。

89. 假金方用真金镀，若是真金不镀金。

"假金方用真金镀，若是真金不镀金"这句诗的意思是：只有虚假的、不纯正的金属，才需要用真金去镀上表面，以此冒充真金；而真正的纯金，是不需要再额外镀金的，因为它本身就是真金。

这句诗以金为例，揭示了真假、虚实之间的对比和区分。它告诉我们，真实的东西无须外在的修饰或伪装，因为它们本身就具有独特的价值和魅力。而虚假的东西，即使通过表面的装饰或伪装暂时看起来很好，但终究无法掩盖其内在的缺陷和不足。

同时，这句诗也暗含了对真实和诚信的赞美，以及对虚伪和欺诈的批评。它提醒我们在生活中要追求真实和诚信，不要追求表面的虚荣和浮华，要注重内在的品质和价值。

总的来说，这句诗通过生动的比喻和深刻的哲理，表达了对真实和诚信的赞美，以及对虚伪和欺诈的批评，给我们提供了深刻的思考和启示。

90. 春种一粒粟，秋收万颗子。

"春种一粒粟，秋收万颗子"出自唐代诗人李绅的《悯农二首·其一》。它的意思是：春天播种下一粒种子，到了秋天就可以收获很多的粮食。

这句诗以生动的形象，描绘了农业生产的过程和结果。春天是播种的季节，农民们辛勤地耕耘，将一粒粒种子播入土壤；而到了秋天，这些种子便生长成熟，结出丰硕的果实，让农民们收获满满。

同时，这句诗也寓意着付出与收获的关系。它告诉我们，只有经过春天的辛勤播种，才能有秋天的丰收硕果。因此，我们应该珍惜劳动成果，尊重农民的辛勤付出，同时也要努力耕耘，为自己的人生播种希望和未来。

总的来说，这句诗既是对农业生产的一种赞美，也是对付出与收获的一种深刻思考，体现了诗人对劳动和生活的关注和思考。

91.本来无一物，何处惹尘埃！

"本来无一物，何处惹尘埃"出自唐代高僧慧能所作的《菩提偈》。这句话的意思是：世界原本空无一物，哪里会染上什么尘埃？

这句诗以尘埃为喻，表达了一种超然物外、心无挂碍的境界。它告诉我们，世界本身是清净的，没有尘埃，也没有烦恼和纷扰。如果我们能保持内心的清净和平静，不被外界的事物所干扰和诱惑，那么我们就能远离烦恼和痛苦，过上自在的生活。

同时，这句话也提醒我们，要学会放下执念和贪欲，不被物质和名利所束缚。只有当我们的内心真正清净时，我们才能真正洞察世界的真相，体验到生命的本质和真谛。

这句诗表达了一种深刻的哲理和人生智慧，对于我们的人生修行和心灵成长有着重要的启示作用。

92.日出扶桑一丈高，人间万事细如毛。

"日出扶桑一丈高，人间万事细如毛"这句诗出自唐代诗人刘叉的《偶书》。这句诗的大意是：每天太阳从东方升起的时候，人世间纷繁复杂多如牛毛的事便开始一件件发生。

"扶桑"在古代神话中，是海外的一棵大桑树，据说是太阳升起的地方。这里用扶桑来代指太阳，增添了一种神秘而宏大的意境。而"一丈高"则生动地描绘了太阳初升的景象，给人一种生机勃勃的感觉。

"人间万事细如毛"则是对人世间纷繁复杂的事物的形象描绘。诗人用"细如毛"来形容人间万事，既表现了其琐碎繁多的特点，也暗示了人们在面对这些事物时的无奈和疲惫。这句诗表达了诗人对人生复杂性的深刻洞察和感慨。

总的来说，这句诗以太阳初升为背景，通过对人间万事的描绘，展现了诗人对人生复杂性的独特理解。同时，它也提醒我们，在面对生活中的种种挑战和困扰时，需要保持清醒的头脑和坚定的信念，以应对人生的种种变化。

93.花开堪折直须折，莫待无花空折枝。

"花开堪折直须折，莫待无花空折枝"这句诗出自唐代无名氏的《金缕衣》。这句诗的意思是：花开得正盛的时候，是折花最好的时候，必须赶快去折，不要等到花凋谢后只折了个空枝。

这句诗常用来比喻时光易逝，青春短暂，我们要珍惜眼前的美好，不要等到错过之后再来后悔。它告诉我们，生活中美好的事物和机会不会永远等待我们，如果我们不及时把握，就会错过。所以，当我们有机会去做一件有意义的事情，或者去追求一个美好的目标时，就应该立刻行动，不要拖延。

此外，这句诗也蕴含了人生的哲理。它提醒我们，生命是短暂的，我们应该活在当下，及时享受生活的美好，追求自己的梦想，不要等到年华老去、机会不再时才感到遗憾。

总的来说，这句诗以其简洁而深刻的表达方式，提醒我们珍惜眼前的一切，把握好每一个机会，让生活更加充实和美好。

94.时来天地皆同力，运去英雄不自由。

"时来天地皆同力，运去英雄不自由"这句诗的意思是：时运来时，连天地都鼎力相助；时运没有了，即使是英雄也难以施展才干。

这句诗揭示了时运对于事物发展和个人成败的重要影响。当机遇和时运到来时，仿佛整个世界都在帮助你，一切都能顺利进行；然而，当时运不济或逆境来临时，即便是才华横溢、能力超群的英雄也难以改变困境，只能感到束手无策。

这种对时运的深刻洞察，体现了诗人对于人生和社会的深刻理解。它告诉我们，在追求目标和实现梦想的过程中，除了个人的努力和能力之外，时运也是一个不可忽视的因素。我们需要做好准备，等待机遇的到来，并在时运到来时果断行动，把握机会。同时，我们也要学会在逆境中保持冷静和乐观，积极寻找解决问题的办法，而不是被困境所束缚。

总的来说，这句诗既是对时运的一种客观描述，也是对人生的一种深刻启示。它提醒我们要珍惜机遇，勇敢面对挑战，并在任何情况下都保持积极向上的心态。

95.长安有贫者，为瑞不宜多。

"长安有贫者，为瑞不宜多"这句诗出自唐代诗人罗隐的《雪》。这句诗的意思是：在繁华的都城长安里，还有许多生活贫困的百姓，所以大雪虽好，但也不必下得太多。

这句诗中，罗隐借雪这一自然现象，表达了对广大贫苦人民的深刻同情，并对统治者发出了含蓄的批评。他认为统治者所宣扬的"瑞雪兆丰年"的观点，只是站在他们自身的立场出发，而并未考虑到那些贫困的百姓。对于贫困者来说，大雪带来的可能并不是丰收和喜悦，而是寒冷和饥饿。

这种以小见大的写作手法，使得罗隐的诗歌具有深刻的社会意义和人文关怀。他关注社会底层人民的生活，通过诗歌为他们发声，体现了他的忧民情怀和正义感。

总的来说，"长安有贫者，为瑞不宜多"这句诗，既是对社会现实的深刻揭示，也是对人性关怀的细腻表达，具有很高的艺术价值和思想深度。

96.圣代也知无弃物，侯门未必用非才。

"圣代也知无弃物，侯门未必用非才"这句诗出自唐代诗人罗隐的作品。这句诗的意思是：在圣明的时代，人们知道人才的可贵，不会随意抛弃有才能的人；然而，即使在显贵的门第里，也并非一定会重用那些真正有才能的人。

这句诗表达了一种对人才使用状况的深刻反思和批评。诗人通过对比"圣代"与"侯门"对于人才的态度，揭示出在看似公平的社会环境下，人才仍有可能被埋没和忽视的现实。

在罗隐所处的唐代，尽管社会相对开放，文化繁荣，但人才的使用和选拔仍然受到诸多因素的影响，包括门第、权势、关系等，这使得许多有真才实学的人难以得到应有的重用和机会，造成了人才资源的浪费和社会的不公。

通过这句诗，罗隐表达了对人才问题的深刻关注，呼吁社会更加重视人才的发掘和使用，让每个人都有机会展现自己的才能和价值。同时，也提醒人们要警惕那些看似光鲜亮丽，实则忽视人才的现象，努力营造一个更加公平、公正的社会环境。

97.采得百花成蜜后，为谁辛苦为谁甜？

"采得百花成蜜后，为谁辛苦为谁甜"这句诗出自唐代诗人罗隐的《蜂》。这句诗的意思是：蜜蜂采尽百花酿成蜜后，到头来又为谁在忙碌？又是为了谁在酿造醇香的蜂蜜呢？

这句诗通过描写蜜蜂辛勤采蜜、无私奉献的形象，引发了对社会现象的深深思考。诗人在这里以蜜蜂为喻，暗指那些在社会中默默付出、辛勤工作的人们，他们用自己的努力和汗水为社会创造了价值，但往往并没有得到应有的回报和认可。

同时，这句诗也带有一种强烈的质疑和反思意味，诗人似乎在问：那些辛勤付出的人们，他们的努力究竟是为了谁？他们的付出是否得到了应有的回报？这种对于社会公平和正义的探讨，使得这首诗具有了深刻的社会意义。

总的来说，这句诗通过描绘蜜蜂的形象，传达了对于辛勤付出者的赞美和同情，同时也引发了对社会现象的深深思考，是一句具有深刻哲理和社会意义的诗句。

98.家国兴亡自有时，吴人何苦怨西施。

"家国兴亡自有时，吴人何苦怨西施"这句诗出自唐代诗人罗隐的《西施》。它的意思是：一个国家的兴亡自有其复杂的原因，吴国人为什么要怨恨西施呢？

这句诗表面上看似在为西施辩解，实际上是诗人的一种独特见解和观点。西施作为吴国灭亡的一个象征，往往被人们视为红颜祸水，但诗人认为，国家的兴亡并非单一因素所致，而是一个复杂的历史过程，不能简单地将责任归咎于一个女子。

诗人通过这句诗，表达了对历史事件和人物的深刻思考，也揭示了人们往往容易将复杂问题简单化的心理倾向。他呼吁人们要理性看待历史事件，不要盲目归罪于个人，而是要深入分析其背后的复杂因素。

同时，这句诗也具有一定的哲理意味。它告诉我们，世界上的事情往往不是表面看起来那么简单，我们需要用心去探索、去理解，才能找到真相。因此，我们在面对问题时，应该保持开放的心态，不要被表面现象所迷惑，要深入挖掘其本质和根源。

总的来说，这句诗以其独特的观点和深刻的哲理，引导我们理性看待历史事件和人物，同时也提醒我们在面对问题时要保持开放的心态和深入思考的能力。

99.得即高歌失即休，多愁多恨亦悠悠。

"得即高歌失即休，多愁多恨亦悠悠"这句诗出自唐代诗人罗隐的《自遣》。这句诗的意思是：有所得就高声唱一首歌，有所失就休息一下，愁恨全然不理照样乐悠悠。

诗人用通俗的语言表达了旷达超脱、随遇而安的人生态度。前半句说的是当你有所收获的时候就高兴地放声歌唱，有所失去的时候就潇洒地停止不去想它。后半句则是表达了无论遇到多少忧愁和怨恨，都能保持内心平静、从容不迫的态度。

这种人生态度体现了一种超脱世俗、顺应自然、不以物喜、不以己悲的哲学思想。它告诉我们，生活中总会有得失，但重要的是我们如何看待和处理这些得失。如果我们能够以平和的心态去面对，不为得失所动，那么我们的生活就会更加轻松、自在。

同时，这句诗也表达了一种积极向上、乐观豁达的精神状态。它鼓励我们在面对生活中的困难和挑战时保持一颗乐观的心，勇往直前，不畏艰难险阻。

总的来说，这句诗以其简洁明了的语言和深刻的人生哲理，给人们带来了很多启示和感悟。它告诉我们应该以怎样的心态去面对生活中的得失和挑战，以及如何保持内心的平静和从容。

100.沉舟侧畔千帆过，病树前头万木春。

"沉舟侧畔千帆过，病树前头万木春"这句诗出自唐代诗人刘禹锡的《酬乐天扬州初逢席上见赠》。这句诗的意思是：沉船的旁边正有千艘船驶过，病树的前头却也是万木争春。

这句诗以沉舟、病树代指自己，固然感到惆怅，却又相当达观。沉舟侧畔，有千帆竞发；病树前头，正万木皆春。他从白诗中翻出这二句，反而劝慰白居易不必为自己的寂寞、蹉跎而忧伤，对世事的变迁和仕宦的升沉，表现出豁达的襟怀。

这句诗之所以成为名句，是因为它形象地揭示了新事物必将取代旧事物的客观规律。这一规律揭示了新旧交替的必然性和自然界的永恒法则。在哲学上，它反映了事物发展的辩证观点，即新事物必然取代旧事物，事物总是向前发展的。

在人生的道路上，我们总会遇到各种挫折和困难，如同诗中的沉舟和病树。然而，我们不能因此而沮丧和放弃，要相信生命的力量和时间的治愈力。因为在我们身边，总有新的希望和机会如同千帆和万木一样不断涌现。

这句诗也鼓励我们要以积极的心态面对生活中的变化和挑战。无论遭遇多少困境和挫折，我们都应该相信，只要坚持不懈，努力奋斗，总会迎来属于自己的春天。

总的来说，这句诗通过生动的形象和深刻的哲理，向我们传达了积极面对生活、勇于面对挑战的精神。

101.长恨人心不如水，等闲平地起波澜。

"长恨人心不如水，等闲平地起波澜"这句诗表达了诗人对于人心易变、难以预测的深深感慨。

"长恨人心不如水"是说人们的心往往不如水那样平静、恒久。水在大多数情况下都是平静流淌的，无论经历多少时间，它的本质都不会改变。然而人心却不然，它会随着环境、时间、情感等多种因素的变化而不断变动，有时候甚至变得面目全非。

"等闲平地起波澜"进一步描绘了人心的变幻莫测。在平静的地面上，稍有风吹草动就可能引发波涛汹涌的波澜。这就像是人心，原本看似平静无波，却可能因为一些微不足道的小事而引发巨大的情绪波动，甚至导致关系破裂、信任丧失等严重后果。

这句诗揭示了人性的复杂性和不确定性，告诫我们在与人交往时要保持警惕，不要过于相信表面现象，同时也要学会控制自己的情绪，避免因为一时的冲动而做出错误的决定。

102.莫道桑榆晚，为霞尚满天。

"莫道桑榆晚，为霞尚满天"这句诗出自唐代诗人刘禹锡的《酬乐天咏老见示》。这句诗的意思是：不要说太阳到达桑榆之间已近傍晚，它的霞光余晖照样可以映红满天。

在这句诗中，"桑榆"指的是日落时光照桑树和榆树顶端，以喻日暮。诗人以"桑榆"来比喻人的晚年，但并非表达一种消极悲观的情绪，而是充满了乐观向上的精神。尽管已经到了人生的暮年，但依旧能够像满天晚霞一样绚烂多彩，充满活力和生命力。

诗人通过这句诗鼓励人们在人生的晚年也要保持积极向上的态度，不要因年龄的增长而失去对生活的热爱和追求。即使岁月已经带来了许多变化，但只要心中充满阳光，依然可以活出自己的精彩。

总的来说，这句诗以充满生命力的晚霞为喻，传达了一种积极向上、不畏老去的生活态度，具有深刻的哲理意义。

103.芳林新叶催陈叶，流水前波让后波。

"芳林新叶催陈叶，流水前波让后波"这句诗出自唐代诗人刘禹锡的《乐天见示伤微之敦诗晦叔三君子皆有深分因成是诗以寄》。这句诗的含义十分丰富，主要描绘了自然界中新旧交替的现象，同时也蕴含着深刻的哲理。

从字面上理解，这句诗描述的是芳香的树林中，新的叶子不断地生长出来，推动着旧的叶子落下；而在流动的河水中，前面的波浪总是为后面的波浪让路。这里，"催"和"让"两个字用得非常巧妙，既表现了新旧交替的必然趋势，又体现了新陈代谢的自然规律。

进一步解读，这句诗还可以被理解为一种人生哲理。它告诉我们，世间万物都在不断地发展和变化，新的事物会不断地涌现，而旧的事物则会被逐渐取代。这是一种自然的、不可避免的规律，我们应该以开放的心态去接受和适应这种变化。

同时，这句诗也表达了一种积极进取的精神，它鼓励我们要像新叶和后波一样，不断地向前发展，不断地创新和进步。我们应该勇于接受新的挑战和机遇，不断超越自己，实现更高层次的发展和成长。

总的来说，"芳林新叶催陈叶，流水前波让后波"这句诗既描绘了自然界中的美丽景象，又蕴含了深刻的人生哲理。它告诉我们要以开放的心态接受变化，以积极进取的精神追求成长和进步。

104.千淘万漉虽辛苦，吹尽狂沙始到金。

"千淘万漉虽辛苦，吹尽狂沙始到金"这句诗出自唐代诗人刘禹锡的《浪淘沙九首·其八》。它的意思是：尽管要经过千遍万遍的过滤，历尽千辛万苦，但是只要坚持不懈，最终就能淘尽泥沙，得到闪闪发光的黄金。

这句诗常用来比喻，在追求真理或实现目标的道路上，虽然会面临许多困难和挑战，但只要有坚定的信念和不懈的努力，就一定能够战胜困难，实现目标。它鼓励人们在面对困境时，要有坚韧不拔的毅力和勇往直前的精神，不断追求进步和完美。

此外，这句诗也体现了刘禹锡的人生态度和价值观。他认为，只有经过艰苦的磨砺和考验，才能真正成长和进步，才能获得真正的价值和意义。这种精神不仅对于个人的成长具有重要意义，对于社会的发展和进步也具有启示作用。

总的来说，"千淘万漉虽辛苦，吹尽狂沙始到金"这句诗以其深刻的哲理和生动的比喻，成了人们追求进步、战胜困难的座右铭。

105.山明水净夜来霜，数树深红出浅黄。

"山明水净夜来霜，数树深红出浅黄"这句诗出自唐代诗人刘禹锡的《秋词二首·其二》。这句诗以其细腻的观察、鲜明的色彩对比和深邃的意境，展现了秋日山水的独特韵味，表达了诗人对秋天的赞美与向往。

首先，"山明水净夜来霜"一句，描绘了秋日山水的清澈与明净。在秋日的照耀下，山峦显得格外明亮，水面平静无波，清澈见底。夜晚降临后，随着秋意的加深，霜降悄然来临，给大地披上了一层薄薄的银装。这里的"夜来霜"不仅预示着季节的更迭，更象征着一种纯净与清冷的氛围，为全诗奠定了基调。这句诗通过简洁的语言，勾勒出一幅秋日山水的清新画卷，让读者仿佛置身于那宁静而清澈的秋日美景之中。

紧接着，"数树深红出浅黄"一句，则将读者的目光转向了山林中的树木。几棵树在秋风的吹拂下，叶子由绿转黄，再由黄变红，呈现出深浅不一的色彩。这里的"深红"与"浅黄"形成了鲜明的对比，既展现了秋日树叶色彩的丰富性，又通过色彩的变化暗示了时间的流逝与生命的轮回。树木的色彩变化，如同大自然的调色板，将秋天的韵味表现得淋漓尽致。这句诗通过色彩的巧妙运用，增强了画面的视觉冲击力，使读者对秋日美景的感受更加直观而深刻。

从艺术手法上看，刘禹锡在这句诗中巧妙地运用了色彩对比与冷暖对比，将秋天的景色刻画得生动而富有层次感。同时，他通过自然景象的描绘，传达了秋天独有的韵味与情感，表达了对秋天的赞美与向往。这种对自然美景的敏锐感知和深刻感悟，不仅展现了诗人的文学才华，也体现了他积极向上、追求内心宁静与纯粹的人生态度。

106.八月长江万里晴，千帆一道带风轻。

"八月长江万里晴，千帆一道带风轻"这句诗出自唐代诗人崔季卿的《晴江秋望》。这句诗的意思是：八月份的长江，天空晴朗，万里无云，江面上行驶的许多船只都统一着方向前进，好像带着风一样轻快自在。

在这句诗中，诗人以长江为背景，描绘了一幅秋天晴空万里、江面千帆竞发的壮丽画面。其中，"八月"点明了季节，"长江"交代了地点，"万里晴"则描绘了天空晴朗、视野开阔的景象。而"千帆一道带风轻"则通过生动比喻，将船只快速前进的形象刻画得栩栩如生，同时也传达出诗人内心的喜悦和畅快。

整句诗不仅展示了自然风光的壮美，也体现了诗人对人生和世界的积极态度。它鼓励人们在面对困难和挑战时，要保持积极向上的心态，勇往直前，追求自己的梦想和目标。同时，这句诗也以其优美的语言和深刻的意境，成了中国古代文学中的经典之句，被后人广为传颂和欣赏。

107.两句三年得，一吟双泪流。

"两句三年得，一吟双泪流"出自唐代诗人贾岛的《题诗后》。这句诗的意思是：这句诗苦思了三年才得以吟出，吟成后禁不住双泪长流。

这句诗充分展现了诗人艺术劳动的艰辛、刻苦，以及好诗佳句来之不易的真切感受。贾岛通过夸张的艺术手法，凸显了作诗过程的漫长与艰难，以及作品完成后内心的激动与感动。其中的"三年"点明时间之长，强调了"两句"的得来不易；而"一吟双泪流"则表现了诗人在吟咏自己的诗句时，被其中的深情打动，情感难以自抑。

贾岛的诗歌风格以"瘦"与"硬"为特色，这种风格在这句诗中也有所体现。虽然只是简单的两句诗，但其中蕴含的深沉情感和艰苦努力却足以打动人心。这种精炼而深情的表达，正是贾岛诗歌魅力的体现。

此外，这句诗也反映出贾岛对诗歌艺术的热爱和执着追求。他愿意花费大量的时间和精力去推敲、琢磨每一个字，以求达到最佳的表达效果。这种精神对于今天的我们来说，依然具有重要的启示意义。它告诉我们，无论从事何种工作，都需要有持之以恒的毅力和精益求精的精神，才能取得真正的成就。

108.洛阳城里春光好，洛阳才子他乡老。

"洛阳城里春光好，洛阳才子他乡老"这句诗出自唐代诗人韦庄的《菩萨蛮·洛阳城里春光好》。这句诗的意思是：洛阳城中风和日丽，春光无限美好，然而在这美好的春光里，我这个曾经的洛阳才子却只能漂泊异乡，渐渐老去。

这句诗表达了诗人对故乡的深深眷恋和对时光流逝的无奈感慨。洛阳作为诗人的故乡，承载着他许多美好的回忆和情感。然而，由于种种原因，诗人却无法回到故乡，只能在异乡漂泊，看着春光美好，心中却充满了无尽的惆怅和哀愁。

"洛阳才子"这一称谓，既是对诗人自身才华的肯定，也暗示了诗人曾经的辉煌和荣耀。然而，随着时光的流逝，这些都已经成为过去，诗人只能在异乡默默老去，这种对比更加凸显了诗人内心的苦楚和无奈。

同时，这句诗也反映了人生无常、时光易逝的普遍感慨。无论我们曾经拥有多少荣耀和成就，终究无法抵挡时间的流逝和生命的衰老。因此，我们应该珍惜眼前的时光和机会，努力追求自己的梦想和目标，让生命更加充实和有意义。

109.春水碧于天，画船听雨眠。

"春水碧于天，画船听雨眠"这句诗出自唐代诗人韦庄的《菩萨蛮·人人尽说江南好》。这句诗的意思是：春天的江水清澈碧绿更胜天空的碧蓝，还可以在彩绘的船上听着雨声入眠。

首先，"春水碧于天"这一句以夸张的手法，描绘了江南春天江水的澄澈碧绿，甚至超越了天空的蔚蓝。这样的描绘不仅展示了江南春色的美丽，还以蓝天作为参照，更加凸显了水色的鲜艳与生动。

接着，"画船听雨眠"则展现了诗人在彩绘的船上听着雨声入眠的悠闲与惬意。这里的"画船"与"听雨眠"相结合，营造出一种既宁静又美好的氛围。在江南的春雨中，诗人悠闲地躺在船上，听着雨声轻轻敲打船身，仿佛与自然融为一体，尽享这份宁静与和谐。

整句诗通过对江南春景的细腻描绘，展现了江南春天的美丽与宁静，同时也表达了诗人对江南生活的向往与喜爱。这句诗以其优美的意境和生动的描绘，成了表达江南春色和悠闲生活的经典之句。

110.我愿君王心，化作光明烛。不照绮罗筵，只照逃亡屋。

"我愿君王心，化作光明烛。不照绮罗筵，只照逃亡屋"这两句诗，诗人将君王的内心愿望比作光明烛，表达了一种对于公正与关怀的期望。

首先，"我愿君王心，化作光明烛"，诗人表达了自己希望君王的心能够像明亮的烛光一样，为世间带来光明和温暖。这里，"光明烛"象征着正义、公平和善良，而"君王心"则是这种美德的源泉。

其次，"不照绮罗筵"，"绮罗筵"指的是豪华奢侈的宴席，这里表达了对只关注表面华丽和享乐的不满。诗人认为，如果君王的心真的像光明烛，那么他不应该只照亮那些繁华的宴席和富贵之家。

最后，"只照逃亡屋"则表达了诗人对底层人民的深切关怀。逃亡屋象征着那些贫困、无助和生活在社会底层的人们，诗人希望君王的心能够照亮他们，为他们带来希望和温暖。

这两句诗通过形象比喻和生动描绘，表达了诗人对公正、公平和善良的追求，以及对社会底层人民的深切同情和关怀，呼吁君王应该更加关注社会公正和民生福祉，而不是仅仅沉迷于表面的华丽和享乐。

111.溪云初起日沉阁，山雨欲来风满楼。

"溪云初起日沉阁，山雨欲来风满楼"这句诗出自唐代诗人许浑的《咸阳城东楼》。这句诗的意思是：溪边乌云刚刚浮起在溪水边上，夕阳已经沉落楼阁后面，山雨即将来临，满楼风声飒飒。

这句诗以细腻的笔触，描绘了自然景色的变化。溪云初起，预示着天气的转变；日沉阁后，营造出一种暮色苍茫的氛围。而"山雨欲来风满楼"则是对山雨即将到来的生动刻画，满楼的风声飒飒，既展现了风雨欲来的紧迫感，也烘托出诗人内心的激荡与不安。

此外，这句诗还常用来比喻重大事件发生前的紧张气氛，或者冲突、战争爆发之前的预兆。它以其生动的形象和深刻的内涵，成为表达紧张、危机氛围的经典诗句。

总的来说，"溪云初起日沉阁，山雨欲来风满楼"这句诗以其细腻入微的描写和深远的象征意义，成了许浑作品中的名句，也为中国古代文学增添了丰富的色彩。

112.学非探其花，要自拨其根。

"学非探其花，要自拨其根"这句话出自唐代诗人杜牧的《留诲曹师等诗》。其核心意义在于强调学习的深度和本质，而非仅仅停留在表面的了解。

"学非探其花"的"花"在这里象征着知识的表面或外在形式。这句话告诉我们，学习不应该只是满足于了解事物的表面现象或者获取一些皮毛的知识。这种表面的学习，虽然看似轻松，但实际上并不能带给我们真正的理解和收获。

"要自拨其根"的"根"则代表了知识的深度和本质。这里所说的"自拨其根"，就是要我们深入挖掘知识的内在逻辑和原理，理解其背后的深层含义和根本规律。只有这样，我们才能真正掌握知识，将其转化为自己的能力和智慧。

总的来说，这句话告诫我们，学习应该是一种深入、全面的过程，需要我们去挖掘知识的本质和深度，而不仅仅是满足于表面的了解。只有这样，我们才能在学习的道路上不断进步，真正提高自己的能力和素质。

113.杨花榆荚无才思，惟解漫天作雪飞。

"杨花榆荚无才思，惟解漫天作雪飞"这句诗出自唐代诗人韩愈的《晚春》。这里的"杨花"指的是柳絮，"榆荚"则是榆树的果实。

这句诗的意思是：连没有美丽颜色的杨花和榆钱也不甘寂寞，随风起舞，化作漫天"飞雪"。这句诗运用了拟人的修辞手法，将杨花与榆荚拟人化，赋予其生命和思想，描绘出了本来乏色少香的杨花、榆荚也不甘示弱，而化作"雪花"随风飞舞，加入了留春的行列的景象。没有才思，本身意味着并不美丽、并不起眼，然而，这些"无才思"的杨花、榆荚，在诗人眼中却同样不乏情趣美感：那漫天飞舞的杨花、榆荚，好似雪花般随风飘落，加入了留春的行列。诗人借此表达了珍惜光阴、不失时机的人生态度，同时也暗示着一个人没有才思并不可怕，"春光"是不负"杨花榆荚"这样的有心人的。

此诗通过描绘草木留春而呈万紫千红的动人景象，鼓励人们应该乘时而进，抓紧时机去创造有价值的东西。这句诗表达了诗人惜春的思想感情，同时也蕴含应抓住时机、乘时而进、创造美好未来之意。

114.草木有本心，何求美人折！

"草木有本心，何求美人折"出自唐代诗人张九龄的《感遇十二首·其一》。它的意思是：草木散发香气源于天性，怎么会求观赏者攀折呢？

这句诗表面上是写花，实际上是借花喻人，诗人以此表达自己追求高洁的情操，不慕虚荣的品质，同时也透露出诗人怀才不遇的感伤之情。在这里，"草木"是比喻具有高尚情操的君子，"本心"即本性，也指代高尚的品格，"美人"则暗指那些追求名利、趋炎附势的权贵。

诗人认为，草木的香气是它们自然的本性，无须求助于美人的攀折来彰显其价值。同样，具有高尚品格的君子，也不应追求外在的赞誉和虚荣，而应坚守自己的本心，保持高尚的品德。

整句诗体现了诗人淡泊名利、追求高洁情操的情怀，同时也表达了对社会现实的深刻反思和批判。

115.欲穷千里目，更上一层楼。

"欲穷千里目，更上一层楼"这句诗出自唐代诗人王之涣的《登鹳雀楼》。这句诗的意思是：如果想要看到更为广阔的千里风光，那就需要再登上一层高楼。

这句诗不仅描绘了诗人登高望远的情景，更蕴含了深刻的人生哲理。它告诉我们，只有不断提升自己、超越自我，才能够看得更远、理解更深刻、成就更高。无论在学习、工作还是生活中，我们都应该保持积极向上的态度，不断追求进步，不断挑战自我，以达成更高的目标。

同时，这句诗也表达了对未来充满期待和憧憬的情感。诗人通过登楼远眺，不仅欣赏到了壮丽的自然景色，更激发了对未知世界的向往和探索精神。这种精神激励我们在面对未知和挑战时，要有勇气去探索、去创新，以实现自己的人生价值和梦想。

总的来说，"欲穷千里目，更上一层楼"这句诗以其简洁明快的语言和深刻的人生哲理，成了激励人们不断进取、追求更高境界的经典之句。

116.清镜无双影，穷泉有几重。

"清镜无双影，穷泉有几重"这句诗出自唐代诗人顾况的《鄮公合祔挽歌》。

"清镜无双影"中，"清镜"指的是明镜，而"无双影"则意味着明镜无法映照出两个影子，这常被用来形容事物的独一无二，或者是真实无妄。在这里，它可能是在比喻逝者的独一无二，无法被替代，或者是他们的生平真实无误，如同明镜照出的影像一般清晰无误。

"穷泉有几重"中，"穷泉"在这里通常被理解为水源枯竭或不丰富的泉水，也可以用来比喻某种资源匮乏或困境难解。而"有几重"则暗示了这种匮乏或困境的深度或层次。这句诗可能是在表达对于逝者离世后，其所处的境地或者留下的遗憾有多深重、多难以捉摸的感慨。

整体来看，这句诗通过明镜和穷泉的意象，既表达了对逝者生平的赞美和怀念，又表达了对逝者离世后的遗憾和感慨。诗中的意象丰富而深远，引人深思。

117.不经一番寒彻骨，怎得梅花扑鼻香。

"不经一番寒彻骨，怎得梅花扑鼻香"这句诗出自唐代诗人黄檗禅师的《上堂开示颂》。这句诗的意思是：梅花要不是经受住一次次风霜摧折之苦，哪会有素馨沁人的花香。

这句诗以梅花为喻，强调了人在追求目标、实现理想的过程中，必须经历艰辛和挫折的洗礼，才能获得成功和成就。梅花在寒冷的冬季中傲然绽放，其芬芳扑鼻的香气正是因为它经历了严寒的考验。同样，人们在追求事业、学业或人生目标时，也需要经历各种困难和挑战，通过不断努力和坚持，才能最终获得成功。

这句诗传达了一种积极向上、勇往直前的人生态度，鼓励人们在面对困难和挫折时要坚定信念、迎难而上，相信只有经过磨砺和锻炼，才能收获更加美好的未来。

118.十年磨一剑，霜刃未曾试。

"十年磨一剑，霜刃未曾试"这句诗出自唐代贾岛的《剑客》。这句诗的意思是：花了十年的功夫来磨一把剑，剑刃寒光闪烁，只是还未试过锋芒。

这句诗表面上是写剑客用了十年时间来精心磨制一把宝剑，但实际上诗人是借此表达自己在学问和技艺上的刻苦钻研和不懈努力。他用了十年的时间来磨砺自己，不断提升自己，然而至今还没有找到一个合适的机会来展示自己的才华和能力。

同时，"霜刃未曾试"也透露出一种自信和期待。诗人相信自己经过长时间的磨砺，已经具备了足够的能力和才华，只待时机一到，便能一展所长，锋芒毕露。

总的来说，这句诗既表达了诗人在学术或技艺上的刻苦钻研和不懈努力，也展现了他的自信和期待，期待在未来的某个时刻能够充分发挥自己的才华和能力。

119.年年岁岁花相似，岁岁年年人不同。

"年年岁岁花相似，岁岁年年人不同"这句诗出自唐代诗人刘希夷的《代悲白头翁》。这句诗的意思是：年年岁岁繁花依旧，岁岁年年看花之人却不相同。

这句诗以花喻人，表达了诗人对于时光流转、人生无常的感慨。花朵每年都会在相同的季节绽放，但是观花的人却会随着时间的推移而不断更替，有的老去，有的新生。诗人借此暗示人生的短暂和无常，以及人们对美好事物无法长久留住的无奈和惋惜。

同时，这句诗也提醒人们要珍惜当下，因为时间不等人，每个人都是独一无二的，无法复制。人们应该珍惜与亲人、朋友相处的时光，把握生命中的每一个瞬间，不要等到时光逝去才后悔莫及。

总之，这句诗以其优美的语言和深刻的哲理，让人们对生命和时间有了更深刻的认识和思考。

120.他年我若为青帝，报与桃花一处开。

"他年我若为青帝，报与桃花一处开"这句诗出自唐代农民起义领袖黄巢的《题菊花》。青帝，是中国古代神话中的五天帝之一，住在东方，主行春天时令。这里诗人借用这一神话人物自喻，表达了他想要掌握生杀大权、改变黑暗现实的雄心壮志。桃花在春天开放，而菊花在秋天开放，诗人希望如果有朝一日自己做了"司春之神"，就要让菊花和桃花同在春天盛开。

这句诗充满了强烈的浪漫主义激情，体现了诗人的反抗精神和对理想社会的向往。黄巢作为农民起义的领袖，他对于当时社会的不公和压迫有着深刻的体验，因此他希望通过自己的努力改变这种现状，让所有的生命都能得到公平的对待。他的这种情怀和理想，通过这句诗得到了生动的表达。

此外，这句诗也反映出诗人对于自然的热爱和敬畏。他期望能够按照自然的规律来重新安排万物的生长，让菊花也能在春天绽放其美丽。这种对于自然和谐共生的向往，也是诗人理想的一部分。

总的来说，"他年我若为青帝，报与桃花一处开"这句诗，既体现了黄巢反抗压迫、追求公平的理想，又表达了他对自然和谐共生的向往，充满了强烈的个人情感和社会关怀。

第五章 宋

1.不畏浮云遮望眼,自缘身在最高层。

"不畏浮云遮望眼,自缘身在最高层"这句诗出自宋代王安石的《登飞来峰》。

这句诗的意思是:不怕浮云会遮住我的视线,只因为如今我身在最高层。这里的"浮云"一词,常被用来比喻眼前的困难和障碍,或是那些会阻挡我们视线、迷惑我们判断的事物。而"最高层"则代表了一种高位、高远的视角,它象征了开阔的视野和深远的洞察。

整句诗传达了一种积极、自信的态度。诗人表示,他并不惧怕眼前的困难和障碍,因为他已经站在了一个足够高的地方,能够清楚地看到前方的道路和目标。他相信自己的判断力和洞察力,相信自己能够突破障碍,实现目标。

这种精神可以激励我们在面对挑战和困难时保持坚定的信念和积极的态度。无论我们遇到多大的阻碍,只要我们有足够的信心和决心,就一定能够克服它们,实现我们的梦想和目标。

2.看似寻常最奇崛,成如容易却艰辛。

"看似寻常最奇崛,成如容易却艰辛"这句诗出自北宋王安石的《题张司业诗》。它揭示了生活和创作中的深刻哲理,表达了对于事物表面和内在、过程与结果之间复杂关系的独特理解。

"看似寻常最奇崛"指的是一些看似平常无奇的事物或现象,实际上蕴含着极其独特的价值和深意。这告诉我们,在生活和工作中,不要轻视那些表面看起来平凡无奇的事物,因为它们可能蕴含着深刻的道理或独特的价值。我们需要用心去发掘和理解这些平凡中的不平凡,才能真正领略其内在的美和力量。

"成如容易却艰辛"则强调了成功和成就背后的艰辛和付出。很多时候,我们看到的结果是光鲜亮丽的,但往往忽略了背后的努力和付出。这句话提醒我们,无论做什么事情,都需要付出艰辛的努力和汗水,没有付出就没有收获。同时,也告诫我们不要只看到别人的成功和成就,而忽视了他们背后的努力和付出。

整首诗通过对比寻常与奇崛、容易与艰辛,表达了对于事物复杂性的认识和对努力与付出的肯定。它告诉我们,在生活和工作中要保持敏锐的洞察力和谦虚的态度,去发现和理解那些看似寻常却实则不凡的事物,同时也要珍惜和尊重每一个努力和付出的过程。

3.岁老根弥壮，阳骄叶更阴。

"岁老根弥壮，阳骄叶更阴"这句诗出自宋代政治家、文学家王安石的《孤桐》。这句诗的意思是：年岁越老根越壮实，阳光越强枝叶越显得茂盛葱郁。这句诗通过描绘孤桐的形象，表达了诗人对坚韧不拔、不屈不挠精神的赞美。

在这句诗中，"岁老"和"阳骄"是外部环境的变化，"根弥壮"和"叶更阴"则是孤桐内部的变化。尽管岁月流逝，阳光炽烈，但孤桐并没有因此而衰败，反而更加茂盛。这种生命力的顽强和坚韧，正是诗人所欣赏和追求的。

同时，这句诗也体现了王安石的人生哲学和政治理念。他认为，只有像孤桐一样，经历过岁月的洗礼和磨砺，才能更加坚强和茂盛。这种坚韧不拔的精神，不仅对于个人的成长至关重要，也对于国家的治理和社会的进步具有重要意义。

总的来说，"岁老根弥壮，阳骄叶更阴"这句诗，通过形象生动的描绘和深刻的哲理思考，表达了王安石对坚韧不拔、不屈不挠精神的赞美和追求，同时也启示我们在面对困境和挑战时，应该保持坚定的信念和顽强的毅力，勇往直前。

4.飘风不崇朝，骤雨不终日。

"飘风不崇朝，骤雨不终日"出自宋代郑伯熊的《枕上》。它的直接解释是：急骤的强风不会持续吹拂整个早晨，骤降的大雨也不会终日不停。

从更深的层次来看，这句话实际上是在用自然现象来隐喻生活中的各种变迁和挑战。无论是人生中的困苦，还是遭遇的逆境，都不会永远持续下去。就像强风和骤雨一样，它们虽然猛烈，但都是暂时的。这种思想鼓励人们在面对困难和挑战时要有信心和耐心，相信困难总会过去，曙光总会到来。

同时，这句话也强调了变化和无常是宇宙和人生的一种常态。无论我们面对什么样的环境，都应该有一种坦然和接受的态度，因为一切都在不断地变化中，没有什么是永恒不变的。

总的来说，这句话既是对自然现象的一种描述，也是对人生哲理的一种揭示，它告诉我们，无论遭遇何种困难，都要有信心和耐心去面对，相信一切总会好起来。

5.好学诚虽笃，事亲心不忘。

"好学诚虽笃，事亲心不忘"这句诗表达了学习和尽孝并重的理念。下面是对这句诗的详细解释：

"好学诚虽笃"意味着一个人在学习上非常勤奋和专注，具有深厚的学识和扎实的基础。这里的"好学"指的是热爱学习、勤奋好学的态度,"诚虽笃"则强调了这种学习态度是真实而坚定的,不是一时兴起或表面的敷衍。

"事亲心不忘"则强调了尽孝的重要性。无论一个人在学习上有多么努力和专注,都要始终记得孝顺父母,把家庭和父母放在心中重要的位置。这里的"事亲"指的是侍奉和照顾父母,"心不忘"则表达了始终牢记、不忘初心的意思。

综合来看,这句诗告诫我们,学习和尽孝都是人生中不可或缺的重要方面。学习可以让我们获得知识和能力,实现自我价值和追求更好的未来;而尽孝则是我们回报父母养育之恩、传承家庭美德的重要方式。因此,我们应该在努力学习、提升自我的同时,始终保持一颗感恩、孝顺的心,珍惜与父母相处的时光,尽己所能去关心和照顾他们。

在现代社会,这句诗依然具有深刻的意义。面对快节奏的生活和繁重的学业、工作压力,我们往往容易忽视家庭和父母。然而,无论我们身处何方、处于何种境地,都应该时刻铭记尽孝的重要性,把关心和照顾父母作为自己的责任和义务。同时,我们也应该保持对学习的热情和专注,不断提升自己的能力和素质,为家庭和社会做出更大的贡献。

6. 予独爱莲之出淤泥而不染,濯清涟而不妖。

"予独爱莲之出淤泥而不染,濯清涟而不妖"是一句出自北宋学者周敦颐的《爱莲说》的名句。这句话的意思是:我唯独喜爱莲花,它从淤泥中长出来,却不受到淤泥的污染,在清水里洗涤过但是不显得妖媚。

这句话通过描写莲花的特性,赋予了莲花高洁、纯净的象征意义。淤泥代表污浊的环境,而莲花能够在这样的环境中生长,却不被其污染,显示出它的高洁品质。同时,莲花在清水中洗涤也不显妖媚,表现了它的自然、清新之美。

整句话通过莲花的形象,赞美了那些具有高尚品德、不受环境影响、保持自己独立人格的人。这种品质在周敦颐看来,是值得追求和敬仰的。因此,这句话不仅是对莲花的赞美,更是对一种高尚品质和人生态度的赞美。

在现代社会中,这句话依然具有深刻的启示意义。它提醒我们,在面对复杂纷繁的社会环境时,应该保持清醒的头脑,坚守自己的原则和信念,不被外界所左右。同时,我们也应该追求内在的美和高尚的品质,不断提升自己的修养和素质,成为一个真正有价值的人。

7. 细雨破花气,和风柔柳枝。

"细雨破花气,和风柔柳枝"这句诗用简洁而富有画面感的语言,描绘了春天的细雨和微风对花朵和柳枝的影响,营造出一种宁静而温馨的氛围。

首先,"细雨破花气"中,"细雨"指的是春天那细密而柔和的雨滴,而"破"字则形象地描绘了雨滴打破花朵散发出的浓郁香气的过程。这种香气被细雨所打破,不仅没有变得淡薄,反而因为雨水的滋润而变得更加清新、沁人心脾。

接着,"和风柔柳枝"这一句中,"和风"指的是轻柔的春风,而"柔"字则用来形容柳枝在春风中的摇曳姿态。在春风的吹拂下,柳枝轻轻摆动,仿佛是在舞蹈,展现出一种柔美而富有生命力的姿态。

整体来看,这句诗通过描绘春雨和春风对花朵和柳枝的影响,展现了春天的生机与活力。细雨打破花气,使得花香更加清新;春风轻拂柳枝,使得柳枝更加柔美。这种描绘不仅表达了诗人对春天的喜爱和赞美,也带给读者一种身临其境的感受,仿佛能够闻到那清新的花香,看到那柔美的柳枝在春风中摇曳。

此外,这句诗还体现了诗人对自然景物的敏锐观察和细腻描绘,他能够捕捉到春雨和春风的微妙变化,并通过生动的语言将其呈现出来。这种对自然的敬畏和欣赏也体现了诗人的人文情怀和审美情趣。

8.好学少年忘贵胄,摛词奇藻敌阳春。

"好学少年忘贵胄,摛词奇藻敌阳春"这句诗出自宋代诗人刘挚的《送吕雅寺丞》。这句诗的意思是:勤奋学习的少年常常忘记自己出身高贵,他们写出的美妙诗文,其辞藻之华丽竟然可以与美妙的春天相媲美。

这里,"好学少年"指的是那些热爱学习、勤奋好学的年轻人,他们全身心投入学习,以至于忘记了自身的贵胄身份。"贵胄"指的是显贵的后代,这里用来形容少年的出身。

"摛词奇藻"则是形容这些少年们创作的诗文辞藻华美、富有创意。"敌阳春"则是以春天作比,春天万物复苏、生机勃勃,是自然界中最美的季节之一。这里用"敌阳春"来形容少年们的诗文之美,可见其赞美之情。

整句诗表达了对那些出身高贵却不忘学习、才华横溢的少年的赞美。它鼓励人们不受身份地位的束缚,努力追求知识,发挥自己的才华,创造出美好的作品。同时,这句诗也体现了古人对于学习、才华和文学创作的重视和推崇。

9.行人莫便消魂去,汉渚星桥尚有期。

"行人莫便消魂去,汉渚星桥尚有期"这句词出自宋代词人晏几道的《鹧鸪天·梅蕊新妆桂叶眉》。这句词的意思是:行人不要断然离去就伤神凄然,每逢七夕,牛郎、织女尚有相会之期。

这句词中的"行人"指的是离别之人,"消魂去"意味着因离别而极度悲伤或失落。而"汉渚星桥"则是一个典故,指的是牛郎和织女每年七夕在银河上鹊桥相会的传说。词人用这个典故来告诉离别之人，尽管现在面临着分别的痛苦，但是就像牛郎织、女每年都会有相会的那一天一样，他们也会有重逢的希望和期待。

因此，这句词不仅表达了对离别之痛的深切感受，也传达了一种对重逢的期待和信念，给人以安慰和鼓励。它告诉我们，生活中的离别虽然是难免的，但是我们应该保持希望和信念，相信未来总会有重逢的那一天。

10.不以物喜，不以己悲。

"不以物喜，不以己悲"出自北宋文学家范仲淹的《岳阳楼记》。这句话的意思是：不因外物（的好坏）和自己（的得失）而或喜或悲。

具体来说，"不以物喜"指的是不要因为外界事物的好坏或得失而影响到自己的情绪，保持内心的平静和淡定；"不以己悲"则是指不要因为自己的遭遇或处境而过度悲伤或沮丧，要有坚韧不拔的精神和乐观向上的态度。

这句话传达了一种超然物外、宠辱不惊的人生哲学，告诫人们要保持内心的平静和稳定，不被外界所干扰，也不因个人的得失而情绪波动。这是一种积极向上、超脱世俗的境界，有助于我们在人生的道路上保持清醒的头脑和坚定的信念，不被各种诱惑和困扰所左右。

在现代社会中，这句话依然具有重要的指导意义。它提醒我们在面对各种挑战和困难时，要保持冷静和理智，不被情绪所左右；在取得成功和成就时，也要保持谦虚和低调，不骄傲自满。这种心态有助于我们更好地应对生活中的各种变化和挑战，实现自我成长和进步。

11.天容水色西湖好，云物俱鲜。

"天容水色西湖好，云物俱鲜"这句词出自宋代文学家欧阳修的作品《采桑子·天容水色西湖好》。这句词描绘了西湖的美景，以简洁而富有感染力的文字，展现了西湖的天光水色之美，以及天空中的云彩和湖面上的景物的新鲜感。

"天容水色西湖好"直接点明了西湖之美。在这里，"天容"指的是天空的容貌，也就是天空的颜色和光影的变化；"水色"则是指湖水的色彩和波光。这句词以天空和水面的色彩为主要元素，展现了西湖自然风光的美丽。

"云物俱鲜"则进一步描述了西湖周边的景色。其中，"云物"指的是天空中的云彩和湖面上的景物，如树木、花草等；"鲜"字则表达了这些景物的新鲜和生动。这句词以简练的文字，生动地描绘了西湖周边景色的新鲜和活力。

综合来看，这句词通过描绘天空、水面及湖边的景物，展现了西湖的自然之美。同时，通过"天容""水色""云物"等词语的巧妙运用，词人将读者带入了一个清新、美丽的西湖世界，让人仿佛置身其中，感受到大自然的神奇魅力。

12. 雪消门外千山绿，花发江边二月晴。

"雪消门外千山绿，花发江边二月晴"这句诗出自宋代欧阳修的《春日西湖寄谢法曹歌》。这句诗以其优美的语言和生动的意象，描绘了冬去春来、万物复苏的美丽景象。

首先，"雪消门外千山绿"这一句中，"雪消"意味着冬天的积雪已经开始融化，这是春天到来的明显标志。"门外千山绿"则进一步描绘了随着积雪的消融，远处的山峦开始变得绿意盎然、生机勃勃。这里的"绿"字用得尤为巧妙，不仅生动地展现了春天的生机和活力，还给人一种清新、愉悦的感觉。

接下来，"花发江边二月晴"这一句，则将视线转向了江边的花朵。这里的"花发"指的是花朵绽放，与上一句中的"雪消"形成鲜明的对比，进一步突出了春天的气息。"江边二月晴"则交代了时间和地点，二月的晴天，江边的花朵盛开，形成了一幅美丽的春日画卷。

整句诗通过描绘雪消、山绿、花发等景象，生动地展现了春天的美丽和生机。同时，诗人还巧妙地运用了色彩和对比的手法，使得诗句更加生动、形象。此外，这句诗还表达了诗人对春天的喜爱和赞美之情，以及对自然美景的向往和追求。

总的来说，"雪消门外千山绿，花发江边二月晴"这句诗以其优美的语言和生动的意象，成功地描绘了春天的美丽和生机，给人以美的享受和心灵的启迪。

13. 人生自是有情痴，此恨不关风与月。

"人生自是有情痴，此恨不关风与月"出自宋代欧阳修的《玉楼春·尊前拟把归期说》。

这句词的意思是：人生自是有情，情到深处痴绝，这痴情啊，与风月无关。它直接阐述了人生的情感状态，指出人类天生就有深厚的情感，而这些情感在到达极致时，会显得特别痴迷、执着。这种深情的痴迷，并不是因为外界的风花雪月所引发的，而是源自人们内心深处的真实感受。

这句词深刻地描绘了人类情感的复杂性和深沉性，强调了情感与风月景色的无关性，使人更加关注人的内心世界和情感体验。同时，它也表达了一种对深情挚爱的肯定和赞美，体现了对人性真实、深刻一面的理解和尊重。

总的来说，这句词通过精练的语言和深刻的哲理，向我们展示了人类情感的丰富性和深沉性，引导我们更加关注和珍视自己内心的真实感受。

14.落木千山天远大，澄江一道月分明。

"落木千山天远大，澄江一道月分明"这句诗出自宋代文学家黄庭坚的《登快阁》。这句诗以生动的笔触描绘了秋天的景色，充满了深远的意境和丰富的情感。

"落木千山天远大"描绘了秋天树叶纷纷落下的景象，千山万壑之间，落叶飘零，显得天地更加辽远阔大。这里的"落木"和"千山"形成了鲜明的对比，突出了秋天的萧瑟和寂寥，同时也展现了大自然的广袤和壮丽。

"澄江一道月分明"则进一步描绘了江面上的景色。在清澈的江水上，一道月光分外明亮，犹如一条银色的带子镶嵌在江面之上。这里的"澄江"和"月分明"相互映衬，既展现了江水的清澈和月光的明亮，也传达出一种宁静而深邃的意境。

整句诗通过描绘秋天的景色和江面上的月光，展现了诗人内心的感受和情感。诗人在登上快阁后，面对如此壮丽的自然景色，心中不禁涌起一股豪情和壮志。同时，这句诗也表达了诗人对大自然的敬畏和赞美之情，以及对人生和世界的深刻思考。

在修辞方面，诗人运用了对比、映衬等手法，使得诗句更加生动有力。同时，诗句的平仄和押韵也处理得恰到好处，使得整句诗读起来朗朗上口，富有节奏感。

总的来说，"落木千山天远大，澄江一道月分明"这句诗以其生动的描绘和深远的意境，成了黄庭坚作品中的经典之句，也为后人留下了宝贵的文化遗产。

15.东平佳公子，好学到此郎。别去今几日，结交皆老苍。

这首诗由宋代诗人杨克一所作，名为《寄吕本中》。诗中描绘了对友人"东平佳公子"的怀念之情，以及对其学问与人格的高度赞赏。

开篇即点出友人的身份与才华，以"佳公子"称呼，显示了对其高尚品德和卓越学识的肯定。"好学到此郎"则进一步强调了其在学术上的成就，将友人与勤奋学习的形象紧密相连。

后两句则表达了时间的流逝与对友人离去的感慨。通过"几日"的询问，诗人似乎在追问时间的无情，同时也暗含着对友人离开后自己内心空虚的感伤。而"结交皆老苍"一句，则通过描绘周围环境的变化，暗示了岁月的流转与世事的变迁，同时也寄托了诗人对友人深厚友情的怀念。

整体而言，这首诗以简洁的语言，表达了对友人深切思念与对其人格魅力的赞美，展现了友情的珍贵与时间的无情，是表达离别之痛与怀念之情的经典之作。

16.少而好学书饶读，壮不贪荣誉自归。

"少而好学书饶读，壮不贪荣誉自归"这句诗出自宋代的葛胜仲的《次韵景纯将赴襄阳眷恋里第》。这句诗的意思是：年少时一定要爱读书，尽可能多读书，读好书，长大后自然就会收获做人的道理，不会在富贵荣华中迷失自我。

这句诗强调了年少时读书的重要性，并指出了读书带来的深远影响。在年少时，正是积累知识、塑造人生观和价值观的关键时期，因此应该珍惜时光，勤奋学习，广泛涉猎各类书籍。通过不断学习和阅读，可以逐渐丰富自己的知识储备，提升自己的思维能力和见识。

而"壮不贪荣誉自归"则进一步强调了读书的目的并非仅仅为了追求荣誉和名利，而是为了培养自己的品德和修养。在成长的过程中，面对各种诱惑和挑战，应该保持清醒的头脑，不被虚荣和名利所迷惑，坚守自己的原则和底线。

这句诗既是对个人学习的建议，也是对人生观的深刻阐述。它提醒我们，在追求知识和成长的过程中，要始终保持一颗谦虚、好学的心，不断提升自己的品德和修养，以实现更高的人生境界。

17.但得众生皆得饱，不辞羸病卧残阳。

"但得众生皆得饱，不辞羸病卧残阳"这句诗出自宋代诗人李纲的《病牛》。这句诗的意思是：只要能使天下人都吃饱，即使我拖垮了身体，病倒在残阳之下，也心甘情愿。

这句诗通过描绘病牛不辞辛劳、甘愿奉献的精神，赞颂了病牛为众生谋福利的高尚品质。诗人借牛言志，表达了自己为了国家和人民的利益，愿意不顾个人安危、无私奉献的坚定信念和崇高情怀。

"但得"二字，表达了诗人无私奉献的愿望和决心，只要众生都能得到温饱，他愿意付出一切，哪怕是牺牲自己的健康和生命。这种精神体现了诗人对人民的深厚感情和高度责任感。

"不辞羸病卧残阳"则进一步强调了诗人的奉献精神和牺牲精神。即使病弱不堪，甚至倒在残阳之下，他也无怨无悔，因为他深知自己的付出是为了更多人的幸福和安宁。

整句诗情感真挚、意境深远，既表现了诗人的高尚品质，也激发了读者的共鸣和思考。它提醒我们，为了国家和人民的利益，我们应该勇于担当、无私奉献，用自己的实际行动去践行这种精神。

18.世事短如春梦，人情薄似秋云。

"世事短如春梦，人情薄似秋云"出自宋代词人朱敦儒的《西江月·世事短如春梦》。这句词的大意是：世事短暂，如春梦一般转瞬即逝；人情淡薄，就如秋天里的云一样单薄易散。

"世事短如春梦"表达的是词人对于人生世事的感慨，认为世事变化无常，短暂得就像春天的一场梦，醒来便已经消逝。它提醒我们要珍惜眼前的一切，不要被繁华和名利所迷惑，要明白世事如梦，不可过分执着。

"人情薄似秋云"则是对人际关系的描绘，词人认为人与人之间的情感往往淡薄而易变，就像秋天的云一样，时而浓密时而稀疏，难以捉摸。它揭示了人性的复杂和多变，提醒我们在与人相处时要保持清醒的头脑，不要轻易相信表面的情感，要有自己的判断和原则。

这句词以简洁明快的语言，表达了词人对于世事和人情的深刻洞察和感慨，既有对人生的无奈和悲观，也有对世事的警醒和提醒。它们像一面镜子，映照出我们生活中的种种现象，让我们在欣赏词句之美的同时，也能思考人生的真谛。

19.此身如传舍，何处是吾乡。

"此身如传舍，何处是吾乡"这句诗的意思是：我的身子像传舍一样辗转流离，何处才是我的家乡呢？

"传舍"在古代指的是供行人休息、换马的处所，这里用来比喻诗人四处漂泊、居无定所的生活状态。而"何处是吾乡"则表达了诗人对家乡的深深思念和无处安身的迷茫与感慨。

这句诗描绘了诗人身世的飘零和心灵的迷茫，透露出一种无法找到归属感的悲哀和无奈。诗人通过比喻和反问的手法，将自己的情感表达得淋漓尽致，引人深思。

20.细看来，不是杨花，点点是离人泪。

"细看来，不是杨花，点点是离人泪"这句词出自宋代苏轼的《水龙吟·次韵章质夫杨花词》。这句词的意思是：我细细看来，那空中飘飞的，不是杨花，而是那离人伤心的眼泪。

在这句词中，苏轼以杨花为媒介，巧妙地表达出离人的悲伤情感。他把离人的泪水比作杨花，形象生动地描绘了离别的痛苦和无奈。杨花纷纷扬扬，如同离人的泪水点点滴滴，既有离别的哀愁，又有思念的缠绵。这种比喻既新奇又贴切，让读者能够深刻感受到离人的悲伤情感。

此外，这句词也展现了苏轼词风的特点，他善于运用细腻的笔触和形象的比喻来表达情感，使得词作既有深刻的内涵，又有动人的艺术魅力。

21.有笔头千字，胸中万卷；致君尧舜，此事何难？

"有笔头千字，胸中万卷；致君尧舜，此事何难"这句词来自北宋词人苏轼的《沁园春·孤馆灯青》。这句词的主要含义是：如果能够笔头书写千言，胸中藏有万卷诗书；那么辅佐君王达到尧舜那样的功业，又有何难呢？

首先，"有笔头千字，胸中万卷"形象地描绘了词人的学识和才华。笔头能写出千言文章，显示出词人的文学造诣和表达能力；胸中藏有万卷诗书，则揭示了词人的知识渊博和学养深厚。这样的描述，既展现了词人的个人才能，也表达了他对知识和文化的重视。

然后，"致君尧舜，此事何难"表现了词人的志向和理想，他希望通过自己的才学和努力，辅佐君王达到尧舜那样的圣明境界。这里的"尧舜"是古代中国传说中的两位圣明君主，他们被视为理想君主的典范。词人认为，只要有了足够的学识和才华，实现这样的理想并不困难。

总的来说，这句词既是对词人自身才华和学识的自信表达，也是对他追求理想、服务国家的决心的体现。它鼓励人们追求知识和文化，提升自己的才能，以实现个人理想和社会价值。同时，也启示我们，只要有坚定的信念和足够的努力，实现理想并不是一件难事。

22.好学老益坚，表里渐融明。

"好学老益坚，表里渐融明"这句诗是对一个人坚持学习、不断提升自我修养的赞美。我们可以逐句来解析它的含义：

首先，"好学老益坚"描述了一个人对于学习的热爱和执着。这里的"好学"意味着对知识的渴求和学习的热情，"老益坚"则强调了随着岁月的流逝，这种学习的热情和毅力不仅没有减退，反而更加坚定。这句话告诉我们，学习是一生的事业，只有持之以恒、坚持不懈，才能不断积累知识、提升自我。

接下来，"表里渐融明"则进一步描述了学习的成果和影响。"表"通常指的是外在的表现和形象，"里"则指内在的素养和品质。"融明"则意味着内外兼修、融为一体，呈现出明亮、清晰的状态。这句话告诉我们，通过学习，一个人的内在品质和外在表现会逐渐融为一体，变得更加优秀和出色。这种内外兼修的状态不仅体现在个人的言行举止上，更体现在个人的气质和修养上。

综合来看，"好学老益坚，表里渐融明"这句诗表达了一种对学习的赞美和追求。它告诉我们，只有坚持学习、不断提升自我，才能实现内外兼修、融为一体的理想状态。这种理想状态不仅是我们个人成长的目标，也是我们在社会中展现自我、实现价值的重要途径。

在现代社会，这句话依然具有重要的启示意义。随着科技的进步和信息的爆炸式增长，我们需要不断学习新知识、新技能来适应这个快速变化的时代。同时，我们也需要注重个人修养和内在品质的提升，以实现个人的全面发展和社会的和谐进步。

23.人有悲欢离合，月有阴晴圆缺。

"人有悲欢离合，月有阴晴圆缺"这句话富有哲理，深深地描绘了人生的无常与自然界的循环。

首先，"人有悲欢离合"描述的是人生中的情感起伏和遭遇变化。在人的一生中，我们会经历各种各样的情感和事件，有时候是欢乐和团聚，有时候是悲伤和离别，这是人生的常态，也是我们不能避免的部分。然而，正是这些情感的交织和变化，构成了我们丰富多彩的人生经历。

接着，"月有阴晴圆缺"则是用自然现象来比喻人生的变化。月亮在不同的时间呈现出不同的形态，有时明亮圆满，有时阴暗残缺。这就像人生的起伏变化，有时我们处于人生的巅峰，一切看似完美无缺；有时我们则可能面临困境和挑战，感到人生充满了缺陷和不足。

然而，无论是人生的悲欢离合，还是月亮的阴晴圆缺，都是自然规律和生命过程中不可避免的部分。我们应该学会接受和面对这些变化，从中寻找生活的真谛和意义。同时，也要珍惜那些美好的时光，努力克服困难和挑战，使自己的人生更加充实和有意义。

总之，这句话通过生动比喻，表达了对人生无常和自然界循环的深刻理解，提醒我们要以积极的态度面对生活中的变化和挑战。

24.人生如逆旅，我亦是行人。

"人生如逆旅，我亦是行人"这句话充满了诗意和哲理，它用旅行来比喻人生，表达了人生路上的艰辛与自我定位。

"人生如逆旅"意味着人生就像一场艰难的旅行。逆旅通常指不顺利的旅途，充满了困难和挑战。这句话告诉我们，人生并不是一帆风顺的，而是充满了起伏和变化，我们需要勇敢面对各种挑战和困难。

"我亦是行人"表示在人生的这场旅途中，每个人都只是一个行人，都是过客。这句话表达了一种平等和谦逊的态度，提醒我们不要自视甚高，也不要轻视他人。我们都是这场旅行中的一部分，每个人都有自己的角色和价值。

综合来看，这句话表达了对人生艰辛的深刻理解，以及对自己在人生旅途中的定位和态度。它鼓励我们在面对困难和挑战时保持坚韧和勇敢，同时也提醒我们保持谦逊和平等的心态，珍惜与他人共同走过的旅程。

25.人生到处知何似，应似飞鸿踏雪泥。泥上偶然留指爪，鸿飞那复计东西。

"人生到处知何似，应似飞鸿踏雪泥。泥上偶然留指爪，鸿飞那复计东西"这两句诗来自北宋诗人苏轼的《和子由渑池怀旧》。下面是这两句诗的解释：

人生在世，辗转漂泊，四处奔走，这究竟像什么呢？应该就像那天空中自由翱翔的大雁，它们偶然在雪地上停留，踏出爪印。但这爪印也只是偶然留在雪地上，因为大雁要继续飞翔，它们不会停下来去计较、去思考这些爪印会留在何方。

这里的"飞鸿踏雪泥"形象地描绘了人生的无常和不可预测性。大雁的爪印，如同人生中的点滴经历，或许会在某个时刻留下痕迹，但这些痕迹都是暂时的，因为生活总是在不断前行，不会为过去的痕迹而停留。

两句诗通过"飞鸿踏雪泥"的意象，传达出对人生漂泊不定的感慨，以及对回忆的留恋与无奈。同时，也表达了诗人对于人生应该持有的豁达态度的思考：尽管生活中充满了变化和不确定性，但我们仍然应该保持内心的自由和宽广，不被过去的痕迹所束缚，继续前行，追寻更广阔的天空。

26.休言万事转头空，未转头时皆梦。

"休言万事转头空，未转头时皆梦"出自宋代苏轼的《西江月·平山堂》。这句话的意思是：不要说一切追求到头来不过一场空，在还没有回头的时候，一切都是梦境。

在这句话中，苏轼通过对比现实与梦境，表达了对人生和世事的深刻洞察。他告诫人们，不要过于执着于眼前的追求和得失，因为这些到头来都可能会变得空虚无意义。同时，他也提醒我们，即使我们身处现实之中，也应该保持一种超脱的心态，将一切看作是梦境般的虚幻。

这种对人生和世事的超然态度，既体现了苏轼的豁达和智慧，也给我们提供了一种看待生活的新视角。它告诉我们，应该以一种更加平和、淡然的心态去面对生活中的种种挑战和变化，不要过于纠结于一时的得失，而是要学会放下执念，享受生命的美好和宁静。

27.用舍由时，行藏在我，袖手何妨闲处看。

"用舍由时，行藏在我，袖手何妨闲处看"这句话传达了一种超脱世俗、随遇而安的人生态度。

"用舍由时"意味着人生的得志与失意,都是由时运决定的。它表达了一种对时运无常的接受和顺应,不因为得失而过于喜悲。

"行藏在我"则表明个人的行为和隐逸应由自己来决定,不应受外界的干扰。它强调了个人自主性和内在的力量,即使外界环境不断变化,也能保持内心的坚定和独立。

"袖手何妨闲处看"则进一步表达了诗人超脱世俗、置身事外的态度。他不愿意被世俗的纷争所牵绊,选择袖手旁观,以闲适的心态看待世间万物。这种态度既体现了一种智慧,也展现了一种超然的生活境界。

综合起来看,这句诗表达了一种超脱世俗、随遇而安、自主决定的人生态度。它鼓励人们在面对人生的得失和变化时,能够保持内心的平静和坚定,不被外界所左右,以闲适的心态享受生活的美好。

28.横看成岭侧成峰,远近高低各不同。

"横看成岭侧成峰,远近高低各不同"这句诗出自北宋诗人苏轼的《题西林壁》。这句诗的意思是:从正面、侧面看庐山山岭连绵起伏、山峰耸立,从远处、近处、高处、低处看庐山,庐山呈现各种不同的样子。

这句诗概括而形象地写出了移步换形、千姿万态的庐山风景。诗人通过从不同的角度观察庐山,得出了不同的视觉印象。这不仅体现了庐山的自然之美,也暗含了人生的哲理:对于同一事物,因为观察的角度不同,得出的结论也会有所不同。因此,我们应该多角度、全面地看待问题,避免片面和主观的偏见。

同时,这句诗也启示我们,无论面对何种困难和挑战,只要我们从不同的角度去观察和理解,总能找到解决问题的方法。这种灵活变通、多角度思考的态度,对于我们的人生和事业发展都具有重要的意义。

总之,"横看成岭侧成峰,远近高低各不同"这句诗以其精练的语言和深刻的哲理,不仅展示了庐山的自然之美,也启迪我们多角度、全面地看待问题,灵活变通地应对人生的挑战。

29.万事到头都是梦,休休。明日黄花蝶也愁。

"万事到头都是梦,休休。明日黄花蝶也愁"这句话出自北宋苏轼的《南乡子·重九涵辉楼呈徐君猷》。

"万事到头都是梦"意味着世间万般世事,无论我们如何努力争取和营求,到头来都只是一场空幻的梦境。它传达了一种对人生无常和世事如梦的深深感慨,表达了对人生虚幻性的洞察和体验。苏轼通过这句话,似乎在告诫我们,不应过分执着于世间的名利和物质追求,因为这些都是短暂且虚幻的。

"休休"是罢了、算了的意思，带有一种劝诫和自慰的语气，似乎在告诉我们应该放下执念，接受人生的无常和虚幻。

"明日黄花蝶也愁"则是进一步阐述"万事到头都是梦"的观点。这里的"明日黄花"指的是重阳节后的菊花，其色香都会大减，失去原有的美丽和吸引力。即使是迷恋菊花的蝴蝶，也会因为菊花的凋零而感到忧愁。苏轼通过这一生动的比喻，进一步强调了人生的无常和短暂，以及过分执着于美好事物的虚幻性。

整句话体现了苏轼在贬谪期间对人生的深刻反思和独特理解，表达了他以顺处逆、旷达乐观而又略带惆怅、哀愁的矛盾心境。同时，这句诗也启示我们，应该以更加豁达和超脱的心态看待人生，不被名利所累，不为物欲所困，珍惜当下，享受生活的美好。

30.粗缯大布裹生涯，腹有诗书气自华。

"粗缯大布裹生涯，腹有诗书气自华"这句诗出自宋代苏轼的《和董传留别》。这句诗的大意是：生活当中身上包裹着粗衣劣布，胸中有学问气质自然光彩夺人。

"粗缯大布"是古代一种质地粗糙的布匹，这里用来形容董传粗衣劣布，生活清贫；"裹生涯"意思是度过一生。这句诗的前半句描写了董传衣着简朴、生活清贫，但后半句立刻转折，指出他饱读诗书、满腹经纶，因此气质不凡、光彩照人。

这句诗体现了苏轼的一种人生态度，即物质生活的贫瘠并不妨碍一个人精神的富足和气质的高雅。相反，只要内心充实，有学识、有修养，就能散发出独特的光彩。这也鼓励人们在追求物质生活的同时，不要忽视对精神世界的充实和提升。

31.蜗角虚名，蝇头微利，算来著甚干忙。

"蜗角虚名，蝇头微利，算来著甚干忙"出自宋代苏轼的《满庭芳·蜗角虚名》。这句话的意思是：微小的虚名薄利，有什么值得为之忙碌不停呢？

这句词中，"蜗角"指的是蜗牛的触角，用以形容极微小的境地；"虚名"则是空洞无物的名声。而"蝇头"指的是苍蝇的头，用以比喻非常微小的利益；"微利"则是极小的利益。苏轼用这些形象生动的比喻，来形容那些人们常常为之忙碌不休的名利，实际上都是非常微小、不值得过分追求的。

整句话传达了一种淡泊名利、超脱世俗的思想。苏轼认为，人们往往为了这些微不足道的名利而疲于奔命，实际上是在浪费时间和生命。他主张人们应该摆脱这些虚名微利的束缚，追求更高层次的精神境界和生活方式。

这句话也体现了苏轼的旷达胸襟和超脱态度，他能够站在更高的角度看待人生和名利，不被世俗所累，保持一种清醒和自由的精神状态。这种思想在当今社会仍然具有重要的启示意义，提醒人们要审视自己的追求和价值观，避免陷入无尽的物质追求和名利争斗中。

32.若言琴上有琴声，放在匣中何不鸣？

"若言琴上有琴声，放在匣中何不鸣"这句诗出自北宋苏轼的《琴诗》。它的意思是：如果说琴声是来自琴本身，那么把它放在琴匣里为何它不会自己响呢？

这句诗以反问的形式，对"琴声从何而来"进行了深入探讨。它挑战了人们通常认为琴声只是来自琴本身的观点，引导读者思考更深层次的含义。

这首诗其实是在讨论一个哲学问题，即事物之间的关系和相互依赖。在这里，琴声并不是单独由琴产生的，而是需要人的弹奏才能发出声音。同样，许多事物和现象都需要与其他事物相互作用才能产生结果。

所以，这句诗通过形象的比喻，揭示了事物之间相互依存的关系，引导我们更深入地理解和思考世界的运作方式。

33.谁道人生无再少？门前流水尚能西！休将白发唱黄鸡。

"谁道人生无再少？门前流水尚能西！休将白发唱黄鸡"这句话出自宋代苏轼的《浣溪沙·游蕲水清泉寺》。

这句话的意思是：谁说人生就不能再回到少年时期？门前的溪水还能向西边流淌！不要在老年感叹时光的飞逝啊！

其中，"谁道人生无再少"表达了词人对于人生可以重新焕发青春的坚定信念，他并不认同人们普遍认为的人到老年就再无年轻时光的观念。"门前流水尚能西"则以门前的流水为喻，说明流水尚能改变方向向西流去，人生也应有重新开始的勇气和可能。"休将白发唱黄鸡"则是对那些因年老而自怨自艾的人们的劝慰，告诫他们不要因为年华老去而沮丧，不要一味沉浸在过去的时光中。

整句话充满了乐观向上的精神，鼓励人们无论年龄大小，都要保持对生活的热爱和追求，不断进取，勇往直前。同时，也表达了词人对于自然和生命的敬畏和赞美，体现了其豁达的人生态度和深厚的文化底蕴。

34.竹杖芒鞋轻胜马，谁怕？一蓑烟雨任平生。

"竹杖芒鞋轻胜马，谁怕？一蓑烟雨任平生"这句话出自宋代文学家苏轼的《定风波·莫听穿林打叶声》。它的意思是：拄着竹杖、穿着草鞋轻捷得胜过骑马，有什么可怕的？穿着一身蓑衣任凭风吹雨打，照样过我的一生。

这句话以简洁生动的语言，描绘了词人穿着简朴、行走江湖的形象。在词人眼中，竹杖和芒鞋虽然简陋，却比骑马更加轻松自在。面对风雨，他身穿蓑衣，毫无畏惧，展现出一种旷达超脱的胸襟和从容面对人生的态度。

整首词中，词人通过描绘自己在风雨中漫步的情景，表达了自己不畏困难、笑对人生的豪情壮志。这种乐观向上、豁达开朗的精神风貌，对后人有着积极的启示作用。它告诉我们，在人生的道路上，无论遇到多少困难和挑战，我们都应该保持一颗乐观的心，勇敢面对，笑对人生。

因此，这句话不仅仅是对一种生活方式的描述，更是对一种人生态度的赞颂。它鼓励我们在面对生活中的风风雨雨时，能够保持一颗平常心，从容应对，享受人生的美好。

35.博观而约取，厚积而薄发，吾告子止于此矣。

"博观而约取，厚积而薄发，吾告子止于此矣"是一句富有哲理的名言，出自北宋苏轼的《稼说送张琥》。这句话的含义十分深刻，它表达了一种治学态度和人生智慧。

其中，"博观而约取"意味着广泛阅览，并从中简约审慎地取用。在学问和知识的追求上，我们需要有广博的视野，广泛涉猎各种领域，以便获取更全面的信息和理解。但与此同时，我们也不能盲目地接受所有信息，而是需要审慎地选择和取用，提炼出对我们真正有价值的内容。这种取舍的智慧，有助于我们在繁杂的信息中找到真正有价值的东西，避免被无用的信息所干扰。

"厚积而薄发"则强调了积累和释放的关系。它告诉我们，要想有所成就，必须先有深厚的积累。这种积累可能是知识、经验、技能等各种方面的，需要我们在平时不断地努力学习和实践，才能逐渐积累起来。而当我们有了足够的积累之后，才能在关键时刻发挥出最大的效用，实现我们的目标和梦想。这种厚积薄发的智慧，鼓励我们在平时注重积累，不断充实自己，以便在未来能够更好地应对挑战和机遇。

总的来说，"博观而约取，厚积而薄发"是一种非常实用的治学态度和人生智慧。它告诉我们要有广博的视野和审慎的态度去获取知识，同时要注重积累和准备，以便在关键时刻能够发挥出最大的效用。这种智慧不仅适用于学问和知识的追求，也适用于我们生活的方方面面，可以帮助我们更好地应对各种挑战和机遇，实现自己的人生价值。

36.不用思量今古，俯仰昔人非。

"不用思量今古，俯仰昔人非"这句话出自宋代苏轼的《八声甘州·寄参寥子》。这句话的意思是：不必仔细思量古今的变迁，一俯一仰的工夫，早已物是人非。

苏轼在这句话中表达了一种达观的思想。他认为，无论是古代还是现代，社会都在不断发展和变化，人事代谢也是无常的。与其去费心思量这些变迁，不如顺其自然，以超然的态度看待人生的起伏变化。这种思想体现了他乐观豁达的人生态度。

同时，"俯仰昔人非"也揭示了时间的无情和社会的无情。在俯仰之间，昔日的故人已经不再是原来的样子，这既是对人生短暂、时光易逝的感慨，也是对社会变迁的深刻洞察。苏轼通过这句话告诉我们，面对人生的无常和变化，我们应该保持一颗平常心，不被过去的回忆所困扰，也不为未来的不确定性而担忧。

总的来说，"不用思量今古，俯仰昔人非"这句话既是对人生哲理的深刻阐述，也是对人们如何面对生活变迁的积极建议。它鼓励我们以超然的态度看待人生的起伏变化，珍惜当下，活出真我。

37.不识庐山真面目，只缘身在此山中。

"不识庐山真面目，只缘身在此山中"这句话出自宋代苏轼的《题西林壁》。它的意思是：之所以无法认清庐山的真正面目，是因为我自身处在庐山之中。

这句话富有哲理，可以用来形容一个人处于某种环境或状况中时，由于身处其中，往往难以看清事情的全貌或真相。只有当跳出这个环境或状况，从外部去观察时，才能更加客观、全面地了解和理解。

同时，这句话也告诫我们，在认识事物或解决问题时，应该尽量保持客观、全面的视角，避免被局部或片面的观点所影响，从而做出正确的判断和决策。

总之，这句话表达了一种对事物认知的深刻见解，提醒我们在面对复杂事物时，应该保持清醒的头脑，从多个角度去审视和理解。

38.近水楼台先得月，向阳花木易为春。

"近水楼台先得月，向阳花木易为春"这句诗的意思是：靠近水边的楼台因为没有树木的遮挡，能先看到月亮的投影；而迎着阳光的花木，光照条件好，所以发芽就早，最容易形成春天的景象。

这句诗通常用来比喻由于接近某些人或事物而抢先得到某种利益或便利。它也可以用来提醒人们，环境和条件对于成功的重要性。比如说，有良好的资源或者优势条件，就如同"近水楼台"或"向阳花木"，更容易取得成功或展现出优越的状态。

总的来说，这句诗不仅描绘了一种自然景象，也蕴含着丰富的人生哲理，告诫人们要善于利用有利条件和优势，积极追求自己的目标。

39.万物静观皆自得，四时佳兴与人同。

"万物静观皆自得，四时佳兴与人同"这句诗出自北宋诗人程颢的《秋日偶成》。

"万物静观皆自得"的意思是，静心观察世间万物，都能从中得到自然的乐趣。这里的"静观"是对待事物的态度，要求人们以平静、淡定的心态去观察和理解世界，而不是浮躁和急功近利。而"皆自得"则表达了这种观察方式带来的积极效果，即每个人都能从中得到属于自己的领悟和乐趣。

"四时佳兴与人同"则进一步将这种自然乐趣与人的情感联系起来。四季轮转中美好的风光和景象，引发人们共同的兴致和感受，这体现了人与自然之间的和谐关系，以及人类情感的普遍性。

整句诗既表达了一种对待生活的哲学态度，即静心观察、领悟自然；又揭示了人与自然、人与人之间的情感共鸣。它鼓励人们保持一颗平静的心，去发现生活中的美好，并与他人分享这种美好。

在现代社会中，这句诗仍然具有重要的启示意义。它提醒我们在快节奏的生活中保持内心的平静，以更加积极、乐观的态度去面对挑战和困难，发现生活中的乐趣和意义。同时，也强调了人与自然、人与人之间的和谐共生关系，倡导一种更加宽容、理解、共享的生活方式。

40.莫言下岭便无难，赚得行人错喜欢。

"莫言下岭便无难，赚得行人错喜欢"这句诗出自宋代诗人杨万里的《过松源晨炊漆公店》。它的意思是：不要说从山岭上下来就没有困难，这句话骗得前来爬山的人白白地欢喜一场。

这句诗语言浅显易懂，借助景物描写和生动形象的比喻，通过写山区行路的感受，说明一个具有普遍意义的深刻道理：人们无论做什么事，都要对前进道路上的困难做好充分的估计。这里的"错喜欢"指的是行人因为误以为下岭容易而产生的短暂喜悦，然而实际上，下岭的路途同样充满了挑战和困难。

诗人用"莫言"和"赚得"两个词，既像是自诫，又像是在提醒他人，下岭的路程并非想象中那么轻松简单。这也提醒我们在生活中，面对任何情况都不应掉以轻心，而应保持警惕，对可能遇到的困难有充分的预估和准备。

总的来说，这句诗既是一种生活的智慧，也是对人们心态的一种提醒和告诫。

41.到得前头山脚尽，堂堂溪水出前村。

"到得前头山脚尽，堂堂溪水出前村"这句诗出自宋代诗人杨万里的《桂源铺》。这句诗描述了一条小溪历经重重万山的阻隔，在山间日夜喧嚣奔流，最终来到前边的山脚尽头，汇聚成大的溪流，愉悦通畅地流出前方的村庄。

其中，"到得前头山脚尽"描绘了溪水经过漫长的跋涉，终于突破了万山的阻挡，来到了山脚的尽头。这里的"尽"字，既表示了空间的尽头，也暗示了溪水历经艰辛后终于到达目的地的情感满足。

"堂堂溪水出前村"则进一步描绘了溪水汇聚成大的溪流，以堂堂之姿流出前村的景象。这里的"堂堂"一词，既形容了溪水汇聚后的壮观景象，也赋予了溪水一种自信和力量的象征。

整句诗通过描绘溪水的奔流过程，寄寓了诗人对于人生和社会的深刻思考。它告诉我们，就像溪水一样，人生也会遇到各种困难和阻碍，但只要我们有坚定的信念和不懈的努力，就一定能够突破困境，实现自我价值。同时，这句诗也赞美了那种坚韧不拔、勇往直前的精神品质，鼓励我们在面对困难和挑战时，要勇往直前，不断追求进步和成长。

42.政入万山围子里，一山放出一山拦。

"政入万山围子里，一山放出一山拦"这句诗出自宋代诗人杨万里的《过松源晨炊漆公店》。这句诗的意思是：当你进入万山之中，刚攀过一座山，另一座山立刻出现阻拦去路。

这句诗以生动的形象和贴切的比喻，描绘了行人在山间行走时不断遇到新的山峰阻挡的情景。它暗示了人生旅途中的困难和挑战总是接连不断，仿佛一座座山峰连绵不绝，需要我们不断地去攀登和克服。

同时，这句诗也表达了诗人对于人生的深刻理解和感悟。它告诉我们，在面对困难和挑战时，我们不能被眼前的困难所吓倒，也不能因为一时的成功而沾沾自喜。我们应该保持冷静和清醒的头脑，不断寻找解决问题的方法和途径，勇往直前，不断追求更高的目标。

总的来说，这句诗以其简洁明快、形象生动的语言，向我们传递了积极面对困难、勇于攀登高峰的人生哲理。

43.吹开红紫还吹落，一种东风两样心。

"吹开红紫还吹落，一种东风两样心"这句诗出自宋代诗人范成大的《晚步西园》。这句诗的字面意思是：东风既能吹开姹紫嫣红的花朵，也能将花朵吹落。同一种东风，却带来了两种截然不同的结果，仿佛具有两种不同的心意。

在更深的层次上，这句诗体现了自然界中事物发展的两面性和无常性。东风作为自然界的力量，既带来了生命的繁荣和美丽（吹开红紫），也带来了生命的凋零和消逝（吹落红紫），这种对比反映了生命的无常和世界的多样性。

同时，这句诗也可以被理解为对人生和世事的感慨。人生中充满了起伏和变化，就像东风对待花朵一样，既有给予也有剥夺。而"一种东风两样心"则表达了人们对于同一事物可能产生的不同感受和看法，反映了人心的复杂性和多样性。

总的来说，这句诗以其深刻的哲理和生动的意象，引导我们思考自然界和人生的复杂性，以及我们对世界的不同理解和感受。

44.不如意事常八九，可与语人无二三。

"不如意事常八九，可与语人无二三"这句诗出自宋代诗人方岳的《别子才司令》。它深刻地描绘了人生中常有的困境和孤独感，也揭示了人际关系的复杂性和人在面对不如意事时的无奈。

"不如意事常八九"意味着在人生的大部分时间里，我们都会遭遇到各种不顺利、不如意的事情。这可能是因为生活的复杂性和多变性，也可能是因为个人的期望与现实的差距。无论是工作上的挫折，还是生活中的琐事，不如意之事总是时常发生，让人无法避免。

"可与语人无二三"则揭示了人们在面对这些不如意事时的孤独感。尽管每个人都会遭遇困难，但真正能够理解、安慰或提供帮助的人却寥寥无几。有时候，我们可能想要倾诉自己的烦恼，但发现身边能够真正理解我们的人并不多。这可能是因为人们的经历和观念不同，也可能是因为人性的复杂和自私。

这句诗表达了一种对人生境遇的无奈和感慨。它告诉我们，在面对不如意事时，我们往往需要独自承受，寻找内心的力量去应对。同时，它也提醒我们，应该更加珍惜那些能够真正理解、支持我们的人，因为他们的存在是我们人生中最宝贵的财富。

总的来说，这句诗以一种简洁而深刻的方式，描绘了人生中的困境和孤独感，也表达了对于人际关系的独特理解。它让我们更加深刻地认识到人生的复杂性和多变性，以及在面对困难时应该如何去应对和珍惜身边的支持者。

45.江上春山远，山下暮云长。

"江上春山远，山下暮云长"这句话描绘了一幅春日江畔的壮丽画卷。在这里，"江上"二字开篇即点明了场景是在广阔的江面之上，而"春山远"则进一步描绘出远处春山的轮廓，给人以空间上的深远感。春天的山峦，在诗人的笔下仿佛被赋予了生命，它们静静地伫立在远方，与江水相映成趣。

接着，"山下暮云长"一句，将视角从江面转向了山下的天空。这里的"暮云"指的是傍晚时分的云彩，它们在天空中舒展开来，仿佛与山峦相接，形成了一幅连绵不绝的画卷。"长"字则进一步强调了暮云的绵延和广阔，使得整个画面更加生动和立体。

这句诗不仅描绘了自然景色的壮美，还融入了诗人对春日的独特感受。春山的远影、暮云的绵长，都透露出一种宁静而深远的气息，让人仿佛能够感受到春天的气息和生命的律动。同时，这句诗也展现了诗人对自然的敬畏和赞美之情，他通过细腻的描绘和生动的比喻，将自然的美妙之处呈现得淋漓尽致。

总的来说，"江上春山远，山下暮云长"这句诗以其简洁而富有画面感的语言，成功地描绘出了一幅春日江畔的壮丽画卷，让人在欣赏美景的同时，也能感受到诗人的情感与心境。

46. 生当作人杰，死亦为鬼雄。

"生当作人杰，死亦为鬼雄"这句话出自宋代李清照的《夏日绝句》。这句诗的意思是：活着就要当人中的俊杰，死了也要做鬼中的英雄。

这句诗表达的是一种高尚的情操和壮志豪情。李清照用"人杰"和"鬼雄"来形容英雄人物，表达了对于英勇无畏、坚强不屈的精神的崇敬和赞美。同时，她也通过这句话，传递出一种强烈的生命力和不屈不挠的斗志，鼓励人们在生活中要积极向上，勇于面对困难和挑战，不断追求更高的境界和更伟大的成就。

这句诗在中国文化中广为人知，常被用来赞美那些英勇无畏、具有高尚情操的英雄人物，也鼓舞着人们在生活中不断追求进步和超越自我。

47. 莫等闲，白了少年头，空悲切！

"莫等闲，白了少年头，空悲切"这句话出自宋代岳飞的《满江红·写怀》。其意思是：不要虚度年华，花白了少年黑发，只有独自悔恨悲悲切切。

这句词以一种激昂慷慨、悲壮激昂的情感，激励人们要珍惜时光、把握青春、努力奋斗，以免将来后悔莫及。它是对人生短暂、青春易逝的深刻感悟，也是对勤勉努力、积极进取的强烈呼吁。

在现代社会，这句话依然具有很强的现实意义。它提醒我们，要时刻保持积极向上的心态，不断追求进步和发展，珍惜每一分每一秒，充分利用自己的潜力和才华，为实现自己的梦想和目标而不懈努力。

48.华鬓星星，惊壮志成虚，此身如寄。

"华鬓星星，惊壮志成虚，此身如寄"这句话的含义十分深刻，它表达了对年华流逝和壮志未酬的感慨。

首先，"华鬓星星"形容的是头发已经斑白，如同繁星点点。这里的"华鬓"指的是斑白的头发，而"星星"则形象地描绘了头发上的白斑，寓意着岁月的流逝和年华的老去。

其次，"惊壮志成虚"则表达了词人对未能实现自己的雄心壮志的惊愕和惋惜。这里的"壮志"指的是年轻时立下的远大志向，而"成虚"则意味着这些志向都未能实现，成了虚妄。

最后，"此身如寄"则是对自己人生状态的描绘，表达了词人对自己如同寄居他乡、无依无靠的感慨。这种感慨既包含了对过去的回忆和遗憾，也包含了对未来的迷茫和不安。

整体来看，这句话表达了词人对年华老去、壮志未酬的深深感慨，同时也透露出对人生无常和命运多舛的无奈和悲凉。它提醒我们珍惜时光，努力实现自己的梦想和目标，不要让自己的人生留下遗憾。

49.十丈战尘孤壮志，一簪华发醉秋风。

"十丈战尘孤壮志，一簪华发醉秋风"这句诗充满了深沉的情感和强烈的画面感，是对壮志未酬、年华已逝的感慨和描绘。

"十丈战尘孤壮志"描绘了战场上烟尘滚滚、战鼓雷鸣的壮烈景象，而诗人却在这其中孤独地坚守着自己的壮志。这里的"十丈"并非实指，而是用夸张的手法来强化战场的广阔和烟尘的浓烈，进一步衬托出诗人壮志凌云的豪迈气概。同时，"孤"字也透露出诗人在战场上的孤独和无助，尽管他有着坚定的信念和豪情壮志，但面对战争的残酷和无情，他也感到了深深的无奈和孤独。

"一簪华发醉秋风"则是对诗人自身状态的描绘。这里的"一簪华发"形象地展示了诗人年华已逝、白发丛生的形象。而"醉秋风"则进一步渲染了诗人内心的悲凉和孤独，他在秋风中独自喝醉，与秋风为伴，更显出他的寂寥和落寞。

整句诗通过对比和反差的手法，既展现了诗人当年的豪情壮志和战场上的英勇形象，又揭示了他现在的孤独和无助，以及年华已逝的悲凉。这种对比使得诗人的情感更加深沉和强烈，也让读者更加能够感受到他的内心世界。

总的来说，这句诗是对壮志未酬、年华已逝的深沉感慨，同时也展现了诗人在面对人生困境时的坚韧和孤独。它让我们思考如何在有限的生命中坚守自己的信念和追求，即使面临困境和挫折，也要保持内心的坚定和豪情。

50.文章本天成，妙手偶得之。

"文章本天成，妙手偶得之"这句诗出自南宋诗人陆游的《文章》。它的意思是：文章本是自然而成的，就像大千世界美妙无比，但真正要写出好文章，则全赖作家高超的驾驭文字的能力，文章妙处，并非只在辞采，而在于立意新颖、构思巧妙。

这句诗体现了陆游对于创作的深刻见解。他认为，好的文章并不是刻意雕琢、堆砌辞藻而来的，而是应该像自然万物一样，天生地设，自然而成。而真正的妙手，能够在偶然之间捕捉到这些自然的灵感，将其化为精彩的文字。

这种创作观念强调了自然、真实与灵感的重要性，同时也对创作者提出了更高的要求。它鼓励人们在创作时保持一种自然、放松的状态，让灵感自由流淌，而不是刻意追求形式和技巧。同时，也需要具备敏锐的洞察力和高超的文字驾驭能力，能够捕捉并表达出那些微妙的、难以言传的情感和思想。

总的来说，这句诗不仅是对创作过程的一种生动描述，也是对创作者的一种鞭策和启示。它告诉我们，好的文章需要自然流露、灵感闪现，同时也需要高超的技巧和深刻的思考来完善和提升。

51.胡部何为者，豪竹杂哀丝。后夔不复作，千载谁与期？

"胡部何为者，豪竹杂哀丝。后夔不复作，千载谁与期"出自宋代诗人陆游的《文章》。

这两句诗的大致意思是：胡人的音乐是怎样的呢？就是一些管弦与丝竹合奏出的音乐。后夔（传说是舜的乐官）那样的音乐巨匠不再写音乐了，千年以来，谁又能跟他相比呢？

这两句诗中，陆游通过描绘胡乐的特点，表达了对古乐的怀念与对当下音乐的不满。他借用"后夔不复作，千载谁与期"来感叹音乐艺术的衰落，希望出现像后夔那样的音乐巨匠来重振音乐艺术的辉煌。

"豪竹杂哀丝"形容管弦乐声悲壮动人，而"后夔不复作"则是对古代音乐艺术高峰的怀念与追忆，两句诗流露出诗人对艺术真谛的追求和对时代变迁的感慨。

在理解这两句诗时，我们可以体会到陆游对艺术的深厚情感和对音乐艺术的独特见解。他通过这两句诗，不仅表达了对古代音乐艺术的赞美，也寄托了自己对艺术真谛的追求和对未来的期待。

52.山重水复疑无路，柳暗花明又一村。

"山重水复疑无路，柳暗花明又一村"这句诗出自宋代诗人陆游的《游山西村》。它描述了在困境中前行的经历，以及随后意外发现新出路的喜悦。

"山重水复疑无路"形容了在重重山峦和道道水流的阻挡下，前行的道路似乎已经走到了尽头，让人心生疑虑，感到无所适从。这里的"山重水复"不仅是对自然环境的描绘，也暗喻了生活中所遇到的种种困难和挑战。

而"柳暗花明又一村"则是在经历了前面的困境之后，突然发现了一片新的天地。柳树的阴影深处，花儿开得正艳，眼前又出现了一个村庄。这里的"柳暗花明"形象地表达了从困境中走出，看到新的希望的喜悦心情。同时，"又一村"也暗示着生活中总会有新的转机和可能性，我们坚持前行，总会找到新的出路。

这句诗通过生动的描绘和巧妙的比喻，表达诗人在困境中不放弃、坚持前行的精神，以及对于生活的乐观态度和积极向上的精神风貌。它告诉我们，在面对困难和挑战时，不要轻易放弃，要相信生活中总会有新的希望和机遇等待着我们。

53.古人学问无遗力，少壮工夫老始成。

"古人学问无遗力，少壮工夫老始成"这句诗出自宋代诗人陆游的《冬夜读书示子聿》。这句诗的意思是：古人做学问是不遗余力的，往往要到老年才取得成就。

其中，"无遗力"三字，强调了古人做学问的刻苦勤奋、孜孜不倦程度，既表现了对古人做学问精神的赞扬，又告诫儿子，要想做好学问，必须有孜孜不倦、持之以恒的精神。而"少壮工夫老始成"则是说，从年轻时代开始努力，只有经过长期的勤奋学习，到了老年，学问才会有所成就。

整首诗是陆游写给小儿子陆聿的，希望他能珍惜时光、努力学习，同时也传达出诗人自己的治学态度。这句诗既包含了诗人的劝勉之意，也表达了对儿子的期望之情，是一句具有深刻教育意义的诗句。

54.悲莫悲生离别，乐莫乐新相识，儿女古今情。

"悲莫悲生离别，乐莫乐新相识，儿女古今情"这句话的意思可以解释为：人生最悲伤的事情莫过于生离死别，而最快乐的事情莫过于结识新的朋友，这种情感是古今儿女共有的。

这句话表达出对人生情感变化的深刻洞察。它首先指出离别是人生中最令人悲痛的事情之一。无论是亲人、朋友还是爱人的离别，都会给人带来巨大的痛苦和失落感。因为离别意味着失去了与对方的相处时光和共同经历，让人感到无比惋惜和不舍。

然而，与此相反，词句又提到结识新朋友是人生中最快乐的事情之一。新朋友的到来可以带来新鲜感、兴奋感和新的可能性，让人感受到生活的美好和丰富。

与新朋友的相处也会带来欢乐、分享和成长，使人的生活更加充实和有意义。

最后，"儿女古今情"强调了这种情感是古今儿女共有的。无论是古代还是现代，无论是哪个国家、哪种文化背景，人们都会经历离别和新相识带来的情感变化。这种情感的普遍性说明了它在人类生活中的重要性和不可或缺性。

整句话通过对比和概括的方式，生动地描绘了人生中的离别与新相识所带来的情感变化，表达了人们对情感的珍视和对人生的深刻思考。

55.今古恨，几千般，只应离合是悲欢？

这句话的意思是：古往今来使人遗憾的事情，何止千件万般，难道只有离别才使人悲伤，聚会才使人欢颜？

辛弃疾在这句话中用反问的语气表达了对离别与悲欢的深刻理解。他并不认为离别是唯一的悲伤之源，聚会是唯一的欢乐所在。实际上，人生中的遗憾和悲欢离合多种多样，远不止离别和聚会这两种情况。

这种表达方式，既拓宽了词作的意境，也增加了其深度和复杂性。它让我们意识到，生活中的悲欢离合其实是一种普遍存在的现象，每个人都会在不同的人生阶段经历不同的悲欢离合，我们应该以更加开放和包容的心态，去面对这些人生的起伏和变化。

同时，这句话也反映了辛弃疾对于人生哲理的深入思考。他并不简单地看待人生的离合悲欢，而是将其视为一种复杂而多元的情感体验。这种体验，既包含了对于过去美好时光的怀念和留恋，也包含了对于未来不确定性的担忧和期待。

总的来说，"今古恨，几千般，只应离合是悲欢"这句话以深邃的思考和独特的表达方式，展现了辛弃疾对于人生悲欢离合的深刻理解，也为我们提供了一种更加全面和深入的人生视角。

56.人间万事，毫发常重泰山轻。

"人间万事，毫发常重泰山轻"出自宋代辛弃疾的《水调歌头·壬子三山被召陈端仁给事饮饯席上作》。这句话的意思是：在人间万事之中，往往将细微的小事看得很重，而将重大的事情看得很轻。

这句话反映了辛弃疾对当时的社会现象的一种批判和反思。在辛弃疾看来，人们常常因为一些微不足道的小事而斤斤计较，却忽视了那些真正重要、关乎大局的事情。这种本末倒置的态度，不仅阻碍了社会的进步和发展，也让人们的精神世界变得狭隘和肤浅。

同时，这句话也体现了辛弃疾对人生价值观的深刻思考。他认为，人们应该树立正确的价值观，将重心放在那些真正有意义、有价值的事情上，而不是被琐事所牵绊。只有这样，才能实现自己的人生价值，为社会的进步和发展做出贡献。

总之，"人间万事，毫发常重泰山轻"这句话以其深刻的哲理和独到的见解，成了中国文学史上的经典之句，也为我们提供了宝贵的启示和思考。

57.众里寻他千百度。蓦然回首，那人却在，灯火阑珊处。

"众里寻他千百度。蓦然回首，那人却在，灯火阑珊处"这句话出自宋代词人辛弃疾的《青玉案·元夕》。意思是：我在人群中寻找那人千百回，猛然一回头，不经意间却在灯火零落之处发现了那人。

这首词的上片描写元宵佳节满城灯火、游人如云，一片繁华热闹景象；下片描写主人公在众人狂欢中观灯时碰上一个意中人，在短暂的接近后却失掉了对方，然而最后又在灯火阑珊处发现了对方，表现了词人对自己心上人的思念和爱恋。

"众里寻他千百度"表现了词人对自己心上人的执着追求和无尽的思念，而"蓦然回首，那人却在，灯火阑珊处"则表达了词人在不经意间发现心上人的惊喜和感动。整首词意境深远、情感真挚，充满了词人对爱情的向往和追求。

此外，这句话也常常被用来形容人们在追求某个目标或寻找某个答案时，经历了许多艰辛和曲折，最终却在不经意间得到了答案或实现了目标的情境。它传递了一种"踏破铁鞋无觅处，得来全不费工夫"的哲理，提醒人们在追求目标时要有耐心，要学会坚持，同时也要保持敏锐的感知和开放的心态，以便在不经意间捕捉到那些重要的信息和机会。

58.青山遮不住，毕竟东流去。

"青山遮不住，毕竟东流去"这句话出自宋代著名词人辛弃疾的《菩萨蛮·书江西造口壁》。这首词是辛弃疾在江西任职期间，面对眼前的江水与青山，有感而发，写下的一首抒发壮志难酬与家国情怀的佳作。

这句话以"青山"与"东流"的江水为意象，构建了一幅既壮美又富有哲理的画面。青山巍峨，似乎想要阻挡江水的去路，但江水却不为所动，依然滔滔不绝地向东流去。在这里，"青山"可以象征人生中的种种障碍与困难，而"东流"的江水则代表了时间的流逝与历史的进程，也寓意着个人的理想、抱负或国家的命运，是任何力量都无法阻挡的。

"遮不住"三字掷地有声，表达了词人对于江水终将冲破一切阻碍、继续前行的坚定信念。这不仅是对自然景象的生动描绘，更是对人生哲理的深刻阐述。它告诉我们，无论面对多大的困难和挑战，只要我们坚持自己的信念和追求，就一定能够克服一切，实现自己的目标。

同时，这句话也蕴含了词人对家国命运的深沉感慨。在南宋末年的动荡时局中，辛弃疾以这句话表达了他对国家前途的忧虑与对未来的坚定信念。青山虽高，却挡不住江水东流，暗喻着无论时局如何艰难，国家的命运与历史的潮流终将向前发展。这种对未来的乐观态度与对国家的深厚情感，使得这句话超越了时空的限制，成了激励后人的经典名言。

总之，"青山遮不住，毕竟东流去"以其生动的意象、深刻的哲理和丰富的情感内涵，不仅展现了辛弃疾的文学才华与家国情怀，更成了鼓舞人心、激励斗志的永恒佳句。

59. 先天下之忧而忧，后天下之乐而乐。

"先天下之忧而忧，后天下之乐而乐"出自宋代范仲淹的《岳阳楼记》。这句话的意思是：为官者（作者当时的身份）应把国家、民族的利益摆在首位，为祖国的前途、命运担忧分愁，为天底下的人民幸福出力、流汗，表现出作者远大的政治抱负和伟大的胸襟胆魄。

这句诗描绘了诗人身居江湖、心忧国事的情怀。他虽遭迫害，却仍不放弃理想，展现出一种超越个人、心系国家人民的伟大感受。它是对仁人志士理想光辉的赞美，也是对人们应当如何面对国家、社会、人民的责任与担当的深刻提醒。

在今天，"先天下之忧而忧，后天下之乐而乐"依然具有深刻的现实意义。它提醒我们，作为社会的一员，我们应当有高度的责任感和使命感，关注国家的前途命运，关心人民的福祉安康，积极投身于社会建设和发展中，为实现中华民族的伟大复兴贡献自己的力量。

因此，这句话不仅是一种政治理想，也是一种人生哲学，它鼓励我们在面对困难和挑战时，始终保持忧国忧民的情怀，以天下为己任，积极担当，无私奉献。

60. 向来枉费推移力，此日中流自在行。

"向来枉费推移力，此日中流自在行"这句诗出自宋代朱熹的《观书有感·其二》。它的意思是：以往花费许多力量也不能推动船只，今天却能在江水中央自在地顺漂。

这句诗主要描述的是作者对于读书有感的情景。在诗中，作者用行船比喻读书做功，暗示人们读书求学做功，需要花费力气，但是若枉费力气，不会有成效；如果用心读，用心做功，那么就会像船在江水中自在漂流一样，轻松自如，事半功倍。

因此，这句诗也常被用来鼓励人们在学习和工作中要用心去做，不要只是表面上用功，这样才能取得更好的效果和成绩。它告诉我们，只有真正理解和掌握了知识，才能自如地运用它，否则即使花费再多的力气也是徒劳无功的。

61.少年易老学难成，一寸光阴不可轻。

"少年易老学难成，一寸光阴不可轻"这句诗出自宋代朱熹的《劝学诗》。它的意思是：青春的日子十分容易逝去，做学问却很难获得成功，所以每一寸光阴都要珍惜，不能轻易放过。

这句诗告诉我们，时间是非常宝贵的，尤其是对于年轻人来说，青春易逝，如果不珍惜时间努力学习，那么很难在学问上有所成就。因此，我们应该珍惜每一分每一秒，充分利用时间来学习和成长。

同时，这句诗也强调了学问的重要性。学习是困难的，只有通过不断学习和努力，我们才能够获得成功和成长。因此，我们不能轻视学习，更不能浪费时间。

总的来说，这句诗以一种简洁而深刻的方式，传达了珍惜时间和努力学习的重要性，对于每一个人来说，都是值得铭记和践行的座右铭。

62.半亩方塘一鉴开，天光云影共徘徊。

"半亩方塘一鉴开，天光云影共徘徊"这句诗出自宋代朱熹的《观书有感·其一》。这句诗的意思是：半亩大的方形池塘像一面镜子一样打开，清澈明净，天光、云影在水面上闪耀浮动。

"半亩方塘"指的是一个不大的池塘，而"一鉴开"则形容池塘像一面打开的镜子，清澈透明。诗人通过"天光云影共徘徊"的描绘，生动展现了池塘中倒映着的天光和云影，它们在水面上摇曳生姿、相互交织，形成了一幅美丽的画面。

这句诗不仅描绘了自然景色的美丽，也寓含了深刻的哲理。它表达了诗人对知识的追求和理解，认为知识就像这清澈的池塘，能够映照出天光和云影，让人看到更广阔的世界。同时，它也暗示了只有不断积累和学习，才能开阔眼界，领悟更多的道理。

总的来说，这句诗通过生动形象的描绘，将自然景色与哲理巧妙地融合在一起，既有美的享受，又富有哲理的思考，是朱熹诗作中的经典之句。

63.问渠那得清如许？为有源头活水来。

"问渠那得清如许？为有源头活水来"这句诗出自宋代学者朱熹的《观书有感·其一》。它的字面意思是：问池塘里的水为何这样清澈呢？是因为有永不枯竭的源头源源不断地为它输送活水。

然而，这句诗所蕴含的哲理远超其字面意义。它实际上是在借水之清澈是因为有源头活水不断注入，来暗喻人要心灵澄明，就得认真读书，时时补充新知识。

也就是说，只有不断学习新知识，不断充实自己，我们的思想和心灵才能保持清晰和活力。

这里的"渠"指的是池塘，"那得"是怎么能的意思，"如许"则是如此、这样。而"源头活水"不仅是指物理上的水源，更是象征了知识和智慧的不竭源泉。只有保持对知识的渴望和追求，不断从源头汲取活水，我们的思想和心灵才能保持清澈和活力。

总的来说，这句诗以生动的形象和深邃的哲理，鼓励人们保持对知识的追求和热爱，不断充实自己，以实现个人成长和精神的提升。

64.人生如寄，何事辛苦怨斜晖。

"人生如寄，何事辛苦怨斜晖"是一句富有哲理的词句。其中，"人生如寄"意味着人的生命短暂而脆弱，就像暂时寄居在这个世界上一样。而"何事辛苦怨斜晖"则表达了对于人生短暂、时光易逝的感慨，同时也在反问，为何还要因为生活的艰辛而怨恨那傍晚西斜的阳光，即怨恨时光的流逝。

整句话传达了一种对人生无常和时光易逝的深刻认识，同时也透露出一种面对生活艰辛时的无奈和反思。它提醒人们要珍惜眼前的时光，积极面对生活的挑战，不要因为一时的困苦而怨天尤人，而是要积极寻求解决问题的方法，努力让自己的人生更加充实和有意义。

如需更多对这句词的理解，可以查阅古诗词鉴赏类书籍，或咨询汉语言专业领域的专家学者，以获取更深入的分析和解读。

65.等闲识得东风面，万紫千红总是春。

"等闲识得东风面，万紫千红总是春"这句诗出自宋代诗人朱熹的《春日》。这句诗的意思是：谁都可以看出春天的面貌，春风吹得百花开放、万紫千红，到处都是春天的景致。

其中，"等闲"意为平常、轻易，而"东风"在这里指的是春风。诗人通过描绘春天的美丽景象，表达了对大自然的热爱和欣赏。同时，这句诗也寓含着深刻的哲理，它告诉我们，生活中的美好和幸福往往就在我们身边，只要我们用心去感受，就能发现它们的存在。

此外，"万紫千红"这个词语不仅形容了春天的绚丽多彩，也成了后来人们形容繁华盛丽、丰富多彩景象的常用表达。而"总是春"则表达了春天的恒常与普遍，也暗示了诗人对生活中美好事物的永恒追求和向往。

总的来说，这句诗以其生动的描绘和深刻的哲理，成了人们传颂千古的名句，也启发了人们对生活和自然的更深入的思考和感悟。

66.梅须逊雪三分白，雪却输梅一段香。

"梅须逊雪三分白,雪却输梅一段香"这句诗出自宋代诗人卢梅坡的《雪梅》。它的意思是：梅花虽然在某些方面比不上雪的晶莹洁白，但雪却输给了梅花那独特的清香。

这句诗通过对比梅花和雪的不同特点，既展现了梅花和雪各自的美，又揭示了它们各自的不足之处。梅花虽然颜色不如雪那样洁白无瑕，但它却拥有一种独特的芬芳，这是雪所无法比拟的。同样，雪虽然洁白如玉，但它却缺乏梅花的那种芬芳气息。

这句诗也可以用来比喻人和事物。它告诉我们，每个人都有自己的优点和不足，没有谁是完美的。我们应该欣赏每个人的独特之处，而不是过于苛求完美。同时，这句诗也鼓励我们在面对自己的不足时不要气馁，而是要看到自己的优点和长处，发挥自己的潜力，努力成为更好的自己。

总的来说，"梅须逊雪三分白，雪却输梅一段香"这句诗通过对比梅花和雪的特点，传达了一种欣赏差异、接纳不足的人生哲学。它让我们更加深刻地认识到人和事物的多样性，并鼓励我们在生活中保持开放和包容的心态。

67.故君子之治人也，即以其人之道，还治其人之身。

"故君子之治人也,即以其人之道,还治其人之身"是一句经典的汉语古语，意思是以对方的手段或方法来对付对方。

其中，"以其人之道"表示利用对方所使用的手段或方法。这里的"其人"指的是对方，而"道"则代表方法、手段或策略。这句话的前半部分强调了学习的过程，即观察和理解对方的行为方式。

接下来，"还治其人之身"则表示将这些手段或方法反过来用在对方身上。这是一种以牙还牙、以眼还眼的应对策略，旨在让对方体验到自己的行为所带来的后果。这不仅仅是对对方行为的直接回应，更是对对方行为的一种批判和警告。

整体来看，这句话表达了一种既机智又公正的应对策略。它告诉我们，在面对他人的不当行为时，我们可以通过学习和模仿对方的手段来反击，从而让对方认识到自己的错误并承担相应的后果。同时，这种策略也体现了公平和正义的原则，因为它不是单纯地报复或惩罚对方，而是让对方通过体验自己的行为来认识到自己的错误。

在现代社会中，这句话依然具有很强的现实意义。它提醒我们在处理人际关系时，要学会观察和理解他人的行为方式，并根据情况采取合适的应对策略。同时，我们也要意识到自己的行为可能对他人产生影响，因此应该尽量避免使用不当的手段或方法来对待他人。

68.臣心一片磁针石，不指南方不肯休。

"臣心一片磁针石，不指南方不肯休"是南宋诗人文天祥在《扬子江》一诗中的名句。这句话的意思是：我的心就像那一根磁针，不指向南方就誓不罢休。在这里，"磁针石"是指南宋时期用于指示方向的磁针，而"南方"则指文天祥矢志坚守的南宋王朝。这句诗表达了文天祥对南宋的忠贞不渝之情，以及他坚定不移、永不放弃的决心，即使面临重重困难和挑战，他也将矢志不渝地坚守自己的信仰和追求，直至实现目标。这种精神体现了文天祥的爱国情操和坚韧不拔的品质，具有深远的历史和文化内涵。

第六章　元

1.月有盈亏花有开谢，想人生最苦离别。

"月有盈亏花有开谢，想人生最苦离别"这句话从自然景象入手，借月亮的盈亏和花朵的开谢，来比喻人生的无常和变化。

首先，"月有盈亏花有开谢"形象地描绘了自然界中月亮和花朵的周期性变化。月亮有圆有缺，象征着时光流转和世事的无常；花朵则有盛开和凋谢的过程，代表着生命的兴衰和更迭。

接着，"想人生最苦离别"，诗人从自然景象转向人生感悟。离别是人生中无法避免的一部分，它带来了深深的痛苦和无尽的思念。在人生的旅途中，我们会与亲人、朋友、爱人等产生深厚的情感联系，而一旦面临离别，那种失落和痛苦往往难以言表。

整句话通过自然与人生的对比，传达出诗人对人生无常和离别之苦的深刻体验。它鼓励我们要珍惜眼前的时光和身边的人，同时也提醒我们在面对离别时要保持坚韧和乐观的心态。

总的来说，这句话以其独特的意象和深邃的情感内涵，成为表达人生无常和离别之苦的经典之句。

2.不要人夸好颜色，只留清气满乾坤。

"不要人夸好颜色，只留清气满乾坤"这句诗，出自元代王冕的《墨梅》，以梅之韵寓言人之骨，意境幽远，引人深思。

诗人以"好颜色"之艳，对比"清气满乾坤"之雅，前者乃世俗之眼所追逐之浮华，后者则是心灵深处之纯净与深远之韵。梅花，于此不仅是冬日里的一抹风景，更是诗人高洁品格的化身。此对比，犹如明镜，映照出内在品质之重于泰山，外在浮华之轻于鸿毛。诗人以此，抒发了对虚荣之世的淡然，对精神高地与道德巅峰的无限向往。

此句，是诗人淡泊名利、坚守初心的深情告白。它轻吟浅唱，告诉我们：真正之珍贵，非在于世人之眼，非在于赞誉之词，而在于内心之清澈与高洁，以及那份能温暖乾坤、照亮人心的力量。诗人以梅自喻，展现了自己超脱物欲、追求精神自由的坚定步伐，亦如灯塔，指引着我们追寻内在之美德，拥抱那永恒之价值，而非沉溺于瞬息之虚荣，迷失于表面之光彩。

诗中更蕴含了一种超然物外、独善其身的豁达。诗人不畏世俗眼光，不拘泥于他人评价，只愿随心而动、逐梦而行。这份超脱与独立，如同山间清风，吹散了尘世的喧嚣，留给我们一份宁静与深思。在纷繁复杂之世，我们当以此为镜，学习那份不为外界所动、坚守内心之光的勇气与智慧。

3.人生万事须自为，跬步江山即寥廓。

"人生万事须自为，跬步江山即寥廓"这句诗，以其凝练的笔触和深远的意境，展现了人生的哲理与奋斗的壮志。它出自《王氏能远楼》，是诗人对人生真谛的深刻体悟。

诗人以"人生万事须自为"开篇，直接道出了人生的核心要义：万事皆需依靠自己去努力、去争取。这句话像一盏明灯，照亮了人们前行的道路，提醒我们不能依赖他人，要勇于承担起自己的人生责任。它是对个人主动性和自我价值的肯定，也是对人生奋斗精神的颂扬。

紧接着，"跬步江山即寥廓"以生动的比喻，描绘了奋斗的意义和前景。跬步虽小，却是前行的基础；江山广阔，却始于脚下的每一步。这句诗告诉我们，只要我们脚踏实地、勇往直前，即使每一步都显得微不足道，也能在不知不觉中走出自己的广阔天地。它鼓励人们要珍视每一个微小的进步，因为正是这些进步汇聚成了人生的辉煌。

这句诗不仅蕴含了深刻的哲理，还富有诗意的美感。它用简洁的语言和生动的意象，将人生的奋斗与追求描绘得淋漓尽致，读来令人振奋，仿佛看到了自己在人生的道路上不断前行、不断超越的身影。

"人生万事须自为，跬步江山即寥廓"这句诗以其深刻的哲理、生动的意象和振奋人心的力量，成为激励人们自强不息、勇往直前的经典之句。它提醒我们，要珍惜每一个当下，勇敢地去追求自己的梦想和目标；同时，也鼓励我们要脚踏实地、坚持不懈地努力下去，因为只有这样，才能走出属于自己的广阔天地。

4.力学如力耕，勤惰尔自知。但使书种多，会有岁稔时。

这句诗出自宋代刘过的《书院》，是一首劝勉人勤学的诗。以下是对这两句诗的详细解释：

"力学如力耕，勤惰尔自知。"这里，使用了比喻的手法，将学习比作耕种。耕种需要付出辛勤的努力，同样，学习也需要坚持不懈的勤奋。诗人用"勤惰尔自知"来强调，勤奋还是懒惰，其结果如何，自己心里是有数的。这是在告诫人们，对待学习的态度决定了学习的成果，而自己是这个过程的直接见证者和责任人。

"但使书种多，会有岁稔时。"这里的"书种"指的是学习的知识，"岁稔"则意味着丰收。这句诗的含义是，只要不断地积累知识，努力学习，总会有收获满满的时候。这是在鼓励人们要持之以恒地学习，因为长期的积累必然会带来丰富的回报。

整首诗的主旨是鼓励人们勤奋学习，因为学习如同耕种，需要付出辛勤的努力，只有勤奋努力，才能有所收获。而学习并非一蹴而就之事，需要长时间的积累和坚持，只有这样，才能在未来某个时刻迎来丰收的喜悦。

5.山外青山楼外楼，西湖歌舞几时休？

"山外青山楼外楼，西湖歌舞几时休"这句诗出自宋代诗人林升的《题临安邸》。这句诗的大致意思是：层层叠叠的青山外还有青山，鳞次栉比的楼房外还有楼房，西湖上的歌舞何时才会停止？

诗人用"山外青山楼外楼"来描绘临安城的繁华景象，一方面展示了其美丽和壮丽，另一方面也暗示了这种繁华背后可能隐藏的危机或问题。而"西湖歌舞几时休"则是对这种繁华生活的质疑和反问，表达了诗人对当时统治者沉迷于享乐、不思进取的担忧和不满。

总的来说，这句诗通过对临安城美丽而繁华的描绘，表达了诗人对当时社会现象的深刻反思和批判。同时，也体现了诗人对国家和民族命运的关切和忧虑。

6.秋雨一何碧，山色倚晴空。

"秋雨一何碧，山色倚晴空"这句话出自宋代方岳的《水调歌头·平山堂用东坡韵》。这句话描绘了秋天雨后初晴的美丽景色，其中融入了词人的情感和观感。

首先，"秋雨一何碧"中，"秋雨"指的是秋天的雨，而"一何碧"则形容了雨后景色的碧绿和清新。这里的"碧"字，不仅描绘了雨水的清澈，还暗示了雨后环境的清新与宜人。这一描述给人一种凉爽舒适、生机勃勃的感觉。

接着，"山色倚晴空"中，"山色"指的是山的景色，而"倚晴空"则形象地描绘了山色与晴朗的天空相依相偎的景致。这种描写让人感受到山色与天空的交融和谐，似乎它们共同构成了一幅美丽的画卷。同时，"倚"字也赋予了山色一种生动和灵动的气质，仿佛它们在与晴空相互依偎、相互映衬。

整句话通过描绘秋雨后的碧绿景色和山色与晴空的交融，传达了词人对大自然美景的欣赏和热爱之情。词人运用细腻的笔触和生动的比喻，将读者带入了一个清新、宁静、美丽的秋日世界，使人陶醉其中。同时，这也反映出词人对生活和大自然的热爱和关注。

总的来说,"秋雨一何碧,山色倚晴空"这句话通过形象生动的描绘,展示了秋雨后的清新与宁静,以及山色与晴空的美丽画卷,同时也传递了词人对大自然美景的赞美之情。

7.人生自古谁无死?留取丹心照汗青。

"人生自古谁无死?留取丹心照汗青"这句诗出自宋代文天祥的《过零丁洋》。这句诗的大意是:自古以来,人终不免一死!倘若能为国尽忠,死后仍可光照千秋,青史留名。

其中,"丹心"是指赤红炽热的心,一般以"碧血丹心"来形容为国尽忠的人;"汗青"则是指历史典籍。这句诗表达了诗人对国家深深的热爱和忠诚,即使面临生死抉择,也坚守自己的信仰和理想,愿意为国家、为民族付出一切,包括生命。

文天祥以此诗明志,表达了自己视死如归的高风亮节和大无畏的英雄气概,激励了无数后人为国家、为民族英勇奋斗。这句诗也因此成了中华民族传统美德的崇高表现,被广为传颂。

整句诗通过细腻入微的描绘和生动形象的比喻,将江南水乡的美丽景色展现得淋漓尽致。它不仅表现了自然风光的美丽,也体现了诗人对江南水乡深厚情感的抒发。同时,这句诗也传达出诗人对自然与人文和谐共生的赞美之情,让人感受到江南水乡的独特魅力和无穷韵味。

8.一江烟水照晴岚,两岸人家接画檐,芰荷丛一段秋光淡。

"一江烟水照晴岚,两岸人家接画檐,芰荷丛一段秋光淡"这句话出自元代张养浩的《水仙子·咏江南》。这句话以生动的笔触描绘了江南水乡的美丽景色,充满了诗意和画意。

首先,"一江烟水照晴岚"以"一江烟水"开篇,描绘出江面上水雾缭绕、烟波浩渺的景象。在晴朗的天空下,水面上升腾起薄薄的烟雾,仿佛给整个江面披上了一层轻纱。而"照晴岚"则进一步强调了这种朦胧而美丽的景色,晴空下的山岚与水雾相映成趣,形成了一幅如梦如幻的画面。

其次,"两岸人家接画檐"将视角转向了江岸两边。这里的人家鳞次栉比,房屋的画梁相接,仿佛形成了一条蜿蜒曲折的画卷。这种景象不仅展现了江南地区人口稠密和繁华富庶的特点,也突出了水乡建筑的独特风格和韵味。

最后,"芰荷丛一段秋光淡"则将焦点放在了江面上的荷花丛上。这里的"芰荷丛"指的是菱叶和荷叶丛生的地方,它们茂盛地生长在水中,为整个江面增添了一抹浓烈的绿意。而"一段秋光淡"则进一步描绘了这种景色的特点。在秋天的阳光下,荷花丛的颜色变得淡雅而柔和,与周围的景色融为一体,营造出一种宁静而深远的氛围。

9.吾宗孙子多好学,争持卷轴求余诗。

"吾宗孙子多好学,争持卷轴求余诗"这句诗出自元代史学家、文学家欧阳玄的《示侄》。诗句的大意是:我们家的孙子辈都非常好学,他们争相拿着诗卷来向我求诗。

这句诗体现了欧阳玄对家族中年轻一辈热爱学习、积极进取的精神的赞赏和鼓励。他们不仅好学,而且有着对诗歌的热爱和追求,愿意向长辈请教,以提升自己的文学素养。这种家族中的学习氛围和传承精神,是值得我们学习和借鉴的。

同时,欧阳玄作为长辈,也通过这首诗表达了对年轻一辈的期望和勉励。他希望他们能够继续保持这种好学的精神,不断追求进步,为家族和社会做出更大的贡献。

总的来说,这句诗不仅描绘了家族中年轻一辈好学的场景,也传递了家族传承和长辈对晚辈的期望与勉励的深刻内涵。

第七章　明

1. 壮志平生还自负，羞比纷纷儿女。

"壮志平生还自负，羞比纷纷儿女"这句话，充满了词人坚定的信念和高远的志向。它传达了词人对自己壮志的自豪，以及他不愿与那些平庸之辈为伍的决心。

首先，"壮志平生还自负"表达了词人对自己一生所持有的伟大志向的自信。这里的"壮志"指的是词人心中的宏大理想和坚定信念，"平生"则强调了他这种志向的持久性和一贯性。而"自负"则展现了他对自己志向和能力的肯定，认为自己有足够的能力和智慧去实现这些理想。

接下来，"羞比纷纷儿女"则进一步强调了词人的高远志向和非凡追求。这里的"纷纷儿女"指的是那些平庸之辈，他们可能只关注眼前的利益，缺乏远大的目标和追求。词人明确表示自己不愿与这样的人为伍，他有着更高的追求和更远大的目标。

综合来看，这句话展现了词人的豪情壮志和不凡追求，他对自己充满信心，对自己的志向坚定不移。同时，他也表现出对平庸之辈的鄙视和不屑，彰显了他非凡的人格魅力和精神风貌。

这种精神在当今社会依然具有重要意义。它鼓励我们要有远大的志向和追求，不断挑战自我，超越平庸，实现自己的人生价值。同时，也提醒我们要保持清醒的头脑，不被眼前的利益所迷惑，坚持自己的信念和追求。

2. 闲来写就青山卖，不使人间造孽钱。

"闲来写就青山卖，不使人间造孽钱"这句诗出自明代唐寅的《言志》。这句诗的意思是：在闲暇之余，我将心中的青山美景描绘出来并出售，但我绝不会为了钱财而去做那些伤天害理、造孽的事情。

这里的"青山"并非指真正的山峦，而是诗人心中的美好意境和艺术创作。诗人通过绘画这一形式，将内心的美好世界展现给他人，以此获得生活的来源。但诗人坚守自己的道德底线，拒绝用不正当的手段获取钱财。

这句诗体现了诗人高尚的道德情操和艺术追求。他不仅在艺术上有所成就，更在人格上保持着清醒和坚定。他用自己的行动诠释了什么是真正的艺术家，什么是真正的艺术追求。

在现代社会，这句诗依然具有重要的启示意义。它提醒我们，在追求物质利益的同时，不能忽视道德和伦理的底线。我们应该用自己的努力和智慧去创造财富，而不是通过不正当的手段去获取。同时，我们也应该像诗人一样，保持内心的纯净和美好，用自己的行动去传递正能量，为社会的发展贡献自己的力量。

3.一叶浮萍归大海，为人何处不相逢！

"一叶浮萍归大海，为人何处不相逢"这句话的意思是：一片小小的浮萍最终也会归入大海，人生在世，人与人之间总是在不断地萍水相逢，就像浮萍与大海的相遇一样。

这句话传达了一种对于人生际遇的乐观态度。浮萍虽然微小，但终究会找到它的归宿——大海。同样地，人生中的每一次相遇，无论看似多么偶然或微不足道，都可能成为生命中的重要经历和缘分。所以，无须为眼前的离散和得失过于忧伤，因为在这个世界上，人与人总是在不断地相逢和离别，构成了丰富多彩的人生画卷。

同时，这句话也提醒我们珍惜每一次的相遇和经历，因为每一次的相逢都可能成为我们人生中的宝贵财富。无论是短暂的相遇还是长久的陪伴，都应该用心去体验和感受，让生命因为这些美好的瞬间而变得更加充实和有意义。

4.香醪欲醉茱萸节，壮志还为出塞歌。

"香醪欲醉茱萸节，壮志还为出塞歌"这句诗出自明代石茂华的《九月九日登长城关》。这句诗的意思是：喝着醇香的美酒，想要醉倒在"茱萸节"这个重阳佳节里，但壮志未酬，仍然要为出塞戍边而高歌。

其中，"香醪"指的是醇香的美酒，"茱萸节"即重阳节，因有佩戴或头插茱萸的习俗而得名。在重阳节这一天，人们通常会饮酒赏菊，庆祝节日。然而，诗人虽然身处这样的欢乐氛围之中，但他的心中却充满了壮志豪情。他并未被节日的欢乐所完全沉醉，而是保持着清醒的头脑和坚定的信念。

"壮志还为出塞歌"中的"壮志"一词，表达了诗人远大的志向和坚定的信念。他并未因为个人的享乐或安逸而放弃对国家和民族的责任感，而是选择为国家的边疆安全而歌唱，为出塞戍边的将士们而鼓舞。这种精神体现了诗人高尚的爱国情怀和坚定的信念。

整句诗通过对比的手法，既展现了节日的欢乐氛围和美酒的诱人魅力，又凸显了诗人坚定的信念和高远的志向。这种对比使得诗人的形象更加鲜明立体，也让读者更加能够感受到他内心的豪情壮志和爱国情怀。

同时，这句诗也启示我们，在面对个人的享乐和国家的责任时，我们应该如何做出选择。诗人用他的行动告诉我们，个人的享乐是短暂的，而国家的利益和民族的尊严是永恒的。我们应该始终保持清醒的头脑和坚定的信念，为国家和民族的繁荣富强而努力奋斗。

5.画家不识渔家苦，好作寒江钓雪图。

"画家不识渔家苦，好作寒江钓雪图"这句诗，出自明代孙承宗的《渔家》。它揭示了画家对渔家真实生活的无知，以及他们偏好描绘浪漫化、理想化的渔家景象。

首先，"画家不识渔家苦"这句话直接点明了诗人对画家的批评。画家们往往只看到渔家生活的表面，即那种在寒冷江面上垂钓的宁静与诗意，却未能深入了解渔家真实而艰辛的生活。渔家生活远非画中所展现的那般悠闲恬适，而是充满了艰辛和困苦。

"好作寒江钓雪图"则进一步描绘了画家们的偏好。他们喜欢描绘那种在寒冷江面上，雪花飘落，渔翁独钓的画面，这样的画面看起来充满了诗意和美感。然而，这样的描绘却往往忽略了渔家真实生活中的艰难和困苦。

整首诗通过对比画家对渔家生活的理想化描绘与渔家真实生活的艰辛，表达了对画家们脱离实际、追求形式美的批评。同时，也体现了诗人对渔家真实生活的深切同情和理解。它启示我们，艺术创作应该基于对生活的深入理解和体验，而非仅仅追求表面的美感。

此外，这句诗也反映了社会中普遍存在的对某一群体或行业的刻板印象和误解。人们往往只看到表面现象，而忽视了背后的真实和复杂。因此，我们需要保持开放的心态，去深入了解和理解不同群体和行业的真实生活，避免陷入刻板印象和误解之中。

6.残雪在帘如落月，轻烟半树信柔风。

"残雪在帘如落月，轻烟半树信柔风"这句诗，以细腻的笔触和独特的视角，描绘了一幅静谧而美丽的冬末春初景象。

首先，"残雪在帘如落月"，诗人巧妙地将帘外的残雪比作夜晚的落月，形象地展现了残雪洁白无瑕、清冷孤傲的特质。同时，"在帘"二字又暗示了诗人此刻正身处室内，透过帘幕静静观赏着窗外的雪景，营造出一种静谧而深沉的氛围。

接着，"轻烟半树信柔风"，诗人转而描绘树木在轻风中的姿态。轻烟萦绕在树梢之间，与半树的残雪相映成趣，构成了一幅淡雅而清新的画面。而"信柔风"三字则进一步强调了风的轻柔与和煦，使得整个画面更加生动和富有动感。

整体来看，这句诗通过描绘残雪、落月、轻烟和柔风等自然元素，展现了一种清冷而宁静的美。同时，诗人通过对这些元素的细腻刻画和巧妙比喻，传达出自己对自然美景的热爱和欣赏之情。此外，这句诗还蕴含了一种深沉的哲理思考，即在静谧与清冷中感受生命的韵律和自然的和谐。

总之，"残雪在帘如落月，轻烟半树信柔风"这句诗以其独特的艺术魅力和深刻的内涵，成了表达冬末春初美景的经典之句。

7.轻烟逗雨。把阵阵柔风，低萦庭树。

"轻烟逗雨。把阵阵柔风，低萦庭树"描绘了一个温馨而宁静的自然场景。

首先，"轻烟逗雨"这一句中，"轻烟"与"雨"相互交织，营造出一种朦胧、梦幻的氛围。"逗"字用得很妙，它既有挑逗、引诱之意，也有嬉戏、玩耍的意味，形象地描绘了轻烟与雨丝之间的亲昵与互动，使得整个画面变得生动有趣。

接下来，"把阵阵柔风，低萦庭树"中，"阵阵柔风"进一步增添了场景的柔和与宁静。风本无形，但在这里被赋予了"阵阵"的节奏感和"柔"的质感，仿佛可以感受到它轻柔地拂过面颊的触感。而"低萦庭树"则具体地描述了风在庭树间缭绕、盘旋的景象，给人一种宁静安详的感觉。

整体来看，这句词通过细腻入微的笔触，描绘了一个雨雾蒙蒙、风柔树静的美丽画面。它不仅表达了词人对自然美景的热爱和欣赏，也传达出一种宁静、平和的心境。读者在欣赏这句诗时，仿佛能够身临其境，感受到那轻烟细雨、柔风绕树的惬意与舒适。

8.古今多少事，都付笑谈中。

"古今多少事，都付笑谈中"这句词出自明代杨慎的《临江仙·滚滚长江东逝水》。这句话的意思是：古往今来的纷纷扰扰，都成为下酒闲谈的材料。

这句话以高度概括的笔墨，回顾了自古以来历史上发生过的无数轰轰烈烈的事情，而这些事情如今都已经成为人们茶余饭后的谈资。词人以一种超然的态度来看待这些历史事件，表达了对于历史变迁的无奈和对于人生无常的感慨。

同时，这句话也蕴含了一种豁达的人生观。它告诉我们，无论历史上发生过多少惊心动魄的事情，最终都会被时间所冲淡，成为人们口中的故事。因此，我们不应该被过去的烦恼和纷争所困扰，而应该以一种豁达的心态来面对生活中的一切。

总的来说，这句话以其简洁明快的语言和深刻的哲理，向我们传递了一种超脱世俗、笑看人生的智慧。

9.饱暖匪天降，赖尔筋与力。

"饱暖匪天降，赖尔筋与力"是一句富有哲理的诗句，出自元末明初政治家、文学家、军事家刘基的《田家》。这句话的意思是：衣服和食物并不是天上掉下来的，而是要通过我们辛勤的劳动和付出才能得到。其中，"饱暖"代表基本的生活需求，"匪天降"强调了这些需求并非自然而来或轻易可得，"赖尔筋与力"则直接指出了劳动和力量是满足这些需求的关键。

这句诗传达了一种积极的生活态度和价值观，强调了劳动和自力更生的重要性。它告诉我们，生活中所需的一切都不是轻而易举就能得到的，而是需要我们通过自身的努力和付出去争取。这种努力和付出，不仅仅是体力和劳动的投入，更包括智慧、毅力和坚持等精神层面的付出。

同时，这句诗也提醒我们，要珍惜自己通过劳动所获得的一切，不要过分依赖他人或外界的帮助。虽然在社会生活中，我们难免会遇到各种困难和挑战，但只有通过自己的努力和付出，才能真正实现个人的价值和追求。

总之，"饱暖匪天降，赖尔筋与力"这句诗以其深刻的哲理和生动的表达，提醒我们要珍惜劳动、自力更生，通过自己的努力和付出去追求美好的生活。

10.叶落当归根，云沉久必起。

"叶落当归根，云沉久必起"这句诗出自《悯黎咏》。这句诗以自然景象为喻，寓意深远。

"叶落当归根"描绘了秋天树叶枯黄后纷纷飘落的景象。这里，"归根"意味着回归原处，象征着事物有其自然归宿和终点。这句诗常用于表达人应回归本心、回归自然或回归故土的哲理。

"云沉久必起"描述的是云彩沉积久了，必然会发生风起云涌的自然现象。这里的"云沉久必起"不仅是对自然现象的描述，更是一种对事物发展规律的揭示。它告诉我们，任何事物在长时间处于某一状态后，都会因为内部或外部因素的变化而发生改变。

整句诗通过对自然景象的描绘，表达了对人生哲理和事物发展规律的深刻洞察。它提醒我们，无论是人还是事，都有其自然的归宿和发展规律，我们应该顺应自然，遵循规律，以达到和谐共生的目的。同时，这句诗也鼓励我们在面对困难和挑战时保持坚定的信念和积极的心态，相信事物总会朝着好的方向发展。

11.明日复明日，明日何其多。

"明日复明日，明日何其多"这句话的意思是：一个明天接着的又是一个明天，明天是何等的多啊！它出自明代诗人钱福的《明日歌》。这句话以反复的修辞方式，强调了"明日"的无限延续性，进而提醒人们不要总是寄希望于明天，而应该珍惜今天、把握当下、及时行动。

这种表达方式既生动又深刻，让人们意识到时间的宝贵和易逝。如果我们总是把事情推到明天去做，那么就会陷入无尽的拖延之中，最终导致时间的浪费和机会的错失。因此，我们应该意识到每一个"明日"都是宝贵的，要充分利用每一天的时间，去实现自己的目标和梦想。

同时，这句话也带有一种警醒的意味，提醒人们不要过分依赖明天，而应该珍惜现在、把握当下。生活中有很多事情是我们无法预测的，我们不能总是寄希望于明天会更好，而应该积极面对现在，做好手头的每一件事情。

总的来说，"明日复明日，明日何其多"这句话既表达了对时间的感慨，也传递了对人生的警醒，提醒我们要珍惜时间、把握当下，积极面对生活。

12.若有人眼大如天，当见山高月更阔。

"若有人眼大如天,当见山高月更阔"这句诗表达了一种深远的意境和哲理。

"若有人眼大如天"是一个比喻，假设有人的眼睛像天空一样辽阔无边。这里的"眼大如天"并非指眼睛的物理大小，而是指人的视野、见识或理解力的宽广。

"当见山高月更阔"则是对前面比喻的进一步阐释。如果人的视野或理解力真的能达到像天空那样无边无际，那么就能看到山的高大，更能领略到月亮的广阔。这里的"山高"和"月阔"都是象征，代表了世界上各种壮丽、深邃、宽广的事物和现象。

整句诗可以理解为：如果一个人拥有极其广阔的视野和深邃的理解力，这个人就能够洞察到世界的壮丽和宽广，无论是自然的高山还是天边的明月，都无法逃脱这个人的视线和理解。这既是对个体视野的一种赞美，也是对人们不断拓宽视野、深化理解的鼓励和期待。

这句诗富含哲理，鼓励人们开阔眼界、拓展思维，去探索和领略更广阔的世界。

13.故立志而圣，则圣矣；立志而贤，则贤矣。

"故立志而圣，则圣矣；立志而贤，则贤矣"这句话出自明代王守仁的《教条示龙场诸生》，是其对立志与成就关系的深刻阐述，蕴含了深刻的哲理与人生智慧。

这句话的核心在于"立志"。志向是人生航程的指南针，它决定了个人发展的方向和可能达到的高度。这里的"圣"与"贤"，并非遥不可及的理想化人格，而是通过立志并付诸实践，人人都有可能企及的道德境界和人生目标。

"故立志而圣，则圣矣"，意味着如果一个人立下成为圣人的宏大志向，并且坚定不移地践行圣人的言行标准，不断修炼自己的德行与智慧，那么这个人最终就有可能达到圣人的境界。这既是对个人潜能的无限信任，也是对持之以恒、精益求精精神的颂扬。

"立志而贤，则贤矣"则强调了立志的普遍性和可行性。贤人相较于圣人，或许在境界上略有不及，但同样是值得尊敬和追求的人生目标。它告诉我们，无论资质如何，只要心中有志，脚踏实地，持之以恒，就能在自己的领域内有所成就，成为他人眼中的贤人。

这句话不仅强调了立志的重要性，还传达了一种积极向上、勇于追求的人生态度。它鼓励人们要敢于梦想、勇于实践，通过不断的自我提升和努力，实现自己的人生价值。

这句话的哲理内涵丰富，语言简练而富有力量，既是对个人修养的鞭策，也是对社会风气的引领。它告诉我们，人生虽有诸多不易，但只要心中有志，脚下有路，就能走出一条属于自己的光明大道。

14.繁霜尽是心头血，洒向千峰秋叶丹。

"繁霜尽是心头血，洒向千峰秋叶丹"这句诗出自明代戚继光的《望阙台》。这首诗是戚继光在抵御外敌、保家卫国的艰难岁月中写下的，充满了深沉的情感和壮丽的意象，展现了诗人崇高的爱国情怀和不屈不挠的斗争精神。

这句诗以"繁霜"起兴，寓意着战争的严酷和诗人内心的沉重。霜本为自然之物，但在这里被赋予了特殊的情感色彩，成为诗人心头之血的象征。这种比喻既形象又深刻，让人感受到诗人为了国家和民族的利益，不惜付出一切代价的决心和勇气。

"洒向千峰秋叶丹"则是将诗人的情感推向了高潮。这里的"千峰"代表了广袤的山川大地，也象征着祖国的辽阔和民族的伟大。"秋叶丹"则是指秋天枫叶的红艳，它不仅是自然之美的体现，更是诗人热血和忠诚的化身。诗人将自己的心头之血洒向千峰，让秋叶染上了丹红，这种壮丽的画面让人感受到诗人对祖国的深深热爱和无私奉献。

整句诗语言凝练而富有力量，意象生动而富有感染力。它通过将自然景物与诗人的情感相结合，创造了一种既悲壮又美丽的艺术效果。同时，这句诗也体现了戚继光的高尚品质和崇高精神,他用自己的行动诠释了什么是真正的爱国和忠诚。

"繁霜尽是心头血,洒向千峰秋叶丹"这句诗以其深刻的内涵、生动的意象和崇高的情感,成为中华文学宝库中的经典之句,激励着后人不断追求爱国和奉献的精神境界。

第八章　清

1.月黑见渔灯，孤光一点萤。

"月黑见渔灯，孤光一点萤"这句诗出自清代诗人查慎行的《舟夜书所见》。这句诗的意思是：漆黑之夜不见月亮，只见那渔船上的灯光，孤独的灯光在茫茫的夜色中，像萤火虫一样发出一点微亮。

在这句诗中，"月黑"描绘了夜晚的黑暗和寂静，而"渔灯"则是这黑暗中唯一的光源，形成了强烈的对比效果。"孤光一点萤"则将渔灯的光亮与萤火虫相比，形象地表现出其微小却明亮的特点，同时也突出了夜晚的寂静和空旷。

整句诗以简洁而生动的语言，描绘了一个寂静而神秘的夜晚场景。通过渔灯这一细节的描写，诗人不仅展示了夜晚的宁静和美丽，也表达了自己对自然的敬畏和欣赏之情。同时，这句诗也体现了诗人敏锐的观察力和对生活的热爱，他能够从细微之处发现生活的美好和奇妙。

此外，这句诗还带有一种孤独和寂寞的情感色彩，渔灯在黑暗中的孤独光亮，可能也象征着诗人在人生旅途中的孤独和寂寞，但即使如此，他仍然能够从中发现生活的美好和值得珍惜的东西。

总的来说，"月黑见渔灯，孤光一点萤"这句诗通过描绘夜晚的黑暗和渔灯的光亮，展示了自然的美丽和神秘，同时也表达了诗人对生活的热爱和对自然的敬畏之情。

2.风淅淅，雨纤纤。难怪春愁细细添。

"风淅淅，雨纤纤。难怪春愁细细添"出自纳兰性德的《赤枣子·风淅淅》。它描绘了春天的特定景象，并通过这个景象传达了词人的情感。

"风淅淅，雨纤纤"以简洁而生动的语言，描绘了春风细雨的场景。"淅淅"和"纤纤"这两个形容词，既形象地描绘了风雨的细密和轻柔，又通过声音的描绘，使读者仿佛能够亲耳听到那轻柔的风声和雨声，从而增强了对这一景象的感知。

"难怪春愁细细添"一句，词人直抒胸臆，表达了自己因为这春日的细雨微风而引发的愁绪。这里的"春愁"并不是指深重的悲伤，而是一种淡淡的、绵长的愁绪，它随着春风和细雨的持续而逐渐增长。"细细添"则进一步强调了这种愁绪的细微和连绵不断，仿佛与风雨的细密和轻柔相呼应。

整体来看，这句词通过描绘春风细雨的场景，抒发了词人对春天的独特感受，尤其是那种由春景引发的淡淡愁绪。它以一种细腻而含蓄的方式，表达了词人对春天的复杂情感，既有对自然美景的欣赏，又有对时光流逝、生命无常的感慨。同时，这句词也展现了词人高超的诗歌技巧，通过对自然景象的生动描绘和对情感的深入表达，使词句具有了丰富的艺术魅力。

3.人生若只如初见，何事秋风悲画扇。

"人生若只如初见，何事秋风悲画扇"这句词出自清代纳兰性德的《木兰花·拟古决绝词柬友》。它的意思是说：如果人生中的事物都能像刚刚相见时那样美好，就不会有现在的离别相思之苦，也不会有像秋天的扇子被抛弃这样的愁怨了。

这里的"初见"象征着美好而纯真的初始状态，而"秋风悲画扇"则隐喻了事物或情感随着时间的推移而变质、衰落的悲伤。纳兰性德通过这句话，表达了对事物无常、人生易变的深深感慨，也反映出他对美好事物消逝的无奈和惋惜。

这句话以其独特的意象和深沉的情感，打动了无数读者的心。它不仅是对初恋或初见美好时光的怀念，更是对人生无常、情感易变的深刻反思。同时，也启示我们要珍惜眼前的美好，尽可能保持事物的纯真和初始状态，避免让美好的事物随着时间的流逝而变质。

4.最是繁丝摇落后，转教人忆春山。

"最是繁丝摇落后，转教人忆春山"这句词出自清代词人纳兰性德的《临江仙·寒柳》。这里的"繁丝"指的是柳丝，也就是柳树的枝条，而"摇落"则是指柳丝在秋风中摇曳、凋零的景象。

"春山"一词，既可以理解为春日里的山景，也可以借喻为女子秀丽的眉毛，这里更多的是指词人亡妻的代称。在古代的诗词中，常用山水、花鸟等自然景物来隐喻或象征人的容貌和情感。

因此，整句话的意思是，特别是在这柳丝摇落、凋零的时节，词人更加深切地回忆起当年的那个女子，也就是他的亡妻。这句话通过描绘自然景物的凋零，表达了词人对逝去爱情的深深怀念和无尽的忧伤。同时，也展现了纳兰性德深情、婉约的词风，以及对人生、爱情等主题的深刻思考。

5.只眼须凭自主张，纷纷艺苑漫雌黄。矮人看戏何曾见，都是随人说短长。

"只眼须凭自主张，纷纷艺苑漫雌黄。矮人看戏何曾见，都是随人说短长"这首诗出自清代文人赵翼的《论诗五首·其三》。下面是对这首诗的详细解释：

"只眼须凭自主张"，强调了独立思考和主张的重要性。"只眼"象征着独到的眼光或见解，而"自主张"则是指不依赖他人，凭借自己的判断和认知来形成观点。这句话告诉我们，在面对各种信息、观点或艺术作品时，我们应该有自己的独立思考能力，而不是盲目追随他人。

"纷纷艺苑漫雌黄"，是对当时文艺界的一种批评。"纷纷"形容众多杂乱，"艺苑"指文艺界或艺术领域，"漫雌黄"则是指随意发表不负责任的言论或批评。这句话揭示了当时文艺界中充斥着各种不负责任、随意批评的风气，人们缺乏严谨的学术态度和批判精神。

"矮人看戏何曾见"，运用了比喻手法。"矮人"在这里比喻那些见识短浅、缺乏独立思考能力的人，"看戏"则是一种观察、欣赏艺术的行为。这句话形象地描绘了那些缺乏独立思考的人，在欣赏艺术或面对问题时，实际上并没有真正地理解，只是随波逐流。

"都是随人说短长"，进一步揭示了前一句中"矮人看戏"的后果。这些缺乏独立思考的人，不仅自己没有见解，还会盲目跟随他人的观点，对事物进行肤浅的评判。这种盲从和随波逐流的态度，不仅阻碍了个人的成长和进步，也影响了整个社会的文化氛围和学术风气。

综上所述，这首诗通过生动的比喻和形象的描绘，强调了独立思考和批判精神的重要性。它呼吁人们在面对各种信息和观点时，要有自己的判断和认知，不盲目追随他人，而是凭借自己的眼光和主张去理解和评价事物。同时，也提醒我们警惕那些缺乏独立思考和批判精神的人，他们不仅影响自己的成长，还可能对整个社会造成负面影响。

6.江山代有才人出，各领风骚数百年。

"江山代有才人出，各领风骚数百年"这句诗出自清代诗人赵翼的《论诗五首·其二》。它的意思是：国家代代都有很多有才情的人出现，他们的诗篇文章及人气都会流芳百世。

这句诗表达了诗人对于人才辈出和文学繁荣的乐观态度。他认为，每个时代都会有杰出的人才出现，他们以自己的才华和创作引领着时代的风骚，使得文学和文化得以不断发展和传承。而他们的作品和影响力也会流传百年，为后人所传颂和继承。

同时，这句诗也鼓励着人们不断努力，追求卓越，成为自己所处时代的人才，为文化和社会的发展做出自己的贡献。

总之，这句诗寓意深远，既表达了对人才辈出和文学繁荣的乐观态度，又鼓励人们追求卓越，成为时代的引领者。

7.一双冷眼看世人，满腔热血酬知己。

"一双冷眼看世人，满腔热血酬知己"这句诗深刻地反映了诗人对待世人和知己的不同态度，展现了一种既冷静又热烈的情感表达。

"一双冷眼看世人"表达了诗人对于世人的冷静观察和审视。这里的"冷眼"并非冷漠无情，而是指一种客观、冷静的视角，不被世俗的纷扰和偏见所影响。诗人用冷静的眼光看待世界，洞察人情世故，对世人的行为和动机有着清晰的认识。

"满腔热血酬知己"则表达了诗人对于知己的深厚情感和热烈回报。这里的"热血"代表了诗人内心深处的激情和热情，而"酬知己"则表达了他对于知己的感激和回报之意。诗人愿意用自己的满腔热情和真诚去回报那些真正理解自己、支持自己的人，与他们建立深厚的情谊。

综合来看，这句诗表达了诗人在面对世人和知己时的不同态度。对于世人，他保持冷静和客观，洞察一切；而对于知己，他则倾注满腔热情，以真挚的情感回报。这种对比体现了诗人对待人际关系的成熟和理智，也展现了他对于真挚友谊的珍视和追求。

8.万一禅关砉然破，美人如玉剑如虹。

"万一禅关砉然破，美人如玉剑如虹"这句诗出自清代龚自珍的《夜坐二首》。

"万一禅关砉然破"中的"禅关"指的是种种障碍或困境，而"砉然"是形容破裂的声音。整句的意思是：如果有一天能够突破这些障碍或困境。

"美人如玉剑如虹"则是诗人对于突破障碍后的美好愿景的描绘。"美人如玉"象征着高洁、优雅的品质，"剑如虹"则代表着刚强、有力的精神。整句的意思是，人能够像玉一样温润而有光泽，才华能够像剑一样气贯长虹。

整体来看，这句诗表达了诗人对于突破精神困境、实现自我超越的渴望，以及对于美好人格和卓越才华的向往。它充满了豪放不羁的气概和积极向上的精神，是龚自珍诗歌中的经典之句。

9.落红不是无情物，化作春泥更护花。

"落红不是无情物，化作春泥更护花"这句诗出自清代龚自珍的《己亥杂诗·其五》。它的意思是：我辞官归乡，有如从枝头上掉下来的落花，但它却不是无情之物，即使化作春泥，也甘愿培育美丽的春花成长，不为独香，而为护花。表现诗人虽然脱离官场，依然关心着国家的命运，不忘报国之志，以此来表达他至死仍牵挂国家的一腔热情，充分表达诗人的壮怀，成为传世名句。

这句诗运用了借代、拟人、比喻的修辞手法。"落红"借代落花，将"落红"赋予人的动作、感情，以"护花"表达诗人虽然脱离官场，依然关心着国家的命运，不忘报国之志。诗中的"落红"明写花瓣凋谢，暗喻自己辞官，既表现诗人辞官的决心，又充分表达了诗人的报国之志与牺牲精神。

此外，这句诗也富含哲理，它告诉我们，即使生命走到尽头，我们也应该尽自己所能去奉献，去为更大的目标和价值服务。这种精神激励我们在生活中无论面对什么困难和挑战，都应该保持积极向上的态度，为社会的繁荣和发展贡献自己的力量。

10.深处种菱浅种稻，不深不浅种荷花。

"深处种菱浅种稻，不深不浅种荷花"这句诗出自清代阮元的《吴兴杂诗》。它的意思是：在水深的地方适宜种菱角，水浅的地方适宜种稻子，而在不深不浅的水域里则适宜种荷花。

这句诗不仅生动地描绘了江南水乡农业生产的繁忙景象，也体现了农民因地制宜、合理安排种植的科学态度。它告诉我们，在农业生产中，要根据土地和水源等自然条件，选择适合的作物进行种植，以达到最佳的生产效果。

同时，这句诗也蕴含着一种深刻的哲理。它提示我们在面对不同的环境和条件时要灵活应对，善于利用和发挥自身的优势，找到最适合自己的发展道路。无论是生活还是工作，我们都应该根据实际情况，做出明智的选择和决策。

总的来说，"深处种菱浅种稻，不深不浅种荷花"这句诗既具有生动的描绘性，又蕴含着深刻的哲理，值得我们细细品味和领悟。

11.衙斋卧听萧萧竹，疑是民间疾苦声。

"衙斋卧听萧萧竹，疑是民间疾苦声"这句诗出自清代郑燮（郑板桥）的《潍县署中画竹呈年伯包大中丞括》。这句诗的意思是：在官署书房里静卧休息，这时听到窗外阵阵清风吹动着竹子，萧萧丛竹，声音呜咽，给人一种十分悲凉凄寒之感。我不由想到老百姓所受的苦难，好像听见了他们痛苦的申诉。

在这句诗中，"萧萧"用以形容风吹竹叶的声音，不仅描绘了自然环境的清幽，同时也通过拟声的方式，赋予竹叶声更深层次的含义——民间疾苦之声。诗人由风吹竹叶之声联想到百姓生活疾苦，表达了对老百姓命运的深切关注和同情。

此外，"疑"字用得极妙，将诗人的爱民之心与勤政之意巧妙地传达出来。它不仅仅是一个简单的心理活动，更是诗人情感与理智交织的体现。诗人虽身在官衙，但心系百姓，对民间的疾苦有着深刻的体验和感悟。

总的来说，这句诗通过描绘自然景象与声音的细节，以及运用巧妙的修辞手法，表达了诗人对民间疾苦的深切关注和同情，展现了其作为封建时代官吏难能可贵的民本情怀。

12.爱好由来下笔难，一诗千改始心安。

"爱好由来下笔难，一诗千改始心安"出自清代袁枚的《遣兴》。这句诗的意思是：由于追求完美，所以写作时总是感到下笔很困难，总是要反复修改很多次，才会感到心安。

袁枚是清代著名的诗人和诗论家，他的这句诗表达了他对诗歌创作的严谨态度和精益求精的精神。他认为，写作并不是一蹴而就的，而是需要经过反复推敲和修改的，只有这样，才能创作出真正优秀的作品。

这句诗也揭示了创作过程中的一种普遍心理。很多作家和艺术家在创作时都会追求完美，他们会不断地修改和完善自己的作品，直到达到自己心中的标准。这种精神是值得我们学习和借鉴的，因为它可以帮助我们不断提高自己的创作水平，追求更高的艺术境界。

此外，这句诗也启示我们，无论是学习还是工作，都需要有严谨的态度和精益求精的精神，只有不断地努力和追求，才能取得更好的成绩和更大的进步。

总之，"爱好由来下笔难，一诗千改始心安"这句诗不仅表达了袁枚对诗歌创作的严谨态度和精益求精的精神，也启示我们在学习和工作中需要追求卓越和不断完善自己的重要性。

13.一失足成千古恨，再回头已百年身。

"一失足成千古恨，再回头已百年身"这句诗出自清代魏子安的《花月痕》，意思是：人一旦犯下大错，就会留下终身的遗憾；等到想要弥补时，已是时过境迁，今生今世都难以挽回了。

这句诗深刻地揭示了人生中因一时冲动或判断失误而铸成大错，导致终生遗憾的道理。它警示人们在面对选择时应慎重考虑，不要因一时的冲动或疏忽而做出错误的决定。

"一失足"强调的是错误的起始,可能是微小的、看似无足轻重的,但带来的后果却可能是极为严重的。"成千古恨"则揭示了错误可能导致的长远而深刻的负面影响,这种悔恨可能伴随人的一生,无法消除。

"再回头已百年身"则表达了时间的无情和人生的短暂。当人们意识到自己的错误并试图挽回时,往往已经错过了最佳的时机,时光已经流转,人生已经发生了巨大的变化,此时再回头,已是物是人非,无法再回到过去。

因此,这句诗在告诫人们要珍惜当下,谨慎行事,避免因为一时的失误而留下终身的遗憾。同时,也提醒人们在面对错误时要勇于承认并努力改正,而不是沉溺于悔恨之中无法自拔。